文春文庫

スティール・キス

上

ジェフリー・ディーヴァー
池田真紀子訳

文藝春秋

ウィル・アンダーソンとティナ・アンダーソン、そして二人の子供たちに……

敵は門の内にいる。我々が戦うべき相手は、自身の贅沢であり、
愚かさであり、犯罪性である。

——キケロ

目次

主な登場人物

リンカーン・ライム……四肢麻痺の科学捜査の天才
アメリア・サックス……ニューヨーク市警重大犯罪捜査課刑事
トム・レストン……ライムの介護士兼助手
ロナルド・プラスキー……同課巡査
メル・クーパー……同市警鑑識官
ロドニー・サーネック……同市警サイバー犯罪対策課刑事
ジュリエット・アーチャー……ライムのラボで働くインターン　元疫学研究者
ランディ・アーチャー……ジュリエットの兄
ローズ・サックス……アメリアの母
ヴァーノン・グリフィス（僕）……連続殺人犯　未詳40号
アリシア・モーガン……ヴァーノンの恋人
トッド・ウィリアムズ……未詳40号に撲殺された被害者
グレッグ・フロマー……エスカレーターに巻き込まれて死亡した男
サンディ・フロマー……グレッグの妻
エヴァーズ・ホイットモア……サンディ・フロマーが雇った弁護士
ニック・カレッリ……アメリアの元恋人　元刑事
フレディ・カラザーズ……ニックの高校以来の友人
ヴィネイ・チョーダリー……CIRマイクロシステムズ社長
スタンリー・フロスト……同社の主任弁護士
アルフォ・グラヴィータ……麻薬密売人
チャールズ・バクスター……ライムの捜査で逮捕され獄死した男

スティール・キス　上

本書は、二〇一七年十月に文藝春秋より刊行された単行本を
文庫化にあたり二分冊としたものです。

火曜日

I 鈍器損傷

1

ときに、思わぬ好運が舞いこむことがある。

容疑者を発見したとき、アメリア・サックスは血のように鮮やかな赤いボディのフォード・トリノを駆り、歩行者や周囲の車両にそれなりの注意を払いながら、ブルックリンの商店が建ち並ぶヘンリー・ストリート沿いを飛ばしていた。

望み薄だろうと思っていた。

未詳40号の特徴的な外見には大いに助けられた。背が高く、異様なくらい痩せていて、人込みでも目立つ。むろん、この界隈のにぎわいを思えば、それだけで人目を引くことはない。目撃証言によれば、撲殺事件が起きた二週間前の夜、犯人は薄緑色の格子柄のスポーツジャケットを着て、アトランタ・ブレーブスのロゴ入り野球帽をかぶっていた。事件後、サックスは規則に従って市警の共有システムに〝ダメもと〟でその情報を登録したあと、捜査の別の側面に――ほかの事件の捜査にも――意識を振り向けた。重大犯罪捜査課の刑事には、片づけなくてはならない仕事が山のようにある。

ところが一時間ほど前、八四分署のパトロール警官から、捜査指揮官であるサックスに連絡が入った。ブルックリンハイツ・プロムナード周辺を巡回中に容疑者に似た男を見かけたという。問題の殺人事件は深夜、無人の建設現場で発生した。犯人はおそらく事件当時の着衣を目撃されたとは思いもせず、同じ服を着ることに不安を感じなかったのだろう。パトロール警官は人込みで容疑者を見失っていたが、サックスは本部に応援を要請したあと、無駄足を覚悟で現場に急行した。マンハッタンとイースト川をはさんで向かい合うブルックリンハイツは、無秩序な開発の産物というべき地域で、多種多様なバックグラウンドを持つ一万人超の住民がひしめいている。未詳40号を発見できるかもしれないなんて淡い期待は抱かないことよ――サックスはそう自分に言い聞かせた。

しかし意外なことに、未詳40号はいた。長い脚を持て余しているような調子で歩いている。長身、痩せ形、緑色のジャケット、野球帽。後ろから野球帽のロゴまでは確認できないが、条件はひととおり当てはまっていた。

サックスは六〇年代のマッスルカーを横滑りさせてバス専用レーンに駐め、〈ニューヨーク市警公用車〉のカードをダッシュボードに置くと、背後から来てぎりぎりを通り過ぎようとした命知らずの自転車に気をつけながら車を降りた。自転車乗りは振り返ったが、非難の視線を向けるためではなく、元ファッションモデルらしくすらりと背が高い赤毛の女を拝むためだったらしい。サックスの目や、ブラックジーンズの腰に下がった拳銃を盗み見たあと、無言で走り去った。

アメリア・サックスは、殺人者を追って歩道を歩き出した。

〝獲物〟を実際に目にするのは初めてだ。ひょろりと痩せた長身の男は大股で歩いていく。足のサイズは大きいが、幅はせまい（ランニングシューズを履《は》いていた。四月の雨に濡れたコンクリートの上を全力疾走することになれば、サックスのレザーソールのブーツよりはるかに有利だろう）。もっと用心深い人物ならよかったのに――サックスは心の片隅でそう思った。きょろきょろしてくれていれば、横顔だけでも確認できただろう。容疑者の人相はまだ判明していない。しかし、男はまっすぐ前を向いたまま、風変わりな足の運びで歩き続けていた。長い腕を体の脇に下ろし、なで肩にバックパックのストラップを片方だけ引っかけて。

あのバックパックには凶器が入っているだろうか。使用された凶器は丸頭ハンマーだった。片側が球状になった、鉄板などの縁を叩いて平らにしたりリベットの頭をつぶしたりするのに使う工具だ。殺人に使われたのは、平頭の側ではなく、その反対の球状になった丸頭の側だった。そして被害者トッド・ウィリアムズの頭骨を陥没させた道具を特定する決め手となったのは、リンカーン・ライムがニューヨーク市警と検死局向けに作成したデータベース中の一セクション――〈凶器が人体に残す痕跡　第三項：鈍器損傷〉だった。

データベース自体はライムが作ったものを使ったが、分析はサックスが一人でやるしかなかった。ライムなしで。

そう考えた瞬間、みぞおちに重たい衝撃を感じた。だめだ、考えてはいけない。

遺体に残っていた傷を思い浮かべる。凄惨《せいさん》な事件だ。マンハッタン在住の二十九歳の被害者は、終夜営業のクラブ、40ディグリーズ・ノースに向かっていたところを撲殺され、金品を奪われた。捜査の過程で知ったが、その店名の由来は、そのものずばり——所在地であるイーストヴィレッジの緯度〝北緯四〇度《40ディグリーズ・ノース》〟だという。

いま未詳40号——この呼び名はクラブの名からとった——は信号のある交差点を渡ろうとしていた。それにしてもアンバランスな体格だった。身長は百八十センチをはるかに超えているだろうに、体重はせいぜい六十五キロ程度と見える。

男の行き先はあそこか。サックスは通信本部を呼び出し、容疑者はヘンリー・ストリートに面した五階建てのショッピングセンターに入ろうとしていると応援部隊に伝えてくれるよう依頼し、自分も男のあとから建物に飛びこんだ。

慎重に距離を保って尾行する刑事を連れ、未詳40号は買い物客でごった返すショッピングセンターの奥へと向かっている。この街は、止まるということを知らない。まるでつねに電気を帯びて震え続けている原子のように、あらゆる年齢、性別、肌の色、サイズの人間の群れが脈動している。ニューヨークは固有の時間軸で動く。ふつうなら昼休みが終わって、勤め人はオフィスに、学生は学校に戻っているころだろうに、ここの人々は散財し、飲み食いし、当てもなく歩き回り、ウェブページをブラウジングし、メールを打ち、おしゃべりに夢中になっている。

おかげで、アメリア・サックスの逮捕プランはややこしいものになろうとしていた。

ミスター40は二階に向かった。目的ありげな足取りでまっすぐ歩いていく。ショッピングセンターはまぶしいほど明るい。ここはパラマスなのか、はたまたオースティンやポートランドなのか、どの街であってもおかしくないくらいありふれている。フードコートからは料理油やタマネギの匂い、エントランスの吹き抜けに面した集客力の高いテナントのカウンターからは香水の匂いが漂っていた。未詳40号はなぜここに来たのだろう、何を買うつもりなのだろう──サックスの脳裏をふとそんな疑問がよぎった。

おっと、目的は買い物ではなく、エネルギーの補給だったようだ。未詳はスターバックスに入っていく。

サックスはエスカレーター際の柱の陰で立ち止まった。五、六メートル先にスターバックスが見えている。男に悟られないようそっと店の入口をうかがった。監視に気づかれてはいけない。未詳が銃を持っている様子はなかった。ウェストバンドにはさんだりポケットに入れたりしていれば、パトロール警官や刑事は一目で見抜く。用心深い視線やぎこちない足の運びといった、独特の挙動があるからだ。しかしそれがないからといって、武装していないと決めつけるのは危険だ。サックスを刑事だと見抜き、隠していた銃を抜いて発砲したら？　ここは血の海になるだろう。

サックスは店の奥をさっとのぞいた。男は陳列棚からサンドイッチを二つ選んで取り、飲み物を一つ注文した。いや、もしかしたら二つかもしれない。支払いをすませ、サックスから見えない場所に移動して、注文した飲み物ができあがるのを待っている。カプチーノか、モカか、何か手間のかかる飲み物を頼んだのだろう。ドリップコーヒーなら、会計後すぐに渡される。

　店内で飲食するのか。それとも店を出るのか。サンドイッチ二つ。待ち合わせだろうか。一つはすぐに食べて、もう一つはあとに取っておくつもりか。

　サックスは迷った。どこで身柄を確保するのが無難だろう。表通りに出てから？　それともスターバックスの店内、あるいはショッピングセンターのどこかか。センターもスターバックスも込み合っていた。しかし、外の通りはもっと人が多い。どこで逮捕するにせよ、万全とは言いがたい。

　数分が経過したが、未詳はまだ店にいる。飲み物はさすがにもうできているだろう。しかし男は出てこない。遅めの昼食か。ここで誰かと待ち合わせているのだとしたら？

　逮捕プランはいっそうややこしくなるだろう。

　サックスに電話がかかってきた。

「アメリア？　バディ・エヴェレットです」

「バディ」サックスは控えめな声で応じた。バディ・エヴェレットは八四分署のパトロール警官で、サックスもよく知っている。

「外で待機してます。ドッドと二人で。もうじき別の車で三人、応援が到着します」

「容疑者は二階よ。スターバックスにいる」

そのとき、配達員が店に入っていくのが見えた。スターバックスの人魚のロゴがついた箱を積んだカートを押している。つまり、この店舗に通用口はないということだろう。ミスター40は袋小路に入りこんだも同然だ。ほかにも大勢の客がいて、店のなかでもみあいになれば害が及びかねない。しかしショッピングセンターや表通りに比べれば人は少ない。

サックスはエヴェレットに言った。「ここで身柄を押さえようと思う」

「スターバックスで？　了解」一拍の間があった。「そこが一番よさそうなんですね？」

そうよ、逃げ道がないから――サックスは胸の内でつぶやいた。「ええ。急いで二階に上がってきてくれる？」

「了解、すぐに行きます」

柱の陰から一瞬だけ身を乗り出して店内をのぞいたあと、すぐにまた隠れた。未詳の姿はやはり確認できない。店の奥側の席についているのだろう。サックスは右手に移動し、スターバックスのアーチ形の入口に近づいた。こちらから見えないのだから、向こうからも見えないはずだ。

エヴェレットとパートナーのドッドが来たら、容疑者をはさみ撃ちに――

そのとき、切り裂くような悲鳴が背後から聞こえて、サックスはぎくりとした。痛みに耐えかねたようなおぞましい悲鳴だった。生々しくて甲高《かんだか》い声。性別さえわからない。

その悲鳴は、下の階から昇ってくるエスカレーターの最上部から聞こえていた。

うわ、たいへん……

エスカレーター終点の乗降板——動く階段から降りる先——が開いている。その下にある機械を収めた穴《ピット》に誰か落ちたらしい。

「助けて！　ああ！　頼む、誰か！　誰か！」男性のようだ。言葉にならない叫びが続く。

居合わせた買い物客や従業員が息を呑み、悲鳴を上げた。不具合を起こしたエスカレーターは上昇を続けており、乗っていた人々はあわてて下りたり、後ろに飛び退《の》いたりした。自分たちも機械に呑みこまれると不安になったのだろう、すぐ隣の下行きのエスカレーターからも人が次々と飛び下りた。何人かは着地に失敗して床にうずくまった。

サックスはスターバックスを振り返った。

未詳40号がいない。ほかの人たちと一緒に悲鳴の聞こえたほうを振り返ったとき、サックスのベルトに下がっている刑事のバッジや銃に気づいたのだろうか。

エヴェレットに電話をかけて事故の発生を伝え、通信指令本部に通報するよう指示した。出口をすべてふさいでと付け加える。サックスに気づいた未詳がいままさに逃げ出そうとしているかもしれない。サックスはエスカレーターの乗降口に駆け寄った。誰かが非常停止ボタンを押したらしい。エスカレーターの速度が落ち、まもなく完全に止まった。

「止めてくれ、誰かこいつを止めてくれ！」ピットに落ちた男性の声が聞こえた。

サックスは乗降板のまだ閉じている部分に立ち、大きく口を開けた深い穴をのぞいた。アルミの乗降板から二メートル五十センチほど下に、床に固定されたモーターが見えた。その歯車に、四十五歳から五十歳くらいの中年の男性が巻きこまれている。非常停止ボタンが押されてもなお、モーターは動き続けていた。あのボタンはきっと、モーターの駆動力を階段に伝えるクラッチを切り離すことしかしないのだろう。不運な男性は腹部を歯車に巻きこまれている。モーターの上に横向きに寝たような格好で、機械を止めようと手足をばたつかせていた。歯車はかなり深く食いこんでいた。服はすでに真っ赤に染まり、ピットの底に血だまりができ始めている。着ている白いシャツに名札が止めてあった。このショッピングセンター内のいずれかの店舗の従業員のようだ。

サックスは集まってきた人々を見回した。警備員を含めた従業員が何人かいたが、誰も手を差し伸べようとしない。怯えて呆然とした顔が並んでいるだけだった。何人かは九一一に緊急通報をしているようだが、ほとんどは携帯電話を使って写真や動画を撮っている。

サックスは下の男性に呼びかけた。「すぐにレスキュー隊が来ます。私はニューヨーク市警の者です。いまからそちらに下ります」

「頼む、痛い！」男性がまた悲鳴を上げる。その声の振動がサックスの胸にも届いた。

あの出血の激しさ。危険だ。間に合うように止血できるかどうか、私にかかっている。ぐずぐずしていないで早く！

蝶番《ちようつがい》式の乗降板の残り半分を持ち上げた。アメリア・サックスはアクセサリーをほとんど身に着けないが、今日一つだけ着けていた、青い石が輝く指輪をはずした。それが引っかかったりして歯車に手が巻きこまれたらと不安になったからだ。モーターの一台の歯車が男性の体を嚙んでいる。もう一台のモーター、下りのエスカレーターに動力を供給しているほうは、まだ稼働を続けていた。おなじみの閉所恐怖をどうにかこうにか腹の底に押し戻し、サックスは縦長のピットを下り始めた。点検作業員のためのはしごがあるが、幅のせまい金属の横棒は下の男性の血で濡れて滑りやすくなっている。転落した拍子に乗降板の鋭い縁《ふち》で体のどこかをざっくりと切ってしまったらしい。サックスははしごの横棒にかけた手足に力をこめた。踏み外せば男性の上に落ちてしまうだろうし、男性のすぐ隣には下りエスカレーターの回転し続ける歯車がある。一度、足が滑り、腕だけで体重を支えようとして筋肉が攣《つ》りかけた。ブーツの底が歯車をかすめた。ヒールに深い溝が刻まれ、ジーンズの裾が引っ張られた。反射的に脚を引いて事なきを得た。

ようやく床に靴底が触れた……踏ん張って、もう少しだから踏ん張って。男性に向けて、そして自分自身にも、そう言い聞かせた。もしかしたら、頭のなかでつぶやいただけのことだったかもしれない。

気の毒な男性の叫び声のボリュームは少しも下がっていなかった。苦痛に歪《ゆが》められた顔から完全に血の気が引き、肌は汗に濡れててらてら光っている。

「頼む。ああ、あああ……」

サックスはもう一組の歯車に触れないよう慎重に動いて奥側に回った。その途中で血だまりを踏んで二度、足を滑らせた。一度は、不随意に動いた男性の脚に腰をまともに蹴りつけられて、回転する歯車の上に前のめりに倒れこみかけた。

頬が金属の歯に当たる寸前だった。また足が滑る。今度もどうにか踏みとどまった。

「市警の者です」サックスはもう一度言った。「レスキュー隊が来ますから」

「痛い。痛い。もうだめだ。ああ、もうだめだ」

サックスは上を向いて大声で言った。「メンテナンスの人をお願いします！　ここの管理責任者を！　この機械を止めて！　ステップじゃなくて、モーターを止めてください！　電源を切って！」

レスキュー隊は何をぐずぐずしているのだ？　サックスは男性の怪我の具合を確かめた。どうしていいかわからない。ジャケットを脱いで、ずたずたに切り裂かれた男性の腹部から鼠径部《そけいぶ》にかけて押し当てたが、ほとんど止血の役に立たなかった。

「ああ、ああ、ああ」男性が弱々しくうめく。

ワイヤを切ろう。サックスは不法だが切れ味は抜群によいナイフを後ろポケットに入れて持ち歩いている。しかし、ワイヤやケーブルは一つも見当たらなかった。こんな危険な機械を作っておいて、オフスイッチの一つもつけておかないとはどういう了見だ？

信じられない。その無責任さに怒りが湧《わ》く。

「妻に」男性がしゃがれた声を絞り出した。

「黙って」サックスはなだめるように言った。「大丈夫ですから」大丈夫でないことはわかりきっている。男性の体は血まみれのぼろぞうきんのようだ。たとえ命が助かったとしても、もう元どおりにはならない。

「妻に。妻……会いに行ってもらえますか。息子にも。愛していると伝えてください」

「ご自分で伝えるといいですよ、グレッグ」サックスは男性の胸の名札を確かめて言った。

「警察の人?」あえぐような声だった。

「そうです。レスキュー隊もまもなく――」

「銃。貸して」

「銃?」

男性はまた悲鳴を上げた。涙の粒がぼろぼろと頬を転がり落ちる。

「頼む、銃を貸して! どうやって撃てばいい? 教えて!」

「それはできません、グレッグ」サックスはささやくように言い、男性の腕に手を置いた。もう一方の手で滝のような汗に濡れた顔を拭ってやる。

「痛い……もう無理だ」これまでよりいっそう大きな悲鳴。「終わりにしたいんだ!」

人間の目にこれほど深い絶望を見たのは初めてだった。

「頼む。頼む! 銃を貸してくれ!」

アメリア・サックスは迷った。それから手を腰にやると、ベルトから拳銃を抜いた。

刑事かな。

まずい。まずいぞ。

あの背の高い女だ。ブラックジーンズ。きれいな顔。それに、あの真っ赤な髪……

刑事か。

エスカレーターのところに女を残して、僕はショッピングセンターの人込みにまぎれこんだ。

向こうは僕に見られたとは思っていないだろう。だが、僕はしっかり見た。そうさ、ばっちり見たぞ。大きく開いた機械の口に男が落ちて悲鳴が聞こえたとき、近くにいた全員が振り返ったのに、あの女だけはエスカレーターのほうを見なかった。一人だけ何事もないはずのスターバックス側を向いて、僕を探した。

ベルトに銃を下げているのも見た。警察のバッジも。私立探偵じゃない。警備員でもない。本物の刑事、警察ドラマに出てくるみたいな正真正銘の刑事だ。あの女は——

ん？　いまのは何だ？

銃声か。僕はガンマニアじゃないが、拳銃を使ったことは何度かある。いまのは間違いなく銃声だ。

どういうことだろう？　何か変だ。何かおかしいぞ。あの女刑事は——真っ赤な髪に敬意を表して〝レッド〟と呼ぶことにしよう——レッドは、別の誰かを逮捕するつもりで来たのか。判断は難しいな。僕の数々の悪事を知って追ってきた可能性は皆無というわけじゃない。少し前にニューアークの沼に沈めた死体が見つかったとか。あれには、太った連中が、買ったはいいが五回くらい使っただけでお蔵入りさせるようなバーベルをくくりつけておいた。発見されたという報道はいまのところないが、まあ、ニュージャージー州の話だしな。死体ランドだよ、ニュージャージーは。また死体が出たって？ へえ、でもまあ、いちいち報道することもないさ。そんなことより、ニューヨーク・メッツが七点差で勝ったぞ！ そんなところだろう。ああ、そうだ、沼に死体を沈めてすぐ、マンハッタンの暗い裏通りで喉をざっくり裂いたやつの件で追ってきたってことも考えられる。あとは、そうだ、40ディグリーズ・ノースってクラブの裏の建設現場の死体か。あそこにも頭の骨が砕けたすてきな死体を捨てた。

僕が切ったり砕いたりしているところを見たやつがいるとか？ ありうる話だな。僕は、ほら、特徴的な外見をしているから。身長と体重のバランスがね。

あの女刑事が探しているのは僕だと思っておくことにしよう。用心に越したことはない。逃げたほうがいい。つまり目立たないほうがいいということで、それはつまり、背中を丸めるということだ。五センチ背を伸ばすより、縮めるほうが簡単だ。

それにしても、さっきの銃声は？ あれはいったい何だ？ 僕よりもっと物騒なやつを追っていたのか？　あとで忘れずにニュースをチェックしよう。

混雑してきた。みんなあわてている。背の高い僕、瘦せた僕、足がやけに大きくて手の指が妙に長い僕を見ているやつはいないと思ってよさそうだ。悲鳴や銃声が聞こえたから、みんな急いで建物の外に出ようと必死だ。どの店も、フードコートも、空っぽになりかけている。誰だってテロリストは怖い。迷彩柄の服を着た頭のおかしな男たちが、怒りを爆発させて、あるいは頭のなかの配線がゆるんじまったせいで、刃物を振り回して手当たり次第に刺したり斬りつけたり、銃を乱射したりするんじゃないかと怯えている。ＩＳＩＳ。アルカーイダ。右派武装勢力《ミリシア》。誰もが過敏になっている。

僕はここで向きを変え、紳士用の靴下と下着の売り場を通り抜けた。

〈ヘンリー・ストリート出口４〉がすぐ先に見えた。あそこから外に出るべきか。

待て、落ち着いて考えよう。僕は一つ深呼吸をする。あまり急ぎすぎちゃいけない。外に出る前にこの緑色のジャケットと野球帽をどうにかしたほうがいいな。新しい服を買おう。安売り店に入って、中国製のイタリアン・ブルーのブレザーを現金で買った。35のロングがあった。ラッキーだ。このサイズはあまり売られていない。おしゃれなヒップスターが好みそうなフェドーラ帽も買う。中東系の子供みたいな年齢の店員がメールしながらレジを打った。それが客に対する態度かよ。頭の骨をかち割ってやりたくなる。ただ、僕をじろじろ見たりはしなかった。そこは気に入った。古いほうのジャケットをバックパックに隠す。緑色の格子柄のジャケットだ。弟のだから、捨てるわけにいかない。野球帽もバックパックに押しこんだ。

〝中国製イタリアン・ブルーのヒップスター〟は店を出て、ショッピングセンターをふたたび歩き出す。さて、どこから逃げる？　ヘンリー・ストリートか？

待て待て。それはあまり利口じゃない。外は警官だらけに決まっている。

僕は視線をめぐらせた。あらゆる方角を、すみずみまで確かめる。ああ、通用口がある。きっとあの先は搬入口だろう。

まるでここの従業員みたいな顔で、掌《てのひら》ではなく（指紋や掌紋が残る）、こぶしを使ってドアを押し開けた。〈関係者以外立入禁止〉の札は無視だ。非常時は何でもありだろう？

それにしても、タイミングに恵まれた。エスカレーター。悲鳴が聞こえたとき、レッドがそのすぐ横にいたこと。運がよかったとしか言えない。

壁のフックにコットンのジャケットがあった。従業員の名札を失敬して、ぴかぴか光る長方形のそいつを胸にピンで留めた。いまから僕は顧客対応チームのマリオだ。風貌にそぐわない名前だが、しかたがない。

奥の出入口から従業員が二人入ってきた。若い男の二人組だ。一人は茶色い肌、もう一人は白い肌をしている。僕は軽くうなずいた。向こうもそれに応えてうなずく。

どっちかがマリオだったりしないといいが。マリオの仲のいい同僚とか。万が一、そのどっちかだったら、バックパックに手を入れなくちゃならない。その意味することは一つだ。はるか高みから骨を砕く。二人とすれ違った。

いいぞ。

いや、まだ安心できないぞ。一人が僕に話しかけてきた。「おい」

「何だ?」僕はそう聞きながら、いつでもハンマーを握れるよう、バックパックに手を入れる。

「騒がしいな。何かあったのか?」

「強盗じゃないか。宝石店で。たぶん」

「ああ、あの店な。警備員を雇わないからだよ。いつかやられると思った」

同僚が言った。「どうせ安物しか置いてないのにな。ジルコニアとか、模造品ばっかりだ。ケツを撃たれてまで盗んだのに模造品でしたなんて笑えないぜ」

〈搬入口〉と書いた矢印に従って、僕は歩き続けた

話し声が聞こえている。立ち止まって、通路の角から先をのぞいた。黒人の警備員が一人だけ。僕と同じで、小枝みたいに痩せている。無線で話していた。あれならハンマーの一撃で簡単に倒せる。顔に振り下ろせば、頭骨がばらばらに砕けるだろう。そのあと——

何だよ。人生ってやつは、どうしてこういちいち面倒くさいんだ?

ほかにも二人現れた。一人は白人、もう一人は黒人だ。どっちも僕の倍くらい体重がありそうだ。

僕は首を引っこめた。状況はさらに悪化した。後ろ。たったいま僕が来た通路の奥。そっちからも話し声が聞こえる。レッドと仲間の刑事かもしれない。こっちを調べに来たんだろう。

唯一の出口、すぐ先に見えている出口とのあいだに、警備員が三人。僕と同じで、誰かの骨を砕くチャンスを心待ちにしている連中。警備員だから、スタンガンで撃ったり、催涙《さいるい》スプレーを吹きつけたり、かもしれないが。

くそ。腹背の敵ってやつだな。逃げ場がない。

2

「容疑者はどこ?」

「まだ捜索中です、アメリア」第八四分署のパトロール警官バディ・エヴェレットが答えた。「六チームで。僕らと、ここの警備員で手分けして、全部の出口を固めました。容疑者はこの建物内のどこかにまだいるはずです」

サックスはブーツについた血をスターバックスのナプキンで拭い取った。厳密に言えば、拭ったが、その労力は大して報われなかった。やはりスターバックスでもらったごみ袋にジャケットを押しこむ。捨てるしかないというところまでは汚れていないが、一度血を吸った服をまた着る気にはなれないだろう。若いパトロール警官はサックスの両手が血で汚れていることに気づいて狼狽《ろうばい》したような目をしている。警察官も人間だ。いつかは慣れるものだが、それに要する歳月は人によってさまざまだ。バディ・エヴェレットはまだ若い。

赤いフレームの眼鏡をかけたエヴェレットは、開いたままの乗降板を凝視した。「落ちた人は……？」

「助からなかった」

エヴェレットはうなずいた。今度は床を見つめている。血に濡れたサックスのブーツの跡がエスカレーターからこちらに向かって続いていた。

「どっちに逃げたか、見当は？」エヴェレットが尋ねた。

「まるでわからない」サックスは溜め息をついた。未詳40号がサックスに気づいて逃走を試みたとしたら、そのときから、そして応援の警官が到着して捜索を開始してから、まだ数分しかたっていない。しかし、そのわずか数分のあいだに、容疑者は透明人間にでも変身したかのように消えていた。「これでよし、と。私も捜索に加わるわ」

「地下のチームが苦戦してると思いますよ。まるで迷路ですから」

「わかった。外の通りの聞き込みにも何人か行ってもらってね。私に気づいてすぐに逃げたなら、ぎりぎりで外に出られたかもしれない」

「了解、アメリア」

冷えて固まりかけた血と同じ色の眼鏡をかけた若いパトロール警官は、一つうなずいて立ち去った。

「サックス刑事」背後から男性の声がした。

サックスは振り返った。五十歳くらいの小柄なラテン系の男性が立っていた。ストライプ柄の紺色のスーツ、黄色のシャツ、目の覚めるような純白のネクタイ。そうそうお目にかかれない取り合わせだ。

サックスは小さく会釈した。

「マディーノ警部」

握手を交わした。マディーノは奥二重《おくぶたえ》ぎみの黒い瞳でサックスを見つめていた。そのまなざしは魅惑的ではあるが、セクシーというのとは少し違う。影響力を持つ男性に――一部の女性にも――共通する、一瞬で相手の心をとらえるような目だ。

マディーノは第八四分署に所属している。重大犯罪捜査課が捜査している未詳40号の事件とは関係がない。ここに来ているのは事故発生を受けてのことだが、エスカレーターの保守管理に刑事過失が見つからないかぎり、警察はまもなく引き上げるはずだ。ただ、このあと現場の検証を行うのはマディーノの部下だろう。

「経緯を聞かせてもらえないか」マディーノがサックスに言った。

「消防局のほうが正確にお話しできると思います。私は殺人事件の容疑者を追っていて居合わせただけなので。私が知ってるのは、エスカレーターが故障して、中年の男性がピットの歯車の上に転落したことだけです。私もピットに下りて止血しようとしましたが、できることはほとんどありませんでした。男性もしばらくは持ちこたえましたが、DCDSでした」

DCDS——現場で死亡を確認。

「非常停止ボタンは？」

「誰かが押してくれましたけど、階段の動きが止まるだけで、モーターは動き続ける仕組みになっているようです。歯車は回り続けていました。男性は鼠径部から下腹を巻きこまれていました」

「むごいな」マディーノは唇を引き結び、前に進み出ると、ピットをのぞいた。表情に変化はなかった。真っ白なネクタイが思いがけず前に揺れてエスカレーターの手すりに触れないよう、手で押さえている。血は手すりにまで飛び散っていた。いっさいの感情を表に出さないまま、マディーノはサックスに向き直った。「ここに下りたわけか？」

「はい」

「それはこたえただろうね」マディーノの目に浮かんだ同情は本物と見えた。「発砲については？」

「モーターを撃ちました」サックスは説明した。「スイッチが見つからなかったので。ケーブルを切ろうにも、それも見つかりませんでした。男性を放っておいて探し回ったり、はしごを上って電力を落としてほしいと頼んだりするわけにもいきませんでした。傷口を圧迫していたので手が離せなくて。そこでしかたなく、モーターのコイルを撃ちました。そうしなければ男性の体は真っ二つにされてしまっていたでしょうから。ただ、そのときにはもう手の施しようがありませんでした。血液の八割を失っていたと救急隊から聞きました」

マディーノは何度もうなずいた。「いい判断だったね、サックス刑事」

「でも、助けられませんでした」

「きみはできるかぎりのことをしたんだ」マディーノは振り向いて開きっぱなしの乗降板を見つめた。「規則どおり調査委員会を設置せざるをえないが、いま聞いたような経緯なら、形式上の調査で終わるだろう。心配はいらないと思う」

「ありがとうございます、警部」

ドラマや映画とは違って、警察官による発砲はごくまれにしか発生しない重大な事案だ。火器の使用が許されるのは、警察官自身または無関係の市民の生命が現に危険にさらされている場合、あるいは武装した重罪犯が逃走を試みた場合に限られる。加えて、射殺を目的に発砲することは認められるが、負傷させることが目的では認められない。殺人マシンと化した機械の息の根を止めるために拳銃をレンチ代わりに使うなど、もってのほかだろう。

勤務中か非番かを問わず、警察官による発砲事案が発生すると、現場の所轄分署の長が現場に赴き、使用された銃を保全して調べる。その後、管区発砲調査委員会が設置され、警部の階級にある者を委員長として調査を行う。今回は死者も負傷者も出ていないため、アルコール検査を受ける必要はなく、自動的に三日間の職務停止の処分が下されるということもない。また違法行為が認められないことから、銃を没収されることもない。現場に来た分署長に点検のため銃を提出し、シリアル番号を控えてもらうだけですむ。

サックスはさっそく手続きを行った。慣れた手つきでマガジンを抜き、薬室内の弾を排出して、床に落ちたそれを拾った。銃をマディーノに手渡す。マディーノはシリアル番号を書き留め、銃をサックスに返した。

サックスは言った。「発砲・銃撃報告書はのちほど提出します」

「急がなくていいよ。委員会を招集するのに時間がかかるし、ほかに一刻を争う仕事があるだろうから」マディーノはまた下を向いてピットをのぞきこんでいた。「きみは大したものだね、サックス刑事。ここに下りる勇気のある人間はそういないだろう」

サックスは排出した弾を装塡《そうてん》し直した。第八四分署の署員が上下のエスカレーター周辺を封鎖している。そこでサックスはエレベーターホールに向かった。エレベーターで地下に下りて、未詳40号の捜索に加わるつもりだった。しかしそこにバディ・エヴェレットが来て、サックスは立ち止まった。

「やつは逃げたようです、アメリア。この建物にはもういない」眼鏡のフレームの黒っぽい赤がますます血に似て見えて、どきりとした。

「どこから？」

「搬入口です」

「でも、そこにも人を配置してたのよね。少なくともここの警備員はいた」

「大声を出したんですよ。容疑者が。手前の通路の角から搬入口に向かって、容疑者は倉庫にいるぞと言ったんです。手錠なり催涙スプレーなりを持って来てくれと。警備員がどんな連中か知ってるでしょう？　警察官ごっこができるチャンスと見れば飛びつく。全員が倉庫に突進して、容疑者はその隙に搬入口から悠々と出ていった。監視カメラの映像で確認しました――黒っぽい色味の真新しいスポーツコートとフェドーラ帽っていう格好で、搬入口のはしごを下りてトラック用の駐車ゾーンを走って逃げる姿が映っていました」

「どっちに行ったかわかる？」

「遠くはぼやけていて、そこまでは」

サックスは肩をすくめた。「地下鉄に乗ったと思う？　それともバス？」

「どうでしょうね。徒歩で逃げたか、タクシーを拾ったんじゃないかな」

「黒っぽい上着――スポーツコートと言ったわね」

「ええ、衣料品の店にひととおり聞いて回りましたが、似た体格の買い物客を見たという話は一つも出てきません。人相もわからないままです」

「搬入口のはしごから指紋は採れそう？」

「それがですね、映像を見ると、はしごを下りる前に手袋をはめてるんですよ」

抜け目ない。利口な犯罪者だ。

「手がかりになりそうなことが一つだけ。飲み物のカップと、ファストフードの包装紙らしきものを持ってました。探しましたが、途中で落としたりはしていないようです」

「鑑識を呼んで探してもらうわ」

「ところで、ホワイト・タイ警部との話はどうでした？ おっと、僕、ホワイト・タイ警部なんて失礼な呼びかた、してませんよね？」

サックスは笑った。「したとしても、私は聞いてなかったわ」

「あの人、州知事公邸の執務室のインテリアをどうするか、いまから考えてるって噂ですよ」

なるほど、それであの粋な着こなしに説明がつく。政界進出の野心を抱いた警察幹部。味方につけておいて損はない。

きみは大したものだね、サックス刑事……

「警部は好意的だった。発砲の件でも擁護してくれそう」

「話のわかる人ですよ。〝あなたに投票します〟って約束すれば」

「聞き込みを続けて」サックスは促した。

「了解」

そこへ今度は消防局の調査官が来て、サックスはエスカレーターの事故について事情聴取を受けた。二十分後、未詳40号事件を担当する鑑識チームがクイーンズにあるニューヨーク市警鑑識センターから到着して、サックスと合流した。三十歳前後のアフリカ系アメリカ人の男女チームとは顔見知りだった。二人は大きなスーツケースを引いてエスカレーターに近づいた。

「ああ、そこはいいの」サックスは言った。「それは事故だから。調査部と八四分署が合同で調べるはず。いまお願いしたいのはスターバックスのグリッド捜索」

「何があったんですか」女性の鑑識課員がスターバックスのほうを振り返って尋ねた。

「重大犯罪だろうな」パートナーの男性が言った。「フラペチーノ高価《たか》すぎ罪」

「未詳40号が遅めのランチをとったの。奥のほうのテーブル。正確な場所はお店で聞いて。長身、痩せ形。緑色の格子柄のジャケットと、アトランタ・ブレーブスの野球帽。痕跡はほとんど残ってないかもしれないけど。カップや包装紙も持って逃げたようだから」

「DNAをまき散らしたままにしておいてくれないと、仕事にならないな」

「言えてる」

サックスは言った。「ごみを近くに捨ててくれたんじゃないかと期待してるの」

「どのへんに捨てたか見当はつきます？」女性のほうが聞く。

何気なくスターバックスの店員を見た瞬間、一つ考えが閃いた。「なくはない。でも、このショッピングセンターのなかじゃなさそう。それについては私にまかせて。あなたたちはスターバックスをお願い」

「あなたってほんと大好き、アメリア。私たちにはいつもぬくぬく暖《あった》かいところを譲って、自分は暗くて寒いところを引き受けてくれるから」

サックスは、鑑識チームが広げたスーツケースから青いタイベックの防護服を取った。「いつもどおりの手順でいいんですよね、アメリア。全部一つにまとめて、リンカーンのタウンハウスに届ける」

サックスは強ばった表情で答えた。「いいえ、全部クイーンズに持って帰って。捜査本部はダウンタウンの市警本部に置くから」

二人はさっと目を見交わしたあと、サックスに向き直った。女性のほうが聞いた。「ライムの具合でも——？」

「聞いてない？」サックスはそっけなく言った。「リンカーンはもう、ニューヨーク市警の捜査顧問じゃなくなったのよ」

3

「答えはかならずそこにある」

傷だらけの壁に反響したその言葉が消えると、あとに沈黙が訪れた。壁は光沢のある〝校舎らしい〟緑色、すなわち胆汁《たんじゅう》のような色をしている。

「答えは現場にある。一目瞭然のものかもしれない。たとえば、犯人の指紋とDNAがべったりと付着した血まみれのナイフ。犯人のイニシャルや、お気に入りの詩の引用まで刻まれているかもしれない。反対に、すぐには見つけられないものであるかもしれない。たとえば、裸眼では確認できないリガンド三個――リガンドとは何だ？　わかる者は？」

「匂い分子です、サー」男性の震え声が答えた。

リンカーン・ライムは先を続けた。「不明瞭なもの。答えは三個の匂い分子にあるのかもしれない。いずれにせよ、探せばかならずある。殺人者と被殺人者とを結びつける何かが我々を殺人者の自宅の玄関まで案内し、陪審を説得して、殺人者は今後二十年から三十年を新しい住まいで過ごすべきであるという評決を引き出す場合も少なくない。

ロカールの原則を誰か説明してくれないか」

最前列から落ち着いた女性の声が答えた。「犯罪の現場では犯人と現場または被害者とのあいだ、多くは現場と被害者の両方とのあいだで、かならず何らかの物質が交換されます。フランスの犯罪学者、エドモン・ロカールはその物質を〝塵《ちり》〟と呼びました、一般には〝物質〟と表現されます。より具体的に言うなら〝微細証拠〟です」答えた女性は首を軽くかしげ、顎がほっそりとしたハート形の顔を縁取る栗色の長い髪を後ろに払いのけた。それから続けた。「ポール・カークは次のように論じました。〝物的証拠が偽証することはありえない。まったく存在しないこともありえない。その価値が減じるのは、人間がそれを発見できず、分析できず、理解できなかった場合に限られる〟」

リンカーン・ライムはうなずいた。正解は、認められはしても、賞賛されることはない。賞賛は基礎を超えた洞察が提示されたときのために留保してあるからだ。それでも、感心していないわけではなかった。フランスの偉大な犯罪学者について論じた節を読むという課題はまだ与えていない。ライムは困惑したような表情を作ると、一同を見回した。「ミズ・アーチャーの説明を書き留めたかね？　一部、ノートを取らなかった者がいるようだ。なぜなのか、私にはわからないね」

ペンが紙の上を走る音、ノートパソコンのキーが鳴る音がにわかに聞こえ始めた。タブレット端末のソフトウェアキーボードの上を音もなく踊り回る指もある。

今日の講義は〈現場鑑識基礎〉の二回目だ。クラスの約束事はまだできあがっていない。生徒の記憶力は柔軟で確かではあるだろうが、どんな場面でも絶対に信頼が置けるということはないだろう。それに、紙やディスプレイに記録するのは、単に意味を理解することを超えて、自分のものにする行為でもある。

「答えはかならずそこにある」ライムは繰り返した——大学教授らしいもったいぶった調子で。「犯罪科学あるいは科学捜査において、解決できない犯罪は一つとして存在しない。問題は、能力、創意工夫、努力だ。犯人の身元を突き止めるために、どこまでの労力を注ぐ覚悟があるか。まさしく、ポール・カークが一九五〇年代に指摘したとおりの話だね」ライムはジュリエット・アーチャーに視線をやった。顔と名前が一致する生徒はまだ数人しかいない。アーチャーは最初に覚えた一人だった。

「ライム警部?」教室の後方の席から若い男性が呼びかけた。生徒は三十名ほどいる。年齢は二十代前半から四十代と幅広いものの、どちらかといえば若い世代が多かった。発言した若者はヒップスター風に逆立てたスタイリッシュなヘアスタイルだが、どことなく警察官らしい雰囲気を漂わせていた。大学の教員一覧のライムの欄には——ネット検索でヒットする何万ものページにも——何年も前に障害を理由にニューヨーク市警を退職した当時の階級が掲載されているとはいえ、ニューヨーク市警に在籍したことのない人物がその肩書きを使うとは考えにくい。

ライム教授は右手を優雅に動かし、複雑な構造をした電動車椅子の向きを変えて若者のほうを見やった。ライムは四肢麻痺患者だ。首から下はほぼ完全に麻痺している。当初は左手の薬指しか言うことを聞かなかったが、幾度かの手術を経て、それ以外に右腕と右手も動かせるようになった。「何だ？」

「ちょっと思ったことがあって。ロカールの原則は、〝物質〟や〝塵〟が移動するという話ですよね」最前列左端のジュリエット・アーチャーのほうに一瞬だけ視線を投げた。

「そのとおりだ」

「心理的移動っていうのもあるんじゃないでしょうか」

「どういう意味かな」

「たとえば、犯人が被害者を殺す前に、これからおまえを拷問してやると脅したとします。発見されたとき被害者の顔が恐怖で歪んでいたら、それを根拠に、犯人はサディストであると推認できることもあるでしょう。その情報を心理プロファイルに加えれば、容疑者をある程度絞りこめるかもしれません」

〝推認《infer》〟と暗示《imply》とを混同して言い間違える者も少なくないが、この若者は正確な言葉遣いをした。ライムは答えた。「一つ質問がある。きみはあのシリーズのファンだろう。『ハリー・ポッター』。映画も見たね？」基本的にライムは文化的現象に関心を持たない。事件解決の役に立つなら別だが、そういう例はほぼないに等しい。しかし『ハリー・ポッター』は……特別だ。

若者はいぶかしげな表情で黒っぽい目を細めた。「ええ、本も映画も好きですが」

「あれはフィクションだと理解できているだろうね。ホグワース魔法魔術学校は現実には存在しないと」

「ホグワーツ魔法魔術学校のことですね。ええ、実在しないことはちゃんとわかっています」

「魔法使い、魔法の呪文、黒魔術、幽霊、テレキネシス、それにきみの言う犯罪現場における〝心理的移動《ホグウォッシュ》〟も――」

「でたらめ、ですか」

生徒たちが笑った。

ライムの左右の眉がVの字を描いた。ただし、話しているところをさえぎられて腹が立ったからではない。若者の生意気な物言いは気に入ったし、言葉遊びのセンスもいい。気に入らないのは、本質的な部分だ。「いやいや、そんなことはない。私はこう言おうとしていたんだ。いま挙げたものはいずれもまだ、経験的事実によって証明されていないとね。きみが心理的移動と称する現象を適切な数の実験群と対照群を使って繰り返し再現できたとする、客観的な研究を提示してくれたまえ。そうしたらきみは正しいと認めよう。しかし、私はそのような現象に頼ろうとは思わない。事件捜査の実体のない側面に気を取られると、肝心要《かんじんかなめ》の領域がおろそかになりかねないからだ。その領域とは――？」

「物的証拠です」今度もまたジュリエット・アーチャーだった。

「犯行現場は、強い風に吹かれたタンポポのように一瞬で変わってしまうものだ。さっき話した三個のリガンドはおそらく、その一秒前には百万個あったうち残った三個だろう。雨粒一つが殺人者のDNAを洗い流してしまうこともある。CODISデータベースと照合すれば、犯人の氏名、現住所、電話番号、社会保障番号まで……うまくいけばシャツのサイズまで判明したかもしれないのに、そのチャンスは永遠に失われてしまう」ライムは教室を見回した。「シャツのサイズは冗談なんだがね」世間はリンカーン・ライムの言うことをすべて真に受けがちだ。

警察官らしきヒップスター風の若者はうなずいたものの、まだ納得がいかないといった顔をしていた。ライムは感心した。あの若者はこのテーマをもっと掘り下げてみようとするだろうか。そうだといい。よく調べれば、彼の説を裏づける客観的なものが何か見つからないともかぎらない。

「ムッシュ・ロカールの塵――すなわち微細証拠については、来週か再来週の講義で詳しく取り上げるとしよう。今日のテーマは、分析すべき塵を確実に集めることだ。犯行現場の適切な保存について話をする。汚染のない犯行現場を扱うことはまずない。そんな現場は存在しないからだ。きみたちの仕事は、与えられた現場の汚染を最小限にすませることである。さて、汚染の最大の元凶は何だろう？」ライムは答えを待たずに先を続けた。「そのとおり、同僚の警察官だ――その多くは、というよりほとんどは、警察幹部だ。テレビカメラを意識してめかしこんだボスたちを現場からできるだけ遠ざけつつ首にならずにすませるには、どうしたらいい？」

笑い声が静まったところで、講義は始まった。

リンカーン・ライムは何年も前からときおり教鞭《きょうべん》を執ってきた。教えることが楽しくてしかたがないというわけではないが、科学捜査は事件解決に有効であると強く信じている。加えて、科学捜査官のレベルを可能なかぎり高めたい——すなわちライム自身と同レベルに高めたいという動機もあった。刑罰を免《まぬか》れる犯罪者、罪に釣り合わない軽い刑を言い渡される犯罪者が多すぎる。反面、無実の人々が刑務所に送られることもある。そんな背景に後押しされて、次世代の科学捜査官の育成に可能なかぎり貢献したいと考えるようになった。

そして一月《ひとつき》前、それを新たなライフワークにしようと決意した。その時点で引き受けていた事件捜査をすべて片づけると、ジョン・マーシャル刑事司法大学の教職に応募した。セントラルパーク・ウェストに面した自宅タウンハウスからほんの二ブロックの距離にある学校だ。厳密には、応募するまでもなかった。ある夜、友人でもある地方検事補と飲み交わしたとき、捜査顧問業はたたんで教職に就こうかと考えていると何気なく話したところ、地方検事補がそれを誰かに話し、まもなく地方検事補自身がパートタイムで教えているジョン・マーシャル刑事司法大学にその話が伝わって、学長からライムに電話がかかってきた。大学側が考えていることはおおよそ推測がついた。有名人であるライムは手堅い商品だ。ライムが教えるとなれば、マスコミも注目するだろうし、生徒も集まるだろう。うまくいけば大学の授業料収入を一気に増やすことができる。ライムはさっそく契約書に署名し、この入門講座と、〈先端化学および凶悪事件現場に共通する物質の電子顕微鏡を含む機械分析〉という講座を担当することになった。ライムの知名度を裏づけるように、前者ばかりか後者の講座もあっという間に定員に達した。

生徒の大部分はニューヨーク市警、州警察、連邦捜査局に所属する現役の捜査官やその志望者だ。また、私立探偵や企業、弁護士事務所などが使う民間の科学捜査機関を志している者もいる。ほかに、ジャーナリスト志望が数人と、科学捜査の正しい知識を得ておきたいという小説家が一人いた（ライムはこの小説家の存在を歓迎している。ライムやライムが解決した事件をモデルにした犯罪小説シリーズを書いている作家に手紙を書いて、科学捜査に関する記述の誤りを指摘したことが何度かあるのだ。「どうしてもそのような扇情的な表現が必要なのか？」）。

犯行現場の保存について、概論にしてはかなり詳しく議論したあと、ライムは時刻に目を留めて講義終了とした。生徒が講義室を出て行く。ライムは低めのステージのようになった教壇をスロープ伝いに下りた。

スロープを下りきるまでに、講義室はたった一人の生徒を残して空っぽになっていた。最前列にまだジュリエット・アーチャーがいた。年齢は三十代半ばで、一度見たら忘れられないような目をしている。先週のこの講義で初めて会ったとき、強烈な印象を残したのはその瞳だった。人間の虹彩や眼房水に青い色素は存在しない。青い色は上皮組織に含まれるメラニン量にレイリー散乱が加わって生じる。アーチャーの瞳の色は、鮮やかなセルリアンブルーだった。

ライムは車椅子を操作してアーチャーに近づいた。「ロカールの法則を知っていたね。副読本を読んだわけだ。私の本を。言葉はいくらか変えていたが、ほぼ私が書いたとおりだった」このクラスにはまだ、自分の著作を読む課題を与えていなかった。

「先日、ワインを飲みながら食事をするのに、何か読むものがほしかったので」

「なるほど」

アーチャーが言った。「で?」

その一言で、何が聞きたいのかわかった。先週と同じ質問だ。先週の講義後から今日までに何度も留守番電話に残っていたのと同じ質問。

宝石のようにきらめく瞳がライムをじっと見つめていた。

ライムは答えた。「さほどいい考えではないように思う」

「いい考えではない?」

「有益かどうかという意味で。きみのためにならない」

「それには同意しかねます」

はっきりとものを言うタイプのようだ。しかも沈黙が続いても平然としている。やがて口紅を塗っていない唇が弧を描いて笑みを作った。「私の身上調査をなさったんですね」

「ああ、調査した」

「スパイを疑ったんでしょう。あなたに取り入って捜査のノウハウを盗もうとしているとでも思いましたか」

たしかにそれは考えた。ライムは肩をすくめた。四肢麻痺ではあるが、肩をすくめる動作はできる。「好奇心から調査した」その結果、ジュリエット・アーチャーについて多くを知った。公衆衛生と生物科学の修士号を持ち、少し前まで、ウェストチェスターにあるニューヨーク衛生研究所の伝染病課に臨床疫学者として勤務していた。現在は科学捜査の分野に転職を望んでいるようだ。自宅はダウンタウンの〝ロフト街〟ソーホーにある。十一歳の息子は学校のサッカーチームのスター選手で、アーチャー自身も、モダンダンサーとしてマンハッタンやウェストチェスターで活躍し、好評を博したことがある。離婚するまではニューヨーク州ベッドフォードに住んでいた。

スパイではない。

アーチャーはまだライムの目をじっと見つめていた。

その場の思いつきで行動することなどほとんどないが、ライムはとっさに答えた。

「わかった。いいだろう」

儀礼的な笑み。「ありがとうございます。今日からでも始められます」

ライムは一拍おいて答えた。「明日から」

アーチャーは瞳をきらめかせ、からかうような表情をして首をかしげた。その気になれば交渉して開始日を変更させるくらい簡単だが、ここは勘弁しておいてやろうとでもいうように。

「住所はわかるかな」ライムは確認した。

「はい」

合意成立のあかしに握手を交わす代わりに、二人とも軽くうなずいた。アーチャーは笑みを浮かべると、自分の車椅子のタッチパッドに右の人差し指を滑らせた。数年前までライムが使っていたのと同じストーム・アローの銀色のモデルだった。「では明日」アーチャーは車椅子の向きを変えると、通路をたどって出口に向かった。

4

赤煉瓦《あかれんが》の壁の家だった。暗めの赤色はパトロール警官バディ・エヴェレットの眼鏡のフレームや、乾いた血、臓物を連想させた。考えたくなくても思い浮かんでしまう。いまの状況ではしかたがない。

アメリア・サックスは屋内から漏《も》れる暖かな明かりを見つめながら迷っていた。ランプと窓のあいだを誰かが横切るたびに光がさえぎられる。まるでストロボライトのようだった。家は小さく、訪問客は多い。

死は、細い糸のようなつながりしか持っていなかった人々を呼び集める。

迷った。

市警に入局して以来、誰かの死を遺族に伝える仕事は何十回とこなしてきている。得意なほうと言ってもいい。サックスはいつも、警察学校の心理学者が教える言い回しをアレンジして使っていた（「お気持ちお察しいたします」「どなたか手伝いをお願いできそうな知り合いはいらっしゃいますか」といったせりふばかりが並ぶ台本を渡されたら、誰だってアドリブを加えたくなるだろう）。

しかし、今夜は特別だ。被害者の細胞のなかで振動していた電子が離れる瞬間、もっとスピリチュアルな言いかたのほうが好みであれば、魂が肉体から旅立つ瞬間に居合わせたのは初めてだった。グレッグ・フロマーの死の瞬間、サックスは彼の腕にそっと手を置いてそれを見守った。遺族を訪ねるのは気が進まなかったが、被害者と約束した。死者とした約束を破ることはできない。

サックスはベルトに下げた銃のホルスターを正面から見えにくい位置にずらした。なぜなのか自分でもよくわからないが、そうするのが礼儀だという気がした。ここに来る前にもう一つ妥協して、同じブルックリンにあってこの家からそう遠くない自宅に立ち寄り、シャワーを浴びて服を替えた。いまサックスの体のどこかに血がついていないか確かめるには、ルミノール試薬と波長可変型光源装置の計測器《ワンド》が必要だろう。

玄関前の階段を上ってチャイムを鳴らした。

ドアを開けたのは、アロハシャツを着てオレンジ色のショートパンツを穿《は》いた背の高い男性だった。年齢は五十代くらいだろうか。もちろん、ここは葬儀の場ではない。葬儀は明日以降になるだろう。今夜は友人や親類が駆けつけてきているというだけのことだ。料理などを持ち寄って、悲しみから遺族の意識をそらすと同時に、悲しむことに集中させてやろうと気遣っている。

「こんばんは」男性の目は、シャツの身ごろに描かれたオウムが首に巻いているレイに負けないくらい赤かった。亡くなったグレッグ・フロマーのきょうだいだろうか。どきりとするほど顔が似ていた。

「アメリア・サックスと申します。ニューヨーク市警の者です。ミセス・フロマーと少しお話しさせていただけないでしょうか」サックスは公務員くささを完全に消した穏やかな調子で言った。

「いいですよ、どうぞお入りください」

家具は最低限しかない。しかも互いに不ぞろいでみすぼらしかった。壁を飾る数枚の絵は、ウォルマートやターゲットなどのディスカウントストアで売っていそうな代物だ。フロマーは事故現場となったショッピングセンターの靴店で販売員として働いていて、給料は最低レベルだった。テレビは小型で、ケーブル契約も一番安価なプランと見えた。子供が少なくとも一人はいるようなのに——ダクトテープをぐるぐる巻きにした傷だらけのスケートボードが部屋の片隅に立てかけてある——ゲーム機は接続されていなかった。粗末なエンドテーブルのそばの床に日本のコミック本が積み上げられていた。

「私はボブ。グレッグのいとこです」

「お悔やみを申し上げます」台本どおり返すしかない場面もある。

「信じられなかった。妻と私はスケネクタディに住んでいましてね。連絡を受けて、大急ぎで来ました」それからまた同じことを繰り返す。「信じられなかった。こんな……こんな事故で死ぬなんて」ボブはアロハシャツと不釣り合いな険しい表情をして続けた。

「誰かにかならず責任を取ってもらいたいですね。あってはならない事故だ」

ほかの弔問客《ちょうもんきゃく》の何人かがサックスにうなずいてみせた。慎重に選んだ服をじろじろ見ている。深緑色のふくらはぎ丈のスカート、黒いジャケットとブラウス。悲しみの席にふさわしい身だしなみだが、意図してのことではなかった。これがサックスの〝制服〟なのだ。明るい色の服を着ているより暗い色のほうが銃で狙いにくい。

「サンディを呼んできます」

「ありがとう」

部屋の奥に十二歳くらいの少年がいた。五十代くらいの男性一人と女性二人が少年を守るように立っている。少年のそばかすが散った丸い顔は泣き濡れて赤く、髪はくしゃくしゃに乱れていた。父親の死を知って打ちのめされ、家族が来るまでベッドにもぐっていたのだろうか。

「何かご用でしょうか」

サックスは振り向いた。ほっそりした体つきの金髪の女性が立っていた。顔は紙のように白く、まぶたや目の下の皮膚の赤みを痛々しいほど際立たせていた。瞳の明るい緑色が不気味さに拍車をかけている。濃いブルーのノースリーブのブラウスは皺《しわ》だらけで、左右の靴はデザインこそ似ているが別々のものと見えた。

「ニューヨーク市警のアメリア・サックスです」

バッジは提示しない。その必要はない。

サックスはできれば二人きりで話したいと伝えた。

不思議なもので、ドラッグで酔った容疑者に四十歩ほどの距離からグロックの銃口を向けるほうが、あるいは犯人を逃がすまいとしてタコメーターの針がレッドゾーンに入ったままの状態で四速から二速にシフトダウンし、時速八十キロで角を曲がるほうが、ずっと気が楽に思えた。

覚悟を決めて。大丈夫、やれるから。

サンディ・フロマーは家の奥を指し示し、二人はリビングルームを抜けて小さな居室に入った。スーパーヒーローのポスターやコミック本、ジーンズやスウェットの小山、乱れたベッドを見るかぎり、さっきの少年の部屋のようだ。

サックスはドアを閉めた。サンディは立ったまま警戒の目をサックスに向けていた。

「ご主人が亡くなったとき、現場に居合わせました。ご主人に付き添いました」

「あ」サンディの視線が一瞬、揺れたように見えた。しかしすぐにまたサックスに焦点を合わせた。「パトロールの方が知らせに来ました。感じのいい人だった。ショッピングセンターにはいなかったと言っていたわ。誰かから連絡を受けたって。この近くの警察署の人。アジア系の男性です。そのパトロールの人ですけど」

サックスは知らないと首を振った。

「ひどかったんでしょう」

「ええ」大したことではなかったと言いつくろうことはできない。すでにテレビのニュース番組などでも伝えられている。控えめに報じられてはいるが、サンディもいつかは検死局から出される報告書を目にして、グレッグ・フロマーが生涯最後の数分にどんな経験をしたか正確に知ることになるだろう。「ただ、私がずっと一緒にいたことをお伝えしたくて。ご主人が祈りを捧げるあいだ、手を握っていました。ご主人から、あなたに会いに行ってほしい、あなたや息子さんを愛していると伝えてほしいと頼まれました」

急に重大な使命を思い出したかのように、サンディは古い型のデスクトップパソコンが鎮座する息子のデスクに歩み寄った。その横にソフトドリンクの缶が二つある。一つは潰れていた。平らに伸ばしたポテトチップスの袋もあった。バーベキュー味だ。サンディは缶を二つともくずかごに入れた。「私の運転免許証の更新時期なの。期限まであと二日しかない。なかなか更新に行く時間がなくて。家事サービスの仕事をしているんです。いつも忙しいの。あさってには免許が切れてしまうのに」

誕生日が近いということだ。

「どなたか自動車局まで送ってくれそうな方はいらっしゃいますか」

サンディはまた一つ遺物を発見した――今度はアイスティーのボトルだ。中身は空《から》で、それもくずかご行きになった。「わざわざ来てくれなくてかまわなかったのに。頼まれても来ない人だっているでしょうに」一つひとつの言葉が苦しげに聞こえた。「ありがとう」妖しい色をした瞳が一瞬だけサックスを見たが、またすぐに伏せられて床を見つめた。スウェットパンツを洗濯物かごに入れる。ジーンズのポケットからティッシュを出して鼻の下に押し当てた。ジーンズはアルマーニのものだが、すっかり色褪《いろあ》せてくたびれている。ウォッシュ加工を施した新品とは違う色の落ちかただ（元ファッションモデルのサックスは、そういった流行にいちいちつきあっていられないと思うタイプだ）。古着で購入したか、この一家のいまより安楽な暮らし向きだった時代の名残だろう。

後者が当たっているようだ。少年のデスクに額入りの写真が飾ってある。いまより何歳か幼い少年と父親が自家用飛行機と並んで写っていた。二人の前には釣り用具がある。背景に高い山の連なりが見えていた。カナダかアラスカだろう。インディ500レースをボックスシートで観戦中の一家の写真も飾られていた。

「私でお役に立てることはありませんか」

「いいえ――巡査？　刑事さん？　それとも――」

「アメリアでけっこうです」

「アメリア。すてきなお名前ね」

「息子さんの様子は？」

「ブライアン……立ち直れるかしら。いまは腹を立てているんだと思うの。それか、心が麻痺したみたいになっている。私も同じだわ」

「何歳ですか。十二歳？」

「ええ、十二歳。ここ何年かは扱いにくくて。そういう年ごろだから」唇が震えた。それから、ふいに吐き捨てるように言った。「誰の責任なの？　こんな事故がどうして起きたの？」

「わかりません。市当局が調査するはずです。市の調査は信頼できます」

「誰だってあういうものは安全だと信じてる。エレベーター、建物、飛行機、地下鉄。安全に作ってもらわなくちゃ。危険だなんて誰も思わないわ。使う側は信頼するしかないわよね！」

サックスはサンディの肩に手を置いて力をこめた。興奮して泣き叫ぶかもしれないと思った。しかしサンディはすぐに落ち着きを取り戻した。「わざわざいらしてくださってありがとう。来ない人も多いでしょうに」ついさっき同じことを言ったのを忘れているらしい。

「何かお手伝いできることがあれば、遠慮なくご連絡ください」サックスは名刺をサンディの手に載せた。これは警察学校では教わらない。正直なところ、この女性の役に立てることなどないだろう。しかし、こうするのが自然なことと思えた。

名刺は、購入時は数百ドルの値札を下げていたであろうジーンズのポケットに消えた。

「これで失礼します」

「ええ。本当にありがとう」

サンディは息子が置きっぱなしにしていた汚れた皿を持ち、サックスの先に立って部屋を出ると、キッチンのほうに行ってしまった。

玄関ホールに向かう前に、サックスはグレッグ・フロマーのいとこのボブにまた話しかけた。「奥さんのご様子、どう思われますか」

「思った以上に落ち着いている。女房と私で、できるだけのことをしてやるつもりだ。といっても、うちにも子供が三人いてね。ガレージを改装しようかと考えていた。そういうことは得意だから。うちの上の息子も手伝えるだろうし」

「ガレージを改装？」

「そう、うちのガレージをね。別棟になっている。二台入る広さがあるし、私がトレーニングルーム代わりにしているから、暖房もある」

「サンディと息子さんをそこに住まわせようというお話ですか？」

「誰かが住まわせてやらないと。ほかに誰もいないだろうし」

「スケネクタディに？」

ボブはうなずいた。

「ここは持ち家ではないということ？　借家なんですね？」

「そう、賃貸だよ」ボブは声をひそめた。「しかも何カ月分か滞納している」

「グレッグは生命保険に入っていなかったんでしょうか」

ボブは顔をしかめた。「入っていなかった。解約しちまったんだ。金が必要になって。

グレッグは、その、恩返しをしたいと言い出してね。何年か前に仕事を辞めて、慈善活動に精を出した。中年の危機なのか何なのか知らないが。ショッピングセンターでもあえてパートタイムで働いていたよ。無料給食施設やホームレスの保護施設でボランティアする時間を確保できるように。グレッグはそれでよかっただろう。しかし、つきあわされたサンディやブライアンには……ね」

サックスは失礼しますと言って玄関に向かった。

見送りに出たボブが言った。「ああ、でも、誤解しないでくださいよ」

サックスは振り向いて片方の眉を上げた。

「サンディが後悔しているとは思わないでほしい。ずっとグレッグを支え続けていた。文句一つ言わずに。あの二人は、本当に愛し合っていたんですよ」

チェルシーのアパートに向かって歩く。僕の子宮。僕の空間。僕の聖域。

もちろん、背後の用心は怠らない。

警察の尾行はなかった。レッド、あの女刑事の姿はない。

ショッピングセンターでひやりとさせられたあと、ブルックリンを何キロも延々と歩いて、いつもとは違う地下鉄に乗った。また別の店に寄って、新しいジャケットと帽子を買った。今度のも野球帽だが、色はベージュだ。僕の髪は金色で短くて、薄くなりかけている。それでも外を歩くときは何かで隠しておいたほうが無難だろう。

〝ショッパー〟たちに、わざわざ手がかりを提供してやることはない。

ようやく落ち着いてきた。警察の車を見かけるたびに心拍数が跳ね上がることはもうなかった。

家までの道のりは果てしない。チェルシーはブルックリンからおそろしく遠い。地名の由来は何だろう。イギリスの地名にちなんでいると聞いたような気がする。たしかにイギリス風の響きだ。プロスポーツにチェルシーという名のチームもあったと思う。もしかしたら、地名じゃなくて誰か人の名前なのかもしれない。

通りは、僕の通りは、二十二丁目はにぎやかだが、僕の部屋の窓ガラスは分厚い。さっきも言ったように、子宮みたいな場所だ。共用のルーフテラスもあって、くつろぐにはいい。同じ建物の住人はそこには来ない。少なくとも出くわしたことは一度もなかった。ときどきルーフテラスに座って、煙草《たばこ》を吸う人間だったらよかったのにと考えたりする。ごつごつした岩山みたいな摩天楼のてっぺんに座って、煙草をくゆらせながら街を眺めるのは、いまも昔も、いかにも大都会ニューヨークらしい楽しみだという気がする。

屋上からはチェルシー・ホテルの裏側が見える。有名人がたくさん滞在していたホテルだ。この場合の〝滞在〟は住んでいたって意味だけどね。ミュージシャンや俳優や芸術家。僕はローンチェアに座って、鳩の群れや雲や飛行機や摩天楼を眺め、ホテルに住んでいるミュージシャンが奏でる音楽を耳で探すが、実際に聞こえてきたことは一度もない。

やっとアパートのエントランスに着いた。最後にもう一度だけ背後を確かめる。警察の尾行はない。レッドはいなかった。

エントランスを入って廊下を歩く。壁の塗料は暗めのブルーで……〝病院カラー〟だ。僕の造語、たったいま頭に浮かんだ言葉だ。今度、弟にも教えてやろう。ピーターはきっと笑うだろうな（弟とはずっと深刻な話ばかりしてきた。だからいまはユーモアを心がけている）。廊下の照明は薄暗いし、壁は古い肉を貼り合わせて作ったかと思うような臭いをさせている。緑豊かな郊外で育ったのに、こんなところを暮らしやすいと思う日が来るとは。このアパートは仮住まいのつもりだったが、住んでみたら気に入ってしまった。ついでに、この街も僕向きだとわかった。目立たずにすむからだ。僕にとってそれは貴重なことだった。目立つ条件ばかり備えている人間だからね。

そんなわけで、チェルシーにいれば安心できる。

子宮……

部屋に入り、明かりをつけてドアに鍵をかけた。侵入された形跡がないか確かめたが、なさそうだ。被害妄想と思われるかもしれない。しかし、僕の生きかたを思えば、被害妄想とまでは言えないはずだ。水槽の魚たちの上空に魚のフレークをまいた。いいんだろうかといつも思う。こんな餌を食わせて本当にいいのか。でも、僕は肉を食べる。それもたくさん。僕も肉だ。同じことだろう？　だいいち、魚たちはうれしそうだ。僕は水槽のなかの小さな狂騒の渦を眺めて楽しむ。金や銀や赤の魚が本能だけに従って飛ぶように泳ぐ。

バスルームでシャワーを浴び、ショッピングセンターでこびりついた不安を洗い流した。汗も。今日みたいに春先の肌寒い日でも、必死で逃げれば全身が汗びっしょりになる。

テレビをつけてニュースを見る。コマーシャルを延々と見せられたあと、ブルックリンのショッピングセンターで発生した事故のニュースがようやく流れた。エスカレーターが故障して、巻きこまれた男性がむごい死を遂げた。それに銃声！　ああ、そういうことだったか。警察官が犠牲者を助けようとしてモーターを撃ち抜いたらしい。だが、結局助からなかった。むなしい一発を放ったのはレッドだろうか。もしそうなら、その創意工夫を褒《ほ》めてやりたいな。

留守電にメッセージが入っている——そう、昔懐かしい留守番電話だ。

「ヴァーノン？　もしもし？　仕事で遅くなってしまったの」

はらわたをぐっとつかまれたような感覚が走った。約束をキャンセルするつもりか？

しかしまもなく、そうではないとわかった。

「行くのは八時近くになりそう。迷惑じゃなければ」

彼女の声はそっけない。でも、それはいつものことだ。弾むような声で話す女じゃない。声を出して笑うところもまだ見たことがなかった。

「あなたから連絡がなければ、このまま行くわ。八時じゃ遅すぎるようなら、遠慮せずにそう言って。電話してくれればいいから」

アリシアはいつもこうだ。相手に迷惑をかけたら、期待しすぎたら、何かが壊れてしまうんじゃないかと怯えている。反対意見を言ったらいけないんじゃないかといちいちびくびくする。言われたほうは、自分の意見が否定されたなんて思っていなくて、ただの質問や感想と解釈しているときでもだ。

彼女は何でもさせてくれる。どんなことだって。

そこがいい。それは認めなくちゃいけないな。強くなったような気分になる。自信が持てる。僕は他人からいろいろいやなことをされてきた。今度は僕がする番だ。

窓から外を確かめた。レッドがいないか。警察の人間がいないか。いなかった。

被害妄想……

冷蔵庫と戸棚をのぞいて、夕飯になりそうなものを探す。スープ、春巻、豆なしのチリ、丸鶏、トルティーヤ。いろんな種類のソースやディップ。チーズ。スキニービーンのコーヒー、スリム・ジムのビーフジャーキー。僕のことか。

ただし僕は肉体労働者みたいに大食いだ。

スターバックスで食べたサンドイッチ二つを思い出す。スモークハムのサンドイッチはとくにおいしかった。悲鳴が聞こえて、店の外を見たときのことも思い出した。レッドはスターバックスをのぞきこむようにしていた。ふつうの人間なら、悲鳴がしたほうをとっさに振り返るだろうに。

ショッパー……僕は吐き捨てるように言う。厳密には心のなかで吐き捨てる。

あの女にむちゃくちゃに腹が立った。

そんなわけで。僕には心を慰めてくれるものが必要だ。玄関に置いておいたバックパックを取って部屋の反対側に行き、〈トイ・ルーム〉の電子錠に暗証番号を入力する。この錠は自分で取り付けた。たぶんやっちゃいけないことだろう。賃貸だと、何かと制限が多い。でも僕はいつも期日までに家賃を支払うから、室内をのぞかれることはない。それに、トイ・ルームには鍵をかけておく必要がある。だから鍵がかかっている。一日二十四時間、いつもだ。

ごつい本締めボルトをはずしてなかに入った。トイ・ルームは薄暗い。唯一の明かりは、僕の宝物を並べた傷だらけのテーブルを照らしている、まぶしいハロゲン電球だけだ。金属の先端や刃――ほとんどは鋼鉄だ――に反射する光は目を開けていられないくらい強烈だった。トイ・ルームは静かだ。徹底的な防音対策をしてある。木の板や吸音材をきっちりの寸法に切って、壁や窓の鎧戸《よろいど》の隙間に張った。たとえ喉が嗄《しゃが》れるまで叫んだところで、外には聞こえない。

バックパックから〝骨破砕器《ボーン・クラッカー》〟――丸頭ハンマー――を取り出し、汚れを取って油を塗り、ワークベンチの棚の所定の位置に戻した。次は買ったばかりの鋸歯《きょし》のレーザーソーだ。箱から出して、自分の指で切れ味を試す。すっ、すっ……日本製だ。母親がまだ子供だったころ、日本製の品物を持っているのはいけないことだったらしい。時代は変わるものだ。おお、こいつはなかなか使いやすそうだ。細長いまっすぐな刃で作った小型の鋸《のこぎり》。もう一度、切れ味を試した。すごい。表皮が極薄にスライスされた。

お気に入りの道具の筆頭に躍り出たレーザーソーは、棚の一等地に置くことにした。ほかの工具が焼き餅を焼いたり悲観したりするんじゃないかと、馬鹿なことを考えた。僕にはそういうおかしなところがある。ショッパーどもに人生を狂わされると、人は無生物に命を吹きこもうとするものだ。だが、それはそこまで奇妙なことか？　人間より、無生物のほうがよほど信用できる。

レーザーソーをもう一度見た。刃に反射した光が目を直撃して、瞳孔がきゅっと縮み、部屋が一瞬傾いたような感覚に襲われた。不気味な感覚だが、不快ではない。

ふと、アリシアをこの部屋に連れてきたいと思った。抗しがたい欲求と言ってもいい。鋼《はがね》に反射した光が僕の皮膚を輝かせている。同じように輝くアリシアの肌を思い描く。アリシアのことはまだよく知らない。でも、そうしよう――この部屋に連れてこよう。はらわたの底でうごめく感覚が、連れてこいと言っている。

呼吸が速くなる。

どうする？　今夜連れてくるか。

股間で沸き返っている感覚は、そうしろと言っていた。ワークベンチの上に並んだ、鏡のように磨き上げられたさまざまな形の鋼が光を反射しているところ、それがアリシアの肌に映っているところが思い浮かぶ。

考える——いつかは連れてくることになるわけだものな。そうだろう？　だったら今日でもいいじゃないか。さっさと終わらせよう……

イエスか。ノーか。

僕は凍りついた。

ブザーの音だ。トイ・ルームを出て玄関に向かった。

その考えが一瞬だけ頭をよぎった。恐ろしい考えだった。

来たのはアリシアじゃなかったら。レッドだったら。

まさか、まさか。そんなことはありえないだろう？　ただ、レッドは鋭い目をしていた。頭脳も鋭いということだろう。事実、ショッピングセンターで僕を見つけたじゃないか。

棚から〝ボーン・クラッカー〟を取って、玄関に行く。

インターフォンのボタンを押す。一呼吸置いて——「はい？」

「ヴァーノン。私よ？」アリシアは何か言うとき、たいがい語尾を上げる。何をするにも自信がないからだ。

僕は警戒を解き、ハンマーを置いて、エントランスのロックを解除するボタンを押した。まもなくインターフォンの画面にアリシアの顔が映し出された。玄関ドアのすぐ上の小さな監視カメラを見上げている。彼女をなかに入れ、二人でリビングルームに行った。いつもの奇妙な香水の匂いがした。僕の鼻にはスイートオニオンの匂いに感じられる。本当は違うんだろう。でも、僕の鼻はそう感じる。

アリシアは僕と目を合わせようとしない。向かい合うと、僕がはるか上から見下ろす格好になる。アリシアは小柄でほっそりしているが、僕ほどには痩せていない。「やあ」「こんばんは」

僕らは抱き合う。おもしろい言葉だ。抱擁《エンブレース》——手を触れたくない相手に触れる前に身構《ブレース》えるという意味だろうと思ったりした。たとえば死ぬ前のうちの母親。父親には昔から触りたくなかった。抱擁にそんな意味はない、わかってる。でも、僕にはそう聞こえるんだ。

アリシアがジャケットを脱いで、自分でフックにかけた。他人に何かやってもらうのが苦手なんだ。年齢は四十くらい。僕より少し年上だ。青いワンピースを着ていた。ハイネックで長袖のデザインだった。爪にマニキュアを塗っていることはまずない。学校の先生みたいと思われて好都合だと思っている。僕はどうとも思わない。僕がアリシアに惹かれたのは、着ている服が理由じゃない。アリシアは結婚していたころは学校の先生をしていた。

「夕飯は？」僕は尋ねる。

「いらないわ？」また語尾が上がって質問みたいに聞こえるが、アリシアが言いたいのは、クエスチョンマークのない〝いらない〟だ。不適切な言葉一つ、不適切な抑揚一つで、夜がまるごとだいなしになりかねないと怯えている。

「腹が減ってないの？」

アリシアは小さいほうのベッドルームをちらりと見た。「いえ……食事はいいの？ それよりベッドに行きましょう？」

僕は彼女の手を取ってリビングルームを突っ切り、奥の壁のほうに連れていく。右に行けばトイ・ルーム。左に行けばベッドルームだ。そっちのドアは開きっぱなしで、きっちり整えたベッドがナイトスタンドのほのかな明かりに照らされている。

僕は一瞬立ち止まり、トイ・ルームのドアを見る。アリシアは不思議そうに僕を見上げるが、どうかしたかと尋ねようなんて、夢にも考えない。

僕は心を決め、彼女の手を引いて左に歩き出した。

5

「どうだった？」リンカーン・ライムは聞いた。「ブルックリンの現場は？」

ライムなりに情報を引き出そうとして言ったことだった。何か悩んでいるときでも、サックスは詳しいことを話そうとしない。ヒントさえ出そうとしない。その点はライムとまったく同じだった。加えて、二人とも〝何に困っている？〟とストレートに尋ねることもしない。しかし、サックスの心理状態を探るのに、目の前の具体的な問題——たとえば現場鑑識にからめた質問を投げかけるのは、場合によっては有効な手段だ。

「ちょっとね」サックスはそう答えただけで黙りこんだ。

ふむ。まあ、努力はした。

二人はセントラルパーク・ウェストに面したライムのタウンハウスの居間にいる。サックスはバッグとブリーフケースを籐椅子に置いた。「手を洗ってくる」そう言って廊下に出ると、一階のバスルームに向かった。キッチンで夕食の支度をしているライムの介護士、トム・レストンと挨拶を交わす声が聞こえてきた。

料理の匂いが漂っている。魚を煮る匂い。ケイパー、にんじん、タイム。クミンの香りもする。きっと米の香りづけだろう。事故で脊髄《せきずい》が断ち切られ、C4レベルの麻痺患者になったのを境に、自分の嗅覚は——今日の講義で話に出た、匂い分子を感知する能力は——以前より鋭くなったとライムは思っている。とはいえ、いまのは推理として初歩レベルだ。トムは週に一度は今夜と同じ献立にする。食に凝るたちではないライムに、不満はない——ほどよい酸味のあるシャブリワインが一緒ならという条件つきで。今夜もワインが一緒に出されるだろう。

サックスが戻ってくると、ライムは話を蒸し返した。「未詳は？　何と呼んでいたんだったか。忘れてしまったよ」サックスから聞いた覚えはたしかにある。しかし、ライム自身が携わっている案件に直接関係のない情報は、右から左へ抜けてしまう。

「未詳40号。殺害現場の近くのクラブにちなんで」サックスはライムが覚えていないことに驚く様子もなく答えた。

「逃げられたか」

「逃げられた。きれいに消えたわ。現場はカオスだったの。エスカレーターの件があって」

サックスはグロックをまだ腰のホルスターに差したままにしていた。いつもなら玄関を入ってすぐに棚に置く。つまり今夜は泊まっていかないということだ。サックスはブルックリンに自分のタウンハウスを所有していて、ふだんからここと自宅を行ったり来たりしている。少なくとも最近まではそうだった。この二週間に限れば、ライムのタウンハウスに泊まったのは二度だけだった。

もう一つ、気づいたことがある。サックスの服が汚れていない。事故の犠牲者を救出するためにピットに下りたと聞いているが、塵や血液が付着していなかった。未詳が逃走したのも、エスカレーター事故が起きたのもブルックリンだ。おそらくいったん帰宅して風呂に入り、着替えたのだろう。

今夜ここに泊まっていく気がないのなら、なぜブルックリンからわざわざマンハッタンまで来たのか。

夕食のためか？　そうであればいい。

トムが廊下から居間に入ってきた。「どうぞ」白ワインのグラスをサックスに渡す。

「ありがとう」サックスはさっそく一口飲んだ。

ライムの介護士は、ファッションブランドのノーティカの広告モデルのようにバランスの取れた体つきと整った顔立ちをしている。今日は黒っぽい色のスラックスに白いシャツを着て、赤ワイン色とピンク色の控えめなネクタイを締めていた。毎日、ライムの歴代介護士の誰よりもきちんとした身なりで仕事をする。実用上どうなのかという面があるとはいえ、肝心なところはしっかり押さえていた――ゴム底のしっかりした靴を履いている。筋肉がついて重たいライムをベッドから車椅子へ、車椅子からベッドへ、安全に移乗するための選択だ。アクセサリーも同様だった。後ろポケットから紫色を帯びたブルーのラテックスの手袋がのぞいている。〝大小便のおつとめ〟の必需品なのだ。

トムがサックスに言った。「夕食、本当に召し上がっていかれませんか」

「ありがとう。でもこのあと用があるから」

トムの質問の答えにはなっていたが、どうしていまここに来ているのかという疑問については、解明されるどころか、かえって謎が深まった。

ライムは咳払いをし、空のタンブラーに視線を向けた。タンブラーは車椅子の片側、ちょうど口の高さにある（車椅子に最初に取り付けたアクセサリーがカップホルダーだった）。

「もう二杯飲みましたよね」トムが言った。

「一杯だ。それをきみが二杯に分けたんだ。いや、一杯にも満たないだろうな。私の見積もりが正しければ」この件をはじめ、トムと言い争いになりがちな話題は一ダースほどある。しかし今日のライムは、ふだんほど不機嫌ではなかった。講義が上首尾に終わって悦に入っているからだ。その一方で、気がかりもある。サックスはいったいどうしたのだろう。しかし、いちいち分析を試みていたらきりがない。スコッチのお代わりさえ注いでもらえれば、さしあたっては満足だ。

戦場にいるような一日だったのだからと付け加えようかとも思った。だが、それを言ったら嘘になる。今日は愉快に、そして平穏に過ぎた。ニューヨーク市警の捜査顧問を辞める以前は、殺人者やテロリストの追跡が思うように運ばず、頭が爆発しそうになったことが何度もあるが、そのころとは違う。

「頼《プリーズ》む。ありがとう《サンキュー》」

ライムに似合わないせりふを聞いて、トムはいぶかしむような視線を向けた。少しためらったあと、グレンモーレンジィのボトルを取ってライムのタンブラーに注ぐ。いまいましいことに、トムは酒のボトルをライムの手の届かない棚に置いている。まるで排水口クリーナーのカラフルな容器に興味津々《しんしん》の幼児扱いだ。

「あと三十分で夕飯です」トムはそう言い置いて、カレイがとろ火でことこと煮えているキッチンに戻っていった。

サックスはワインを飲みながら、ヴィクトリア朝様式の居間にところせましと並んだ科学捜査機器や器具を眺めていた。パソコン、ガスクロマトグラフ／質量分析計（GC／MS）、弾道検査装置、密度勾配検査器、指紋検出ボックス、波長可変型光源装置（ALS）、走査型電子顕微鏡。それに加えて数十の検査テーブルと数百の工具がひととおりそろったライムの居間は、小都市の警察、ひょっとしたら中規模都市の警察の科学捜査ラボからもうらやまれそうな充実ぶりだ。とはいえ、いまはほとんどがビニールシートやコットンの布で覆《おお》われている。所有者と同じく、彼らもまた無職の身なのだ。大学で教えるほかに、民事事件について助言する仕事は続けているが、学術誌や業界誌への寄稿がいまのライムの仕事の大部分を占めている。

サックスは部屋の薄暗い一角に視線を向けていた。そこにはホワイトボードが五、六台置いてあった。サックスやライムの科学捜査の弟子、警邏《けいら》課のロナルド・プラスキーが現場で採取してきた証拠に関する情報を書き留めるためのものだ。もう一人、鑑識本部の技術者を加えた四人でその前に立ち、あるいは座って、犯人の身元や現在の居場所について、ああでもないこうでもないと議論し合ったものだ。しかしいま、ホワイトボードは表を壁に向けて並んでいた。ライムから用済みを宣告されたことを恨んでいるかのような風情《ふぜい》だ。

しばらくして、サックスが言った。「奥さんに会いに行ってきた」

「奥さん?」

「サンディ・フロマー。犠牲者の奥さん」

ライムは一瞬考えてようやく理解した。そうか、サックスが話しているのは未詳40号が殺害した被害者のことではなく、エスカレーター事故で亡くなった男性のことだ。

「夫が死んだと伝えに行ったのか?」遺族に死を伝えるという困難な仕事が、ライムのような鑑識畑の人間に一任されることはほぼない。

「いいえ。ただ……グレッグ——被害者が、奥さんと息子さんに愛していると伝えてもらいたいって言ってたから。死ぬ直前に。約束したのよ」

「義理堅いね」

サックスは肩をすくめた。「息子さんは十二歳。名前はブライアン」

ライムは遺族の様子を尋ねたりはしなかった。そんな質問は空疎なだけだ。

ワイングラスを両手で包むようにしながら、サックスは滅菌されていないテーブルに近づき、そこにもたれてライムの視線を受け止めた。「もう少しだった。あと少しで捕まえられたのよ――未詳40号をね。でもそこで事故が起きて、選択を迫られた」ワインを一口飲む。

「きみは正しい選択をしたよ、サックス。当然だろう。ほかの選択はない」

「未詳40号の目撃情報は偶然にもたらされたものだった。逮捕チームを招集する時間はなかったということ。まったくなかったの」サックスは目を閉じ、ゆっくりと首を振った。「しかも現場は混雑したショッピングセンターでしょう。そもそも無理があったのよ」

サックスは誰より自分に対して厳しい。今回の即席の逮捕作戦には困難な条件ばかりそろっていたのだからと言い聞かせて自分を慰めることもできるだろうが、サックスはそれでは納得しない。納得できないということを裏づける証拠は簡単に探し出せる。サックスは指を髪のなかにもぐりこませて頭皮を爪で傷《いた》めつけていた。まもなくその悪癖に気づいて手を下ろしたが、何分とたたないうちにまた頭皮を引っ掻き始めた。サックスの内側には、互いに矛盾するものがひしめき合っている。光の当たっているもの、影に包まれているもの。だが、そのすべてをひっくるめて、サックスなのだ。

「物的証拠は？」ライムは尋ねた。「未詳40号について」

「スターバックスからはほとんど何も。未詳40号が座ってたテーブル周辺を調べたけど、ほとんど何も見つからなかった。グレッグ・フロマーの叫び声が聞こえたとき、未詳40

号もほかの人たちと同じようにエスカレーターのほうを見た。私はたまたまその視線の先にいた。たぶん、ベルトに下げていた銃かバッジに気づいて、状況を察したんだと思う。少なくとも疑ったのね。だから急いで逃げた。そのとき何もかも持ち去った。テーブルでいくつか微細証拠を見つけたけど、座ってたのはほんの数分だったから」

「逃走ルートは？」もはやニューヨーク市警と無関係の人間ではあるが、尋ねるべき質問は考えるまでもなく口をついて出た。

「搬入口。ロナルドと鑑識課、それに八四分署のパトロール警官も何人か加わって現場検証と周辺の聞き込みを続けてくれてる。うまくいけば、第二現場が見つかるかもしれない。これについては報告を待ってるところ。ああ、そうだ、私の処分を検討する発砲調査委員会が招集される」

「どうして？」

「モーターを銃で撃ち抜いたから」

「モーターを……？」

「ニュース、見てない？」

「見ていない」

「犠牲者はエスカレーターのステップにはさまれたんじゃないの。エスカレーターを駆動してるモーターの上に落ちたのよ。ピットには停止ボタンがなかった。しかたなくモーターのコイルを撃ち抜いた。手遅れだったけど」

ライムは少し思案してから言った。「負傷者が出たわけではない。処分が下ることはないだろう。一週間もすれば〝おとがめなし〟の通知が届くさ」

「そうだといいけど。八四分署の警部は味方についてくれてるの。売名を目的に、いまどきの警察官はショッピングセンターだろうと平気で発砲するって告発記事を書くような記者さえ出てこなければ、安心していいと思う」

「マスコミもそこまで物好きではないだろう」ライムは皮肉を込めて言った。

「マディーノ警部も当面は宙ぶらりん化してくれてる」

「ふむ、巧みな表現だな」ライムは言った。「きみも問題をエンドラン化したね」自分も動詞でない語を強引に動詞化できたことに満足した。

サックスが微笑む。

ライムは内心喜んだ。ここ最近、サックスの笑顔をほとんど見ていない。

サックスはライムのそばの籐椅子に戻ってきて座った。椅子は例によってとても個性的な音を立ててきしんだ。そんな音を鳴らすのは、世界中でこの椅子一つだろう。

「不思議に思ってるんでしょう」サックスがゆっくりと言った。「自分の家で着替えたなら、しかも今夜はここに泊まる予定じゃないなら――ちなみに、どっちの推測も当たってるけど――」軽く首をかしげる。「どうしてわざわざ来たのか」

「ああ、そのとおりのことを考えていた」

サックスはまだワインが半分ほど残ったグラスを置いた。「相談したいことがあって来たの。一つお願いしたいことがあるのよ。聞いたらきっとノーって言うと思うけど、お願いだから最後まで聞いて。いい？」

勇気が足りなかった。

今夜はだめだった。

アリシアにトイ・ルームを見せられなかった。

迷った。でもやっぱりだめだった。

アリシアは帰っていった。泊まったことはまだ一度もない。僕はベッドにいる。時刻は午後十一時くらいか。正確にはわからない。さっきまで寝室でしていたことを思い返す。アリシアの青いワンピース、教師みたいなワンピースのジッパーを下ろした。ジッパーは背中側にあった。慎み深い。ブラはややこしい。はずすのに手間がかかるって意味じゃなくて、複雑な構造をしている。ただ、どこまで複雑なのかはわからない。二人とも明かりは暗くしておくほうが好きだから。

僕も服を脱いだ。ツインベッドにかけたクイーンサイズのシーツみたいな服。アリシアの小さな手は、腹を空《す》かせたハチドリみたいに目にも留まらぬ速さで動く。本当に器用だ。それから、僕らはゲームをする。めくるめくようなゲームだ。とにかくいい。ただ、慎重にやらないといけない。ほかのことを考えていないと、たちまち終わってしまう。いろんな考えごとや記憶を引っ張り出した。先週買ったばかりのスティールのみ。

あれで骨にどんなことをしたいか想像してみた。行きつけのテイクアウト店で買った夕飯のこと。40ディグリーズ・ノース裏の建設現場で、丸頭ハンマーで頭をかち割られたときの男の悲鳴（僕は倒錯したモンスターじゃないって証拠だ。血や骨が折れる音を思い出すと、早く終わるどころか、感覚が鈍るんだから）。

やがてアリシアと僕のリズムが合って、何もかもいい具合に進んで……ところがそこで、あの女刑事の顔が頭に浮かんできた。レッド。エスカレーターから叫び声が聞こえて、そっちに目をやった瞬間のこと。レッドが見えた。バッジや銃も見えた。レッドは僕がいるほうを見ていた。影になった目もと、ひらりとなびいた赤い髪。血に染まったエスカレーターや悲鳴に反応せず、僕を探した。僕を、僕を探していた。でも、おかしなことに、ショッピングセンターであれだけ恐ろしい思いをさせられたのに、あの女刑事は僕が知るなかで最悪のショッパーの一人だっていうのに、姿を思い浮かべても、アリシアの上になっていた僕のスピードは落ちなかった。落ちるどころか、速くなった。

よせ！　消えろよ！

くそ。口に出してそう言っちまっただろうか。

アリシアの表情を盗み見た。口に出してはいなかったらしい。アリシアは――あのあいだ、いつもどこに行っているのか知らないが――完全にどこかに行ってしまっていた。

でも、レッドは消えてくれなかった。

それからすぐ終わった。唐突に。アリシアは、スピードにちょっと驚いた顔をしていた。といっても、不満はなさそうだった。セックスは女にいろんな料理を少しずつ食わせる。いろんな種類の料理をちょっとずつ楽しむタパスみたいなものだ。しかし男は、メインの料理が一つあればいい。それをがつがつと瞬時に平らげる。

終わったあと、二人でうとうとした。やがて目が覚めた。僕はまだ満たされていない気がした。トイ・ルームのことを思い出した。アリシアに見せようと思っていたことを。いまから見せようか？　僕は考えた。やめておくか？

結局、もう帰ってくれとアリシアに言った。

さよなら。さよなら。

それだけだ。それ以上は何も言わない。

アリシアは帰っていった。

僕は電話の前に立って、弟からのメッセージに耳を澄ます。「もしもし。今度の日曜日のことだけど。アンジェリカとフィルム・フォーラム、どっちの映画館にする？　デヴィッド・リンチか、『地球に落ちて来た男』か。兄さんが決めて《コール》いいよ。ん？　違うな、決めるのは僕か。だって、僕が電話し《コール》たんだもんな！」

弟の声を聞くとうれしくなる。僕の声に似ているが、よく聞くとやっぱり似ていない。すっかり目が冴えてしまった。どうしようか。明日に備えてプランを詰めておかなくちゃならない。でも、代わりにベッドサイドテーブルの抽斗《ひきだし》を開けてかき回した。日記を取り出して、書き起こす作業を再開した。テープ起こしだね。厳密にはＭＰ３プレイヤー起こしか。書くより話すほうが楽なものだろう？　黄昏時《たそがれどき》のコウモリみたいに考えを自由に羽ばたかせる。そうしておいて、あとで文字に起こす。

つらかったころの日記、高校時代の日記だ。高校時代なんて、終われば誰だってほっとする。僕の書く文字はきれいだ。学校のシスターに厳しく仕込まれた。悪い人たちじゃない。ほとんどはいい先生だった。ただものすごく厳格だから、聞けと言われたら聞き、練習しろと言われれば練習して、認めてもらわなくちゃならない。


今日はいろいろあった。学校に四時までいた。公民研究クラブのプロジェクトがあったから。フーパー先生からレポートを褒められた。秘密のルートを通って家に帰った。遠回りだけど、その道のほうがいい（なぜって？　言わなくたってわかるだろう）。ハロウィーンになると家の外にクモの巣の飾りをつける家の前を通るルートだ。毎年少しずつ小さくなってるように見える池や、マージョリーの家の前も通る。一度、マージョリーがブラウスの前をはだけているところを見たけど、マージョリーには気づかれなかった。

今日は何事もなく家に帰れますようにと祈った。きっと無事に帰れるだろうと思った。なのに、やっぱりあいつらがいた。

サムとフランクだ。シンディ・ハンソンの家から出てきたところだった。シンディは将来、ファッションモデルになるだろうな。すごくきれいな子だ。サムとフランクもすごくかっこよくて、シンディとよく釣り合う。僕はシンディとは話したこともない。シンディから見たら、僕なんか存在しないようなものだろう。地球上にいないも同然だ。ニキビはないけど、骸骨みたいに痩せてるし、内気で不器用だ。でも、不公平だとは思わない。世の中なんてそういうものだ。

サムやフランクに殴られたことは一度もないし、押し倒されて土の地面や犬の糞に顔をこすりつけられたこともなかった。かといって、三人だけで話したこともない。僕をじろじろ見てることがあるのは知ってる。当然だ。学校の全員がじろじろ見るんだから。これがダンカンやバトラーだったらぶっ飛ばされてただろう。きっとめちゃくちゃに叩きのめされてた。人気《ひとけ》のない場所だったからね。だからサムやフランクも同じことを考えてるだろうと思った。あの二人は僕より背が低い。僕は誰より背が高い。ただ、腕力じゃ負けてるし、僕は喧嘩ができない。下手なんだ。手足を振り回してるだけだって誰かに言われた。滑稽《こっけい》らしいよ。パパに喧嘩のしかたを教えてって言ったった。でも教えてもらえなかった。テレビのチャンネルをボクシング中継に合わせて、見ろって言われただけだ。見たって喧嘩ができるようになるわけじゃない。

そんなわけで、ぼこぼこにされると思った。

誰も見てない場所だったから。

逃げようにも逃げる先がなかった。だからただ歩き続けた。パンチが飛んでくるのを待った。あの二人はにやついていた。学校の連中はみんな、殴りかかってくる前ににやにや笑う。

でも、殴ってこなかった。サムがやあと声をかけてきて、家はこの近くかと聞いた。二ブロックくらい先だよと僕は答えた。学校から家に帰るならすごく遠回りだってわかっただろうけど、何も言われなかった。

このへんはいいところだなって言っただけだった。フランクは、自分は線路の近くに住んでて、やかましくてかなわないと言った。

それから、フランクが言った——そうだ、おまえ、やるじゃん。ほら、今日の授業。

僕は何も言えなくなる。フランクが言ってるのは、リッチ先生のクラスのことだ。微積分。先生は僕を指名した。僕がよそ見をして窓から外を眺めてたからだ。リッチ先生は、授業中に誰かが外を見てたりすると、懲らしめようとしてその生徒をわざと当てる。僕は窓の外を見たまま答えた。

$g(1)=H(1)+7=-10.88222+7=-3.88222$。

フランクかサムかどっちかが言った。ああ、見物《みもの》だったな、ビッチ先生の顔。何も言えねえでやんの。

やるじゃん。

「またな」サムが言った。二人はそのまま行っちまった。

殴られたりつばを吐かれたりせずにすんだ。細チン男とかガリガリ野郎とか、何も言われずにすんだ。

何もなかったんだ。

いい日だ。今日はいい日だったよ。


レコーダーを停めて、水を飲んだ。それから、アリシアの残り香が染みこんだ枕の隣に横たわった。前は、目の見えない女とデートすればいいと思ったりした。探してみたけど、見つからなかった。目の不自由な人は、新聞の個人広告欄に〈恋人募集〉なんて出したりしない。危険だろうしね。目が見えなければ、背が高すぎたって、痩せすぎていたって、気にしないだろうと思った。細長い顔も、長い指や平べったい足も気にしないはずだ。痩せすぎてミミズみたいな気色悪い男。ガリガリ。スリム・ジム。だから、目が不自由な相手を探そうと思った。でもその計画は失敗した。ほかに相手が見つかることもある。セックスまではできる。だけど長続きはしない。

いつも終わる。アリシアとの関係だっていつか終わる。

トイ・ルームのことを考えた。

また日記を文字にする作業に戻った。十分。二十分。

永久に記録される人生の山と谷。トイ・ルームの棚に並んだ僕のちっぽけな記念品と同じだ。一つひとつにまつわる喜びや悲しみや怒りを、僕はすべて記憶する。

今日はいい日だった。

水曜日

Ⅱ　見習い捜査官

6

「ミスター・ライム。光栄です」

何と応じていいかとっさに困った。ここはうなずいておくのが無難だろう。「よろしく、ミスター・ホイットモア」

ファーストネームで呼んでくれというやりとりはなかった。しかしライムは、ホイットモアのファーストネームがエヴァーズであることは会う前から知っていた。

弁護士であるエヴァーズ・ホイットモアは、一九五〇年代からタイムスリップしてきたような身なりをしていた。ダークブルーのスーツの生地はギャバジン。白いシャツのカラーとカフは、プラスチックでできているのかと疑いたくなるくらいぴしりと糊づけされている。やはりぴしりと結ばれたネクタイはすみれ色に近いブルーで、定規のように細かった。ジャケットの胸ポケットから白いチーフが三角形にのぞいている。

青白い面長《おもなが》の顔は表情に乏しく、ライムははじめ、ベル麻痺など神経障害で麻痺しているのかと疑った。しかし、どうやらそのようだと思いかけたところで、ホイットモアの額にかすかに皺が寄った。『CSI』を連想させる機器が並んだ居間を見回している。

椅子を勧められるのを待っているらしい。ライムがどうぞかけてくれと言うと、ホイットモアはスラックスの膝を払い、ジャケットのボタンをはずしたあと、近くの椅子を選んでそこに腰を下ろした。背筋をぴんと伸ばした姿は行儀のよい姿勢の手本のようだ。眼鏡を取って丸いレンズをダークブルーの布で拭い、かけ直してから、布をポケットにしまった。

ライムに初めて会った訪問客の反応は二つに分かれる。大部分は、体の九十パーセントが動かない男を前にしたとたんに無口になり、顔を赤らめる。そうでなければ、ライムの体の状態に関してジョークを言ったり軽口を叩いたりする。後者にはうんざりさせられるが、前者よりはまだましだ。

ライムがもっとも好ましく感じるのは、会った瞬間にライムの全身をさっと観察したあとは、近い将来に義理の家族になるかもしれない相手を紹介されたときと同じ態度を取る人物——中身を知るまで評価を控える人物だ。ホイットモアがこのタイプだった。

「アメリアをご存じだとか」ライムは言った。

「いえ、サックス刑事とはまだお会いしたことがありません。共通の友人がいます。高校時代の同級生でしてね。ブルックリンの。弁護士仲間でもあります。サックス刑事は最初にそのリチャードに連絡して相談したそうですが、人的損害はリチャードの専門ではない。そこで私を紹介したというわけです」

沈鬱な表情を顔の細長さがいっそう際立たせている。サックスと同年代とは意外だった。ホイットモアのほうが五歳か六歳上に見える。

「サックス刑事から電話があって、訴訟になりそうな事件がある、あなたが専門家証人を引き受けてくださると聞いて、驚きました」

ホイットモアの説明を聞き、ライムは頭のなかで時系列を整理した。サックスは、昨日の夜、ブルックリンの遺族の家からわざわざライムの家に来た理由を告白して相談を持ちかける前に、ライムが専門家証人を引き受けたとホイットモアに話したことになる。

相談したいことがあって来たの。一つお願いしたいことが……

「驚きはしましたが、あなたにお願いできると聞いて、これはありがたいと思いました。不法死亡訴訟では物的証拠が論争の的になりがちです。今回の案件では間違いなく問題になるでしょう。あなたはたいへん高い評価を受けていらっしゃる」ホイットモアは居間を見回した。「サックス刑事はこちらに?」

「いや、いまはダウンタウンの市警本部に行っている。殺人事件の捜査でね。しかしあなたのクライアントの話は昨夜のうちに聞いた。サンディという名前だったか」

「亡くなった男性の妻です。ミセス・フロマー。サンディ・フロマー」

「アメリアから聞いたとおりの救いのない状況なのかね」

「サックス刑事からどう聞いていらっしゃるか私は知りません」ライムの不正確な発言をすかさず訂正した。ホイットモアとビールを飲んでもおそらく楽しくないだろう。しかし弁護士として雇うには得がたい人物なのではないか。とくに相手方を反対尋問する場面では頼もしいだろう。「しかし、ミセス・フロマーが困難な状況にあることは事実です。ご主人は生命保険をかけていなかったし、ここ何年かフルタイムの仕事もしていなかった。ミセス・フロマーは家事サービス会社に勤務していますが、こちらもパートタイムです。夫妻には借金があります。相当額の借金です。遠い親戚はいますが、そのうちの誰も金銭的な援助はできそうにない。いとこが仮住まいを提供するという話はあるようですが——貸せるのはガレージだそうです。もうずいぶん長く人的損害訴訟を扱っていますが、損害賠償を勝ち取れたらめっけものです。しかしミセス・フロマーの場合は絶対に必要です。

ですから、ミスター・ライム……おっと、申し訳ない。市警では警部だったんでしょう。ライム警部とお呼びしたほうがよろしいですか」

「いや、リンカーンでけっこう」

「では、これから状況をご説明します」

まるでロボットと話しているような印象だった。しかし不愉快ではない。風変わりな人物だというだけだ。陪審はこういう人物を好むのかもしれない。

ホイットモアは古風なブリーフケース——これもまた一九五〇年代風だった——を開き、白い無罫《むけい》の紙の束を取り出した。ペンのキャップを取り（万年筆ではないのが少々意外か）、それ以上小さかったら肉眼では読めないだろうという限界のサイズの文字で、日付と同席者の氏名、案件名らしきものを書いた。無罫の紙なのに、それぞれの文字のアルファベットのxの字より上下にはみ出す長さが定規で測ったように均一だった。

ホイットモアはわずかばかり書きつけたものを眺め、満足げな表情で顔を上げた。

「訴訟はニューヨークの事実審裁判所に提起する予定です。つまり高位裁判所です」

高位裁判所は、その呼び名とは裏腹に、ニューヨーク州では下級裁判所に位置づけられ、刑事訴訟と民事訴訟の両方を扱っている。ライムも検察側の専門家証人として何度も出廷したことがあった。

「ミセス・フロマーと息子を原告とし、請求の原因を不法行為による死亡とする訴状を提出します」

「息子はティーンエイジャーと聞いている」

「いいえ、十二歳です」（「teenage」は大ざっぱに「十代」を指すが、厳密には「-teen」のつく年齢、すなわち十三歳から十九歳に限定される）

「ああ、そうだった」

「もう一つの請求の原因は、ミスター・フロマーの受けた苦痛です。私の理解では、死亡するまでのあいだに十分ほど極度の身体的、精神的苦痛を強《し》いられました。判決で認められた損害賠償額は、ミスター・フロマーの遺産に繰り入れられ、遺言書で相続人として指名されている人物、遺言書が作成されていないのであれば遺言検認法廷の決定に基づいて相続人とされた人物に帰属します。さらに、ミスター・フロマーの両親を原告として、ミスター・フロマーが両親に対して行っていた経済的支援の範囲内において損害賠償請求訴訟を提起します。これも請求の原因は不法行為による死亡です」

ライムが知るなかでもっとも退屈とまでは言わないが、もっとも美辞麗句を駆使しない弁護士と言えそうだ。

「損害賠償請求額は、率直なところ、桁外れに高くなるでしょう。不法行為による死について三千万ドル。身体的、精神的苦痛について二千万ドル。満額認められることはないでしょうね。この額に設定した目的は、被告を本気にさせること、世間の注目を少しでも集めることです。裁判に持ちこむつもりはありません」

「ない？」

「ええ、ありません。今回の事案はいくぶん特殊です。生命保険など、ミセス・フロマーと息子の当面の生活を経済的に支えるものがいっさいありません。裁判になれば、判決まで一年以上かかるおそれがあります。それまでに生活資金が底をつくのは目に見えている。住宅費、教育費、健康保険、生活必需品の購入費が急いで必要です。反論の余地のない証拠を提示したうえで、請求額の大幅な引き下げに応じる意思を示せば、被告側は、彼らにとっては取るに足らない額、ミセス・フロマーにとっては大金、そしておよそ正義はなされたと見なすには妥当な額の小切手をいそいそと書くでしょう」

ディケンズの小説にこんな登場人物がいたような気がするなとライムは思った。「合理的な戦略だね。さて、証拠について話し合おうか」

「もう少しだけよろしいですか」エヴァーズ・ホイットモアはいったん始めたことは何

があろうと貫徹するつもりでいるようだ。「まず関連法についてご説明しておきたい。これがなかなか複雑でしてね。不法行為法にはお詳しいですか」

イエスと答えてもノーと答えても、結果は同じ——ライムを不法行為法に詳しくするに違いない。

「いや、あまり詳しくない」

「概略をお話ししましょう。不法行為法は、被告の行為によって原告にもたらされた損害について規定したものです。契約違反はこれには含まれません。不法行為の語源は——」

「ラテン語のtortusかな？　ねじれた《ツイステッド》という意味の語」ライムはラテン語に思い入れを持っていた。

「そのとおりです」ライムの博識に感心するでもなく、自分が知識をひけらかすチャンスを逸したことにがっかりするでもなく、ホイットモアはうなずいた。「交通事故、名誉毀損《きそん》、狩猟中の事故、照明器具が原因の火災、有毒物の流出、飛行機事故、暴行未遂——〝殴るぞ〟と脅す行為、傷害——実際に殴る行為。そういったものが不法行為とされます。故意の殺人も含まれます。刑事と民事の両方で訴えることができる」

その有名な例がO・J・シンプソン事件だなとライムは思った。

「さて、不法死亡や人的損害の原因となった不法行為についてです。最初のステップは被告を特定することです。ミスター・フロマーの死の責《せき》を負うべきなのは誰か。今回は、第三者ではなく、エスカレーター自体に原因があってくれればありがたいと言えます。不法行為法では、人的損害の原因が製品そのものにある場合、証明がより容易だからです。この〝製品〟にはあらゆるものが含まれます。家電、自動車、医薬品、そしてもちろん、エスカレーターも。カリフォルニア州最高裁の一九六三年の判決により、製造物厳格責任という概念が確立しました。製品を使用した消費者が損害を被った場合、製造者に過失がなくても、損害賠償責任を製造者に負わせようというものです。製造物厳格責任法のもとで原告側が証明責任を負うのは、製品に欠陥があったこと、原告が損害を被ったことの二点だけです」

「欠陥の定義は？」ライムは質問した。ホイットモアの講義に思いがけず釣りこまれていた。

「ええ、それが肝心要の問題です、ミスター・ライム。製品の設計に瑕疵《かし》があったり、製造過程に不備や問題があったり、危険について消費者に適切な警告をしていなかったりといったことが考えられます。最近ベビーカーをごらんになったことはありますか」

私が？　ベビーカーを？　ライムの唇がかすかな笑みを描いた。

ホイットモアは皮肉めいた表情に動じずに続けた。「こんなステッカーが貼ってあります――〈乳幼児を下ろしてからベビーカーを畳んでください〉。作り話ではありませんよ。厳格責任とは言いますが、もちろん例外はあります。瑕疵がなければ責任を負わない。たとえばチェーンソーを使って被害者を襲った人物は〝介在原因〟とされます。

原告はチェーンソーを製造した会社を訴えることはできません。

さて、今回のケースを見てみましょう。第一の問題は、〝誰を訴えるか〟です。ミッドウェスト・コンヴェイアンス社製のエスカレーターそのものに設計上あるいは製造上の欠陥があったのか。エスカレーターは正常に作動していたが、ショッピングセンターの管理会社や清掃スタッフ、保守点検を請け負っている別の会社があるならその会社が、ずさんな修理や保守をしたのか。乗降板を最後に開閉したとき、作業員がラッチをきちんとかけなかったのか。ミスター・フロマーが乗降板に足を置いたと同時に誰かが手動で乗降板を開けたのか。ショッピングセンターを建設した建設会社がエスカレーターを危険な状態で引き渡したのか。エスカレーターを設置した下請業者か。パーツの製造業者はどうか。ショッピングセンターの清掃スタッフは？　別会社の社員なのか、ショッピングセンターの従業員なのか。ここであなたの出番というわけです」

ライムは仕事をどのように進めるか、すでに考え始めていた。「まず必要なのは、エスカレーターや操作装置、現場写真、微細証拠──」

「ごもっともです。ただ、このケースには一つ悪条件があることをお伝えしておかなくてはなりません。いや、一つではなく複数ですね」

ライムはどういうことかと尋ねるように片方の眉を上げた。

ホイットモアが先を続けた。「エスカレーター、エレベーター、動く歩道などがからんだ事故では、建設局と捜査局の調査が入ります」

ライムはニューヨーク市捜査局についてはよく知っていた。アメリカ合衆国最古の捜査機関の一つ——発足は十九世紀初頭まで遡《さかのぼ》る——で、市職員や市の各部局、下請業者や契約業者を監督する組織だ。ライムは地下鉄建設現場で発生した事件の現場を捜査中に起きた事故で四肢麻痺になったため、その事故の調査を担当したのは市捜査局だった。

ホイットモアが続けた。「その調査結果を訴訟に活かすことはできますが——」

「結果が出るまでに何カ月もかかる」

「そのとおりです、ミスター・ライム。報告書が出るまでに半年から一年ほどかかるでしょう。そんなに待っていられない。ミセス・フロマーがホームレスになってしまいます。よくてスケネクタディの親戚宅のガレージで暮らすことになる」

「それが悪条件の一つ目だな。二つ目は?」

「エスカレーターへのアクセスです。取り外されて押収され、市の倉庫で建設局と捜査局の調査を待っています」

くそ、証拠は早くも盛大に汚染されたか。ライムは反射的にそう考えた。

「召喚令状を申請すべきだ」ライムは言った。当然のことだ。

「いまの時点ではできません。訴訟を提起したら——ここ数日のうちに提起します——証拠物件提出命令を請求できますが、裁判所は認めないでしょう。建設局と捜査局の調査が完了するまで、エスカレーターを検証できません」

無理難題もいいところだ。エスカレーターは最良の証拠物件だろう。ひょっとしたら唯一の証拠物件かもしれない。なのに、じかに調べることができないのか。

そこで思い出した。これは民事訴訟だ。刑事訴訟ではない。

「設計、製造、設置、保守点検の記録の召喚令状も請求できます。ショッピングセンター、製造者であるミッドウェスト・コンヴェイアンス、清掃会社。事故を起こしたエスカレーターに関わった企業や人物、今回の訴訟の被告候補から記録の提出を命じる令状です。認められるかもしれませんが、簡単にはいかないでしょう。それに申し立てが通るとしても、やはり何カ月もかかってしまう。さらにもう一つ、悪条件があります。ミスター・フロマーはフルタイム雇用ではなかったことはお話ししましたね」

「ああ、覚えている。中年の危機だったか何だったか」

「そのとおりです。以前勤めていた企業では責任の重い地位にありましたが、退職してしまった。最近は、仕事を家に持ち帰る必要のない仕事ばかりしていました。配達員、電話セールス、ファストフード店の接客係、ショッピングセンターの靴店の店員。勤務時間以外は慈善団体でボランティアをしていました。識字教育、ホームレス救済、飢餓撲滅。つまりこの数年は、最低限の収入しか得ていませんでした。今回の訴訟で何より難しいのは、おそらく、ミスター・フロマーは遅かれ速かれ以前と同じような高収入の仕事に戻っていただろうと陪審を納得させることになるでしょうね」

「以前はどんな仕事を？」

「退職する前はマーケティング部長でした。ニュージャージー州のパターソン・システムズという会社です。調べてみました。ひじょうに業績のよい会社ですね。自動車の燃料噴射装置《フユーールインジエクター》メーカーとして国内最大手です。ミスター・フロマーの年間所得は十万ドルを超えていました。しかし昨年度の所得は三万三千ドルです。陪審は所得を基準にして損害賠償額を決定します。製造物責任が認められたとしても、被告側の弁護人はその点を力説するでしょう。生活していくのにぎりぎり足りるだけの所得しかなかったのだから、賠償額も最低限とすべきだとね。

そこで、ミスター・フロマーは一種の充電期間にあったという証明を試みます。まもなく高給の仕事に戻っただろうと。ただし、陪審を納得させられないかもしれない。その場合、ここでもあなたに活躍していただかなくてはなりません。被告が誰になるかまだわかりませんが、エスカレーターあるいはその部品の製造、またはエスカレーターの保守点検に未必の故意や過失があったことが証明されれば――」

「懲罰的損害賠償金を加算して請求できる。陪審は、逸失所得を基本に考えた場合、遺族に充分な額の補償金を裁定できない分、懲罰的損害賠償金で補おうとする」

「よくまとめてくださいました、ミスター・ライム。弁護士を目指すべきだったかもしれませんよ。我々の苦境をご理解いただけたようですね」

ライムは言った。「要するに、問題の装置や関係書類どころか、現場写真や事故の調査報告書さえ見ることなく、複雑な装置が故障した原因とその責任を誰が負うべきか判断しろということか」

「今度もまたきれいにまとめてくださいましたね」ホイットモアは言った。「この種の問題の解決について、あなたはとてもクリエイティブなアプローチをなさるとサックス刑事から聞きました」

証拠物件を見ることさえできないのに、どうクリエイティビティを発揮しろと？　無理難題もいいところだ——ライムは内心でまたそうつぶやいた。この話は何から何まで……

そこでもう一つ別の考えが浮かんだ。ホイットモアは何か話し続けていたが、ライムは聞いていなかった。戸口のほうに顔を向けて怒鳴る。「トム！　トム！　おい、どこにいる？」

まもなく足音が近づいてきて、トムが顔をのぞかせた。「どうしました？　何か問題でも？」

「いやいや、万事順調だ。問題など起きるはずがないだろう？　一つ持ってきてもらいたいものがあるだけだ」

「何です？」

「巻き尺だ。大急ぎで頼む」

皮肉なものだ。

7

市警本部のあるワン・ポリス・プラザは、ニューヨーク市のもっとも醜悪な公共建造物の一つに数えられているが、マンハッタン中心部をもっとも美しい角度から眺められる建物でもある。港、イースト川、カーリー・サイモンの『レット・ザ・リヴァー・ラン』が聞こえてきそうないかにもニューヨークらしい摩天楼。その一方で、センター・ストリートの旧庁舎は、おそらくハウストン・ストリート以南にあるもっとも優美な外観を持つ建造物だが、窓から見えるのは安アパート群や肉屋や魚屋、街娼、路上生活者、獲物を待ち伏せしている強盗くらいのものだった(当時、警察官は泥棒や強盗の主要なターゲットだった。ウールの制服や真鍮《しんちゅう》のボタンが高く売れたからだ)。

ワン・ポリス・プラザの重大犯罪捜査課内にある自分のオフィスに出勤したアメリア・サックスは、汚れの斑点模様が散った窓越しに外を眺めながら、そんなことを考えた。同時に、建造物として美しかろうが醜かろうが、眺望がすばらしかろうが、どうでもいいと思った。そんなことより、ライムのタウンハウスではなく、ここで捜査スキルを発揮しなくてはならないことが気に入らなかった。

まるで気に入らない。

市警の捜査顧問の職を辞したライムが腹立たしい。納得できなかった。真剣勝負の議論、本音のぶつかり合い、そこから生まれる創造的なアイデア。そういった刺激が恋しかった。ライムが市警の仕事を辞めたあと、サックスの毎日はオンライン大学生のそれに変わった。得られる情報は同じでも、それを脳にインプットするプロセスは無味乾燥だ。

事件捜査はどれも少しも進んでいなかった。ライムが得意とする殺人事件の捜査は、とりわけ解決にほど遠い。たとえばリナルド事件は、サックスの担当事件一覧表に載って一月近くたったいまも、さっぱり進展していなかった。事件はミッドタウン南部のウェストサイドで発生した。下っ端の麻薬密売人エキ・リナルドが喉を切られて——執拗に斬りつけられて殺害された。現場周辺は表通りも路地も不潔そのもので、大量の微細証拠が集まり、大量ゆえに捜査の参考にならなかった。煙草の吸い殻、葉の破片がこびりついたままのマリファナホルダー、食品の包装紙、コーヒーカップ、子供のおもちゃの車輪、ビールの空き缶、紙きれ、レシートなど、ニューヨークの道ばたに吹き寄せられていそうなゴミくずばかりだ。現場で採取した指紋や足跡も手がかりにならなかった。

ほかの手がかりは、目撃証人一名——被害者の息子だ。しかし、目撃証人と呼べるかどうかは微妙なところだった。八歳の息子は犯人の姿をはっきり見たわけではなく、犯人が車に飛び乗って、〝ヴィレッジ〟という語が含まれた行き先を告げる声を聞いただけだった。声は男のものだった。黒人やラテン系ではなく、おそらく白人。サックスは持ち前の事情聴取スキルを総動員して記憶を引き出そうとしたが、血まみれで路上に倒れた父親を目撃した少年は当然ながら動揺していた。タクシーやいわゆる〝白タク〟のドライバーに聞き込みを行ったが収穫はなかった。そして、しらみつぶしに調べるには、グリニッチヴィレッジは広すぎる。

それでも、ライムに証拠物件を分析してもらえれば、犯人がグリニッチヴィレッジ——マンハッタンの最古の開発地域の一つ——のどのあたりに向かった可能性が高いか、何らかの結論を出せるだろうとサックスは確信していた。

現にライムはサックスの説得に応じかけたものの、結局は協力を断った。そして、自分は刑事事件からもう手を引いたのだと素っ気なく言った。

サックスは膝下丈のチャコールグレーのスカートをなでつけて皺を伸ばした。スカートに合わせ、一段明るいグレーのブラウスを選んで着たつもりだったが、出勤しようと玄関を出て歩道を歩き出そうとしたところで、グレーとベージュの中間くらいの色のブラウスを着ていることに初めて気づいた。最近は朝一番からそんなことばかりだ。注意散漫もいいところだった。

メールと留守電のメッセージをチェックした。急いで返信すべき用件はなさそうだ。オフィスを出て、独断で未詳40号事件の捜査本部と定めた会議室に向かった。

またライムのことを考える。

まったく、どういうつもりなのよ……

目を上げると、向こうから来た若手刑事がはっとしたように顔の向きを変えてサックスを見ていた。どうやら声に出ていたらしい。

サックスは、精神に不調を来《きた》したわけではないことを示すために若手刑事に微笑みかけ、捜査本部に逃げこんだ。ファイバーボードの会議テーブルが二台、パソコンが二台、デスク一台、事件の詳細をマーカーで走り書きしたホワイトボードが一台並んでいる。

「そろそろね」サックスは、気配に気づいて顔を上げた若い金髪の巡査に声をかけた。紺色のニューヨーク市警の制服を着て、奥側のテーブルについている。重大犯罪捜査課の課員は大部分が刑事だが、ロナルド・プラスキーは違う。しかしアメリア・サックスが未詳40号事件捜査のパートナーに選んだのはプラスキーだった。ここ何年もずっと一緒に仕事をしている。ただし、ついこの前まで、二人の捜査本部はいつもライムのタウンハウスの居間だった。

プラスキーがパソコンの画面に向かってうなずいた。「先方が約束したんですからね」

そろそろ……

「どのくらい期待できそう？」

「わかりません。未詳40号の住所や電話番号までわかるとは期待していませんけど、鑑識チームは、いくつかデータがヒットしたって言ってました。冴えていましたね、アメリア」

ブルックリンのショッピングセンターの惨事のあと――〝惨事〟には、エスカレーター事故の被害者が亡くなったことと、未詳40号の逃走を許したことの二つともが含まれる――サックスは搬入口の周辺を隅から隅まで几帳面に検証し、ブルックリンの鑑識チームにはどこを調べてもらおうかと考えた。手当たり次第に検証していたらきりがない。サックスがとくに注目した場所が一つあった。搬入口のすぐ近くの行き止まりの路地に裏口が面したメキシコ料理店だ。近隣の飲食店はそれ一軒だった。もっと短時間に逃走できるルートはほかにもあったが、サックスはメキシコ料理店周辺に人員を重点的に投入した。ほかの店舗に比べ、メキシコ料理店には不法移民の従業員が多いのではないか、不法移民であるゆえに目撃証人として氏名や住所を明かすのをいやがって捜査に非協力的なのではないかという、なかば強引な仮説に基づいてのことだった。

サックスの推測どおり、あれほど特徴的な人相特徴の容疑者なのに、店長から皿洗い係まで誰一人として目撃していなかった。

だからといって、未詳40号はその店に行かなかったわけではない。客用に設置された店内のくず入れに、逃走時に未詳が持っていたスターバックスのカップ、サンドイッチを包んでいたセロファン、紙ナプキンが入っているのを現場検証チームが発見した。チームは、ラ・フェスティーバという名の料理店――スペイン語なのか、スペイン語風の造語なのかわからない――のそのくず入れの中身をすべて持ち帰った。

二人がいま待っているのは、その証拠物件の分析結果だ。

サックスは自分のちっぽけなオフィスから引っ張ってきてあったキャスターつきの回転椅子に腰を下ろした。ライムの居間を本部にして捜査をしていたら、分析結果はきっとすでに手もとにそろっていただろう。サックスの電話が鳴ってメールの着信を知らせた。八四分署のマディーノ警部から朗報が届いた。管区発砲調査委員会の招集には少し時間がかかりそうだから、発砲・銃撃報告書の提出を急ぐ必要はないという連絡だった。また、前日の夜ライムと話していたとおり、混雑したショッピングセンターで発砲することの是非について数人の記者から問い合わせがあったという。しかしマディーノは、市警内で規則どおりの調査が行われているところだと言って返答を保留し、サックスの氏名も明かさずにおいてくれていた。その後、記者から追加取材の申し入れはない。

この件は安心してよさそうだ。

今度はプラスキーのパソコンが船の時鐘《じしょう》のような音を鳴らした。「やっと来ましたよ。物証の分析結果です」

プラスキーは電子メールに目を走らせながら、自分の額に手をやってそこにある傷をなぞった。傷はさほど大きくはないが、角度や光の具合のせいなのか、今日はふだんより目立っていた。その傷は、サックスやライムの事件捜査に初めて加わった際、プラスキーが判断ミスを犯し、きわめて残忍なプロの殺し屋だった容疑者に脳天を殴られたときのものだ。プライドと外見だけでなく、脳にも後遺症が残って、プラスキーは警察を辞めようとした。しかし強固な意志と、やはり警察官である双子の兄の激励、そしてリンカーン・ライムの叱咤《しった》が、プラスキーに辞職を思いとどまらせた。いまもときおり自信が揺らぐ瞬間はあるものの——頭部の負傷は、毒素のようにじわじわと効いて自信を弱めるものだ——プラスキーはサックスが知るなかでもっとも有能で粘り強い警察官の一人だ。

　プラスキーは溜め息をついた。「大した情報はありません」

「何て書いてある？」

「スターバックスの店内の微細証拠からは何も。メキシコ料理店は——スターバックスのカップの縁からＤＮＡが採取できましたが、統合ＤＮＡインデックス・システム《CODIS》には登録されていません」

　ＤＮＡ一つで解決する事件はめったにない。

「指紋なし」プラスキーが付け加える。

「え？　スターバックスでも手袋をしてたってこと？」

「カップを持つときナプキンを使ってたようです。鑑識課は真空蒸着法とニンヒドリンを使って調べていますが、部分指紋が一つ採取できただけです。指の先端部分だけ。細すぎてＩＡＦＩＳで照合するのは無理だそうです」

　統合指紋自動識別システム（ＩＡＦＩＳ）に登録されているのは、指の腹の部分から採取した指紋だけで、指の先端部分では照合できない。

サックスはまたも考えずにはいられなかった。証拠物件がクイーンズの鑑識本部ではなくライムに渡されていたら――？　ライムなら照合可能な指紋を検出できていただろうか。本部ラボには最新の設備がそろっているが、リンカーン・ライムはいない。

「スターバックスで見つかった靴跡は未詳のものと考えてよさそうですね」プラスキーがメールに目を走らせながら続けた。「ほかの靴跡と重ね合わせた画像があるんですが、搬入口とメキシコ料理店にあった靴の跡と一致していますから。搬入口とメキシコ料理店の靴の溝の跡から、二つに共通する微細証拠物件が見つかっています。靴のサイズは13、リーボックのウォーキングシューズ。デイリークッション2・0というモデルです。微細証拠の化学的プロファイルはこれです」

サックスは画面をのぞきこみ、そこに並んだ化学物質の名前を読み上げた。聞いたことのないものばかりだ。「つまり――？」

プラスキーが画面をスクロールした。「おそらく腐植」

「土？」

プラスキーは細かい文字を先まで読み進んだ。「動植物の遺骸の腐敗分解の最後から《ペンアルティ》二番目《メット》の段階にあるものが腐植、だそうです」

サックスは何年か前のライムとプラスキーのやりとりを思い出した。プラスキーが〝ペンアルティメット〟を本来の〝最後から二番目〟ではなく〝最後〟という意味で使ったときのことだ。たちまち切ない気持ちがこみ上げて、思い出した自分が恨めしくなった。

「もう少しで土になるもの、ということね」

「そんなところです。どこか別の場所から運ばれたものですね。あなたや鑑識チームがショッピングセンター内外や搬入口、メキシコ料理店で集めた対照試料と一致しませんから」プラスキーはメールの先に目を走らせる。「あっと、これはまずいな」

「何?」

「ジニトロアニリン」

「初めて聞いた」

「用途はいろいろあります。たとえば染料、殺虫剤。でも、最大の用途は爆薬です」

サックスは二週間ほど前の犯行現場の証拠物件一覧表を指さした。未詳40号が40ディグリーズ・ノースというクラブの近くの工事現場で被害者トッド・ウィリアムズを撲殺した事件だ。「硝酸アンモニウムが見つかってる」

硝酸アンモニウムは化学肥料としての用途のほか、即席爆弾の爆薬の主要な原料でもある。一九九〇年代に起きたオクラホマシティ連邦政府ビル爆破事件でも爆薬の原料として使われた。

「とすると」プラスキーはゆっくりと言った。「単なる強盗事件じゃないのかな。未詳40号は、そうだな、たとえば40ディグリーズ・ノースの周辺か建設現場で爆弾の原料を購入していて、そこをウィリアムズに目撃されたとか」そう言ってパソコンの画面を指で軽く叩いた。「これ、見てください」ショッピングセンターの搬入口で見つかった靴の跡のそばで採取された微細証拠から、モーターオイルが検出されていた。

〝肥料爆弾〟の第二の原料だ。

サックスは溜め息をついた。この未詳40号にはテロリストの側面もあるということだろうか。殺人事件は建設現場で発生しているが、硝酸アンモニウムやモーターオイルを、たとえば爆破解体に使うことはないだろう。「ほかには？」

「ここでもフェノールが検出されています。最初の殺人の現場でもありましたよね」

「二度同じものが見つかったら、偶然じゃないわ。フェノールの用途は何？」

プラスキーは資料を呼び出した。「フェノール。ポリカーボネート、合成樹脂、ナイロンなどプラスチックの前駆物質。アスピリン、エンバーミング用防腐液、化粧品の製造にも使われます。巻き爪の治療にも」

未詳40号は足が大きい。もしかしたら巻き爪治療を受けているかもしれない。

「これも」プラスキーはそれ以外の化学物質の長いリストをホワイトボードの一覧表に転記していた。

「何が何やらさっぱり」

「化粧品の成分ですね。顔料です。ブランドはわかりません」

「メーカーを知りたいわね。本部のほうで調べてもらって」

プラスキーが依頼のメールを送信した。

二人は証拠物件の検討を再開した。プラスキーが言った。「金属の削りかす。搬入口手前の通路に残っていた靴跡の微細証拠に含まれていました」

「写真を見せて」

プラスキーが写真を画面に表示した。

見た目にはわかりにくい――裸眼でも、ドラッグストアで購入した老眼鏡越しでも。サックスはしばらく前から老眼鏡を持ち歩くようになっていた。

写真を拡大し、光り輝く小さなかけらをじっと観察した。それからもう一台のノートパソコンに向き直り、キーを叩いてニューヨーク市警の微量金属データベースにログインした。よく見ると、そもそもリンカーン・ライムが何年か前に作成したものだった。

二人はデータベースに収められた写真を確かめていった。「あ、それ、似てませんか」サックスの肩越しに画面をのぞきこんでいたプラスキーが、写真の一枚を指さす。

たしかに似ている。ナイフやはさみ、剃刀《かみそり》を研ぐ過程で出る微細な削りかすだ。

「材質は鋼です。未詳40号は鋭利な刃物を好むようですね」40ディグリーズ・ノース近くで殺害された被害者は殴打されていたが、だからといって未詳はほかの武器にいっさい関心を持っていないということにはならない。

一方で、家族そろった夕食の席でチキンを切り分けるのに、テーブルのそばでこれ見よがしにナイフを研いだだけのことなのかもしれない。

プラスキーが先を続けた。「おがくずもあります。写真、見ますか」

サックスは顕微鏡写真を見つめた。粒はきわめて細かい。

「やすりをかけて出たおがくず？」サックスはつぶやくように言った。「鋸で切って出たものには見えない」

「どうでしょうね。でも、やすりのほうが当たってる気がします」

サックスは親指の爪を別の指で弾いた。二度。ぴんと張った糸が震えるように、全身にその小さな衝撃が伝わった。「クイーンズの分析官は木の種類までは突き止めていないわね。それも知りたいわ」

「依頼しておきます」額の傷を片方の手でなぞりながら、プラスキーはもう一方の手で報告書をスクロールした。「ハンマーと爆弾じゃまだ足りないみたいですよ。誰かを毒殺しようとしてるのかな。有機塩素と安息香酸がかなりの量、含まれていますね。毒性を持つ物質です。殺虫剤によく使われていますが、殺人に使った事例もあります。それから、ここに並んでる化学物質は……」プラスキーはデータベースを確認した。「……ニスの成分」

「おがくずにニス。工務店か建設会社に勤めてるとか？　あとは、未詳が作った爆弾を別の誰かが木箱に入れたか、板張りの壁の奥に隠したか」

しかし、木箱に入っているものはもちろん、周辺地域で何らかの即席爆弾が発見されたという報告は一つも入っていない。サックスはその可能性はかなり低いだろうと見積もった。

「これもメーカーが知りたいわ。ニスのメーカー。おがくずの木の種類も」

プラスキーは答えなかった。

見ると、プラスキーは携帯電話を凝視していた。メールが届いたらしい。

「ロナルド？」

プラスキーはぎくりとした様子で携帯電話をしまった。このところ上《うわ》の空《そら》でいることが増えていた。家族に病人でも出たのだろうか。

「何かあった？」

「いえ、何でもありません」

サックスはさっき言ったことを繰り返した。「メーカーが知りたいの」

「えっと、何の……ああ、ニスのですね」

「そう、ニスのメーカー。おがくずの木の種類も。あとは化粧品のブランド」

証拠物件の次のカテゴリーの検討を始めた。由来が未詳であるかどうか判別が難しい微細証拠物件だ。鑑識チームは、メキシコ料理店のくず入れの中身をすべて持ち帰っていた。スターバックスのカップや紙ナプキン以外にも、未詳が捨てたものがあるかもしれないからだ。くず入れには三十から四十の物品が入っていた。紙ナプキン、新聞、プラスチックカップ、使用済みティッシュペーパー、どこかのお父さんが家族のもとに帰る前に処分したのであろうポルノ雑誌。一つひとつ写真を撮って目録にされている。しかしクイーンズの鑑識本部の分析官は、事件に関連のありそうなものは含まれていないと仮の結論を出していた。

それでもサックスは二十分ほど時間をかけ、くず入れにあった物品を個別に撮影した写真と、鑑識チームが中身を押収する前のくず入れの状態を広角レンズで撮影した写真を一つずつ見ていった。

「これ見て」サックスは言った。プラスキーが近づいてきてのぞきこむ。サックスが指さしたのは、ハンバーガー・チェーンのホワイト・キャッスルの紙ナプキン二枚だった。

「〝スライダーの元祖〟ホワイト・キャッスルですね」プラスキーが言った。「でも、スライダーって何だろう？」

サックスは肩をすくめた。小ぶりのハンバーガーだということは知っているが、スライダーという呼び名の由来は知らない。アメリカ最古のファストフード・チェーンであるホワイト・キャッスルの売り物は、ハンバーガーとミルクシェークだった。

「指紋は？」

プラスキーが報告書を確かめた。「検出されていません」

本部の分析官はどこまで真剣に検出に取り組んだだろうかとサックスは考えた。ライムの天敵が無能と怠慢であることを思い出した。サックスは紙ナプキンの写真を見つめた。「未詳が捨てたんだと思う？」

プラスキーは広角レンズで撮影された写真を拡大した。くしゃくしゃに丸められたホワイト・キャッスルのロゴ入りナプキンは、スターバックスのロゴ入りのごみのすぐ隣にある。

「その可能性はありそうですね。未詳はファストフード好きらしい」

サックスは溜め息をついた。「ナプキンはDNAの宝庫よ。DNAを採取して、スターバックスのカップに付着していたものと比較しようと思えばできたのに」

無能と怠慢……

だが次の瞬間、サックスは寛大な気持ちになった。

残業続きで疲れているだけのことかもしれない。警察の人間はみなそうだ。

サックスは同じナプキンを広げて撮影した写真を呼び出した。二枚とも染みがついている。

「どう思う？」サックスはプラスキーに尋ねた。「片方の染みは茶色だけど、もう一つは赤みがかってるように見えない？」

「微妙ですね。実物があれば色温度を比較できるのにな。リンカーンのラボでなら」

ほんとそうよね。

サックスは言った。「片方のナプキンに付着してる二つは、チョコレートとストロベリーのミルクシェークじゃないかしら。色から推測して、当たってると思う。もう一枚のほう——こっちは間違いなくチョコレートね。もう一つの染みは、粘度が低いから、ソフトドリンク。ホワイト・キャッスルに二度行ってるってこと。一度はシェークを二種類飲んだ。それとは別の機会に、シェークとソフトドリンクを飲んだ」

「〝痩せの大食い〟だな」

「それ以上に参考になるのは、ホワイト・キャッスルがお気に入りらしいってこと。きっと常連なのよ」

「もしかしたら家が近いのかもしれない。でも、どの店だろう」プラスキーはインターネットでホワイト・キャッスルの店舗を調べていた。ブルックリンには数店舗ある。

そのとき、サックスの頭にふと閃いた――モーターオイル。

「モーターオイルは爆弾の材料なのかもしれないけど、クイーンズにあるホワイト・キャッスルの店舗の常連だという可能性もありそう。クイーンズの店舗はアストリア・ブールヴァードに面してる。自動車関連のお店の密集地帯よ。うちの父とよく、日曜の朝一番に車のパーツを買いこんで帰って、アマチュアメカニックの真似事をした。オイルは、たとえば未詳がホワイト・キャッスルでお昼を食べたときに靴に付着したのかも。無駄足になりそうだけど、行ってお店の責任者と話してみるわ。あなたはクイーンズの本部に紙ナプキンの再分析を依頼しておいて。徹底的に調べてもらってね。指紋。DNAも。友達と一緒にお昼を食べたとすれば、その友達のDNAがCODISに登録されてるかもしれない。おがくずも忘れずに。木の種類を突き止めてもらって。そうだ、ニスのメーカーも調べてって念を押しておかないと。できればこの報告書を書いたのとは別の分析官に頼みたいわ。メルに連絡して」

物静かで控えめなメル・クーパー刑事は、ニューヨーク市のみならずアメリカ北東部でもっとも優れた鑑識技術者だ。指紋やＤＮＡ、復顔法など、個人識別のエキスパートでもある。また、数学、物理学、有機化学の学位を持ち、権威ある国際鑑識学会と国際血痕分析学会のメンバーだ。小さな町の警察に勤務していたところをライムにスカウトされ、以来、ニューヨーク市警鑑識課に所属している。彼もライムの捜査チームの固定メンバーの一人だった。

サックスはジャケットを羽織って拳銃を点検した。プラスキーは鑑識本部に電話をかけてクーパーの支援を要請している。

サックスが会議室を出ようとしたところでプラスキーが通話を終えた。「あいにくですけど、アメリア。別の分析官に頼むしかなさそうです」

「え？」

「メルは休暇中だそうです。今週いっぱい」

サックスは短い笑い声を漏らした。もう何年も一緒に仕事をしているが、クーパーがまとまった休暇を取ったという話は一度も聞いたことがない。

「じゃあ、誰か優秀な人を探して」サックスは早足で廊下を歩き出しながら考えた。ライムの辞職が合図になって、何もかもが空回りを始めたようだった。

8

「あれは……エスカレーターだ。間違いないな、エスカレーターだ。エスカレーターの一部か。エスカレーターのてっぺんがお宅の玄関にあるようだぞ。まあ、言わなくても知ってるんだろうけどな」

「メル。入ってくれ。さっそく仕事にかかりたい」

小柄で線の細い体つき、つねにかすかな笑みを浮かべた目もとと口もと。メル・クーパーは黒縁の眼鏡を鼻の上のほうに押し上げながらライムのタウンハウスの居間に入ってきた。足音はしない。ふだんどおりハッシュパピーの靴を履いている。居間には二人きりだ。エヴァーズ・ホイットモアはミッドタウンの法律事務所に帰ったあとだった。

鉄パイプの足場に囲まれたエスカレーターの一部が玄関にある理由についてすぐには説明がなさそうだと察したか、クーパーは茶色のジャケットを脱いで壁のフックにかけ、スポーツバッグを床に下ろした。「休暇を取る予定なんてなかったんだぞ」

ライムは――リンカーン・ライムにしかできない有無を言わさぬ態度で――クーパーに休暇を取るよう提案した。すなわち、鑑識本部での本来の仕事は休み、ライムのタウンハウスで、民事訴訟フロマー対ミッドウェスト・コンヴェイアンスを手伝えという意味だ。

「ああ、その件か。恩に着るよ」ライムの感謝の表現は、いつもどおりごく控えめだった。社交の機微にほとんど関心がなく、社交上手でもない。

「これは……念のため聞いておきたい。俺がその訴訟に関わると、倫理上の問題が発生したりしないよな」

「しないさ。あるわけがないだろう」ライムはエスカレーターに視線を据《す》えたまま答えた。エスカレーターは天井ぎりぎりにそびえている。「報酬を受け取らないかぎり、何の問題もない」

「なるほど。つまり、ただ働きってことか」

「友人が義侠《ぎきょう》心から助力を申し出ただけのことだと思え、メル。崇高な動機からな。被害者の妻には金がない。育ち盛りの息子がいる。優秀で、将来が楽しみな少年だ」それはライムの推測にすぎない。フロマー夫妻の息子について何一つ知らないし、ファーストネームさえ、聞いたはずだが忘れてしまった。「私たちが和解をもぎ取ってやらないと、妻は近い将来、スケネクタディのガレージ住まいを強いられる。下手をすると、一生そこで暮らすことになる」

「スケネクタディはそう悪い町じゃないぞ」

「ここで重要な意味を持つのは〝ガレージ〟という語のほうだ、メル。それに、これは難問だぞ。難問を解くのは好きだろう」

「まあ、嫌いじゃないな」

「メル！」トムが居間に現れた。「何のご用です？」

「人さらいに遭ってね」

「ようこそ」トムはそこで顔をしかめた。「まったく、信じられませんよ。あれ、ごらんになりました？」意気消沈したような表情で、鉄パイプの足場やエスカレーターのほうに顎をしゃくる。「床が傷まずにすめばいいんですが」

「私の床板だ」ライムは言った。

「それをいつもぴかぴかに磨いておけと言いながら、重量二トンの機械を運びこんで人の努力を無にするのはどなたでしたっけ」トムはメルに向き直った。「何か召し上がりますか」

「紅茶をもらえるとありがたい」

「お気に入りの紅茶を用意してありますよ」

リプトンの紅茶。クーパーの好みは質素だ。

「ガールフレンドはお元気ですか」

クーパーは母親と二人暮らしだが、コロンビア大学の教授をしている長身で華やかな外見をした北欧系の恋人がいる。その恋人と組んで社交ダンスの大会で何度も優勝していた。

「おかげさまで――」

「ちょうど仕事を始めようとしていたところだ」ライムはさえぎった。

「元気だよ」クーパーがトムに返事をした。「元気だ。来週、タンゴの地区大会を控えてる」

「飲み物といえば」ライムはシングルモルトスコッチのボトルに視線をやった。

「いけません」トムがにべもなく答える。「コーヒーを持ってきましょう」そう言ってキッチンに戻っていった。

無作法なやつだ。

「で、どんなヤマだ？　いいね、〝ヤマ〟なんて警察ドラマみたいだぞ」

ライムはエスカレーター事故と、エヴァーズ・ホイットモアが被害者の妻と息子を原告として提起しようとしている訴訟の概要を話した。

「ああ、あれか。ニュースで見た。身震いが出る」クーパーは首を振った。「乗り降りするとき、いつもなんとなく不安だった。これからは階段を使うことにしよう。エレベーターでもいい。エレベーターだって完全に信用はできないがね」

クーパーは、サックスが非公式に撮影した事故現場の数十枚の写真が表示されたパソコンディスプレイの前に立った。〝非公式〟なのは、サックスは事故の調査に表向きは関与していないからだ。写真には開いたままの乗降パネルやその下のピット、モーターや歯車、ピットの壁などが写っている。何もかも血だらけだった。

「失血死か」

「それと、外傷性ショック。あやうく真っ二つにされるところだった」

「ひどいな。あれは事故を起こした現物か？」クーパーは足場に囲われたエスカレーターのところに戻ってしげしげと眺めた。「血がついてないな。清掃したのか」

「いや」ライムは、現物のエスカレーターを調べられるのは数カ月先になることを説明した。しかし実物大模型《モックアップ》があれば、事故の原因を探ることができるのではないか。そう考えたライムは、市内の建設会社から同型のモックアップをレンタルしようと思いついた。トムが持ってきたメジャーで玄関の寸法を測り、小さくばらしたモックアップをそこから運びこみ、玄関ホールで組み立てられることを確認した。レンタル料金の五千ドルは、いったんホイットモアの弁護料に加算し、裁判終了後に損害賠償金から差し引くことになった。

　やってきた作業員はまず鉄パイプの足場を設置し、トッププレート――思いがけず開いてグレッグ・フロマーをのみこんだ乗降板――はもちろん、それを支える部品や蝶番《ちょうつがい》、エスカレーターの手すりやスイッチ類などを組み立てた。被害者の命を奪ったものとまったく同じ型のモーターと歯車は、床に据えられた。

　クーパーは足音もなくモックアップの周囲を歩きながら、乗降板を見上げ、さまざまなパーツに手を触れている。「裁判では証拠として認められない」

「わかっている。どんなトラブルが起きたのかがわかればいい。乗降板が本来開くべきではないタイミングで開いた理由が知りたいだけだ」ライムは車椅子をモックアップに近づけた。

クーパーはうなずいた。「事故当時、エスカレーターは上りに設定されてて、被害者がてっぺんまで上ったところで、床板が開いたわけだな。どのくらいの大きさの穴が開く?」

「三十六センチ程度とアメリアは言っていた」

「アメリアが現場検証したのか」

「いや、無関係の未詳を追跡していて、偶然その場に居合わせただけだよ。事故が起きて未詳を見失い、事故の被害者の命を助けようとした。だが、助けられなかった」

「未詳は取り逃がしたか」

「そうだ」

「アメリアのことだ、未詳の件には腹を立ててるだろうな」

「被害者の妻に会いに行って、経済的にかなり困っていることがわかって、弁護士を紹介しようと思いついた。それでこの件が私たちに回ってきた」

「このパネルが跳ね上がったわけだな——ああ、あれか、あのスプリングが押し上げたのか。かなり重量がありそうだ。被害者は滑って、モーターや歯車の上に落ちた」

「そうだ。パネルの手前の縁で切り傷も負った。写真に写っているピットの壁が血だらけなのはそのせいだ」

「なるほど」

「きみに頼みたいのは、まず、その模型のなかに入って、あちこちつつき回して、仕組みを理解することだ。てっぺんのパネルの開閉の仕組み、スイッチ、レバー、蝶番、安全機構。何もかもだ。写真も撮ってもらいたい。そのうえで、事故の原因を突き止めよう」

クーパーは居間を見回した。「辞めても変わらないな」

「そう思うなら、カメラがどこにあるかも知っているな」ライムは焦《じ》れったそうに冷淡な声で言った。

クーパーが肩を揺らして笑う。「あんたも変わってない」奥の壁際の棚からカメラと小型ライトつきのヘッドバンドを下ろした。「俺の親父は炭鉱労働者だぞ」そう冗談を言いながら、ヘッドバンドを頭に巻いた。

「撮影だ。撮影開始！」

クーパーはモックアップの内側に入った。カメラのフラッシュが瞬《また》き始めた。

玄関の呼び鈴が鳴った。

いったい誰が来た？　堅物の弁護士エヴァーズ・ホイットモアは自分の事務所に戻ってグレッグ・フロマーの友人や家族に話を聞いているころだろう。死亡時には賃金の低い仕事に就いていたが、近い将来、有能なマーケティング部長の職に戻っていただろうという証言を集め、最新の所得に基づいた額よりはるかに高い損害賠償金を取ろうという作戦だ。

主治医の誰かか？　四肢麻痺のライムは、理学療法士や神経科医の定期的な診察を受ける必要があるが、今日はその予定は入っていない。

車椅子を操って防犯カメラのモニターに近づき、来客を確かめた。

そうか。忘れていた。

不意の来客は概してライムを苛立たせる（たとえ予告があったところで、腹立たしいことには変わりがないが）。

しかし今日、当惑はいつにも増して大きかった。

「ああ、知ってる知ってる」男性はアメリア・サックスに答えた。「そいつなら知ってますよ。無口な男だ」

アストリア・ブールヴァードに面したホワイト・キャッスルのクイーンズ支店で、店長から話を聞いていた。

「すごく背が高くて、すごく痩せてる男。白人。青いくらい白いやつ」

店長はそれとは対照的に、浅黒く丸っこい顔をしていて、陽気な印象だった。二人は表通りに近い窓際で話をしている。サックスが訪れたとき、ちょうど窓ガラスを清掃中だったからだ。自分の店を誇りに思っていることが伝わってくる。ガラス用洗剤の匂いは玉ねぎの匂いを押しのけるくらい強い。それでも後者の匂いは食欲を刺激した。前日の夕食以来、サックスは何も腹に入れていなかった。

「名前はご存じですか」

「知りませんね。だけど……」店長は目を上げて言った。「おい、シャーロット」

カウンターにいた二十代の女性がこちらを見た。この店の売りであるハンバーガーを日常的に食べているとしても、節度を持ってそうしているのだろう。ほっそりとした体つきの女性は客の注文を整えたあと、こちらにやってきた。

サックスは身分を明かし、しきたりどおりにバッジを見せた。女性の目がきらめいた。ドラマ『CSI』ばりのなりゆきにわくわくしている様子だ。

「シャーロットは毎日のように店に入ってくれてます。彼女がいなくちゃ、この店は回りませんよ」

女性は頬を赤らめた。

「ミスター・ロドリゲスから、あなたならときどきこのお店に来る背の高い男性のことを知ってるかもしれないと聞いて」サックスは言った。「背が高くて、とても痩せてる人よ。白人。緑色の格子縞のジャケットを着てることがあるかもしれない。野球帽をかぶってる」

「知ってる。その人なら覚えてます！」

「名前は知ってる？」

「ううん。ただ、その人、すごく目立つから」

「知ってることがあれば話していただけませんか」

「いまあなたが言ったとおりのこと。瘦せてる。がりがり。だけど大食い。サンドイッチを十個とか十五個とか食べるの」

サンドイッチ……この店の小ぶりなハンバーガーのことだろう。

「ほかの人の分も買ってるということはないかしら」

「ない。それはないです！　だって店内で食べるから。だいたいいつもです。うちのママの言いかたをすると、バカ食い。ミルクシェークも二つ。あんなにがりがりに瘦せてるのに、ものすごく食べるのよ！　ミルクシェークとソフトドリンクのときもあります。ねえ、いつから刑事さんをやってるんですか」

「二、三年前から」

「かっこいいですよね！」

「その男のことだけど、誰かと一緒に来たことはある？」

「私は見たことがありません」

「よく来るのかしら」

「週に一度か、二週に一度くらい」

「この近くに住んでるような印象だった？　何か話しかけてきたりとかは？」

「ないです。一度もありません。いつも注文だけ。そのあいだもずっと下向いてる。帽子をかぶってるし」シャーロットは推理するように目を細めた。「わかった、あれは防犯カメラを警戒してるのね！　そうでしょ？」

「ええ、そうかもしれない。外見を覚えてますか。どんな顔？」

「あんまりよく見たことがないんだけど――顔は細長くて、青白い。めったに外に出ないみたいな感じ。髭《ひげ》はなかったと思います」

「どっちから来たか、どっちに行ったか、覚えてる？」

シャーロットは考えこんだ。しかし何も思い浮かばなかったようだ。「すみません」質問に答えられなかったことに縮み上がっているような顔だ。

「車はどう？」

またも敗北感が漂った。「車？　覚えてません……あ、待って。車じゃなくて歩いてくるんだと思います。帰るとき、駐車場と反対のほうに歩いていくような気がするから」

「帰るところを見たわけね」

「だって、つい見ちゃうもの。別に、どこかがすごく変とかそういうんじゃないけど。尋常じゃなく痩せてるってだけで。あんなに食べるのに、がりがりに痩せてる。不公平ですよね。私たちは努力しないと太っちゃうのに」

〝私たち〟は、この場にいる女二人、サックスと自分を指しているのだろう。サックスは微笑んだ。

「いつもそう？　帰りはいつもそっちの方角に歩き出すのね？」

「はい。たぶん合ってると思います」

「荷物はどう？」

「何度か袋を提げてることがありました。ビニールの袋。そうだ、その袋をカウンターに置いたことがあって、重そうでした。かたんっていう音がしたと思います。金属のものが入ってるみたいな」

「袋は何色だった？」

「白」

「何が入ってたと思う？」

「わかりません。ごめんなさい。お役に立てればいいのに」

「とても役に立ってくれてるわ。服装は？」

シャーロットは首を振った。「ジャケットと帽子以外は覚えてません」

サックスは店長のロドリゲスに聞いた。「監視カメラの映像は残っていますか」尋ねる前から答えはなかばわかっていた。

「毎日上書きしてます」

やっぱりそうか。未詳の姿が映っていたとしても、すでに上書きされている。

サックスはまたシャーロットに向き直った。「とても参考になりました」次に二人の両方に向けて言った。「こちらの全従業員に、いま話した男性を探していることを伝えていただけますか。またこのお店に来たら、九一一に通報してください。殺人事件の容疑者だと伝えるのを忘れずに」

「殺人」シャーロットがささやくように繰り返した。恐怖と歓喜が入り交じった声だった。

「そうです。私のID番号は五八八五。サックスです」店長とシャーロットにそれぞれ名刺を渡した。シャーロットは多額のチップをもらったかのように小さな厚紙を見つめた。結婚指輪をしている。今夜の夕食の席の会話をいまから楽しみにしているのが伝わってくるようだった。サックスは二人の顔を見比べた。「その男が来たときは、私には連絡しないで。九一一に電話して、私の名前を出してください。私よりパトロールカーのほうが早く来られますから。それまでは何もなかったように振る舞ってください。ふつうに注文をさばいて、男が帰ったりテーブルについたりするようなら、また電話をください。それ以上のことはしないように。お二人を信じてお願いしていいですね？」

「まかせてください、刑事さん」シャーロットが答える。将校の命令を聞く兵卒のようだった。

「かならず伝えておきますよ」店長のロドリゲスが言った。「全従業員に徹底します」

「この近くにはほかにもホワイト・キャッスルのお店がありますね。その男が行くかもしれない。同じことをほかのお店にも伝えていただけませんか」

「わかりました」

サックスはすす汚れ一つない窓ガラスを透かして外の広い通りを見た。商店やレストラン、アパートが並んでいる。あのなかに、かたんと音を立てる品物を販売し、白いビニール袋に入れて客に渡す店があるかもしれない。客はその袋を受け取って家に……あるいは殺人の現場に向かった。

ロドリゲスが言った。「そうだ、刑事さん……スライダーをいくつか持って行ってくださいよ。店のおごりです」

「市警の人間は、無料で食事をいただくことはできません」

「だけど、よくドーナツを……」

サックスは微笑んだ。「あれは都市伝説です」そう言ってグリルのほうを見た。「でも、一ついただこうかな。代金はお支払いします」

シャーロットが眉間《みけん》に皺を寄せた。「二つにしたほうがいいと思いますよ。すごく小さいから」

たしかに小さかった。だがおそろしくうまかった。ミルクシェークも。サックスは朝食とも昼食ともつかない食事を三分で平らげた。それから店を出た。

ポケットから携帯電話を取り出してロナルド・プラスキーに連絡した。まずワン・ポリス・プラザの未詳40号事件捜査本部の固定電話にかけたが、誰も出なかった。次にプラスキーの携帯電話にかけてみた。留守番サービスに転送された。サックスはメッセージを残した。

しかたがない、事情聴取は一人でもできる。サックスは曇り空から吹き下ろしてくるような強風にあおられながら歩道を歩き出した。

長身の、青白い顔をした、痩せぎすの男。白いビニール袋。買い物をしていた。工具店から当たってみよう。おがくずに、ニス。

丸頭ハンマー。

鈍器損傷。

9

リンカーン・ライムは、現場鑑識基礎の生徒のジュリエット・アーチャーが今日、非公式の研修を開始するために来ることになっていたのを完全に忘れていた。

呼び鈴を鳴らした客は、ジュリエット・アーチャーだった。別の状況だったら、彼女の訪問を歓迎していただろう。しかしライムの頭に最初に浮かんだことは、どのようにしてすみやかに彼女を追い返すか、だった。

ストーム・アローの車椅子に乗ったアーチャーはエスカレーターを迂回して居間に入ってくると、ケーブル類が格子模様のように床を覆い尽くしている手前ですっとブレーキをかけて、車椅子を停めた。蛇のように身をくねらせるケーブルを強引に乗り越えることに慣れていない様子だったが、ライムは日常的にその上を通っているのだからきっと大丈夫なのだろうと結論を出したらしく、車椅子をふたたび進めた。

「こんにちは、リンカーン」

「やあ、ジュリエット」

トムが彼女に軽く会釈をした。

「ジュリエット・アーチャー、リンカーンのクラスの生徒です」

「リンカーンの介護士のトム・レストンです」

「どうぞよろしく」

そこでまた呼び鈴が鳴って、トムが玄関を開けに行った。まもなく、がっちり体型の三十代くらいの男性を案内して戻ってきた。男性はビジネススーツに水色のシャツを合わせ、ネクタイを締めていた。シャツの一番上のボタンをはずし、ネクタイを緩めてある。世の男たちがなぜそういう中途半端な装いをするのか、ライムは昔から不思議でならなかった。

男性はほかの三人のほうにうなずいてみせたものの、目はずっとアーチャーに向けられていた。「ジュリエット、先に行くなよ。待っててくれと言っただろう」

アーチャーが言った。「こちらは兄のランディです」ライムはそれで思い出した。アーチャーはダウンタウンにある自分のロフトをバリアフリーに改装中で、工事のあいだ、兄夫婦の家に居候《いそうろう》していると話していた。兄夫婦の家は、好都合にも、ジョン・マーシャル大学のすぐ近くにある。

ランディが言った。「表のスロープは急で危なっかしい」

「もっと急なスロープも一人で上り下りしたことがあるから」アーチャーが応じる。

人は重い障害のある人物を見ると、母親のように世話を焼きたがるもの、あるいは赤ん坊のように扱いがちなものだ。過保護にされると、ライムは爆発しそうになる。アーチャーも同じらしい。アーチャーはいつか、よけいな世話を焼かれても何とも思わなくなるだろうか。ライムはいまだに慣れることができずにいた。

しかし、とライムは思い直した。兄が来てくれて助かったぞ。ライムとメル・クーパーが、エスカレーターのメーカーなのか、ショッピングセンターなのか、サンディ・フロマーの夫の死の責任を誰かに負わせるべく事故の原因を探るあいだ、二人の客、それも科学捜査のしろうとをうろうろさせておくわけにはいかない。

「約束どおりに来ました」アーチャーは居間兼ラボを見回しながら言った。「すごい。驚きました。機器に器具。走査型電子顕微鏡まで？　感心してしまいますね。でも、電力は足りるのかしら」

ライムは答えなかった。何か言えば、長居を許す流れになりかねない。

メル・クーパーは足場からひょいと飛び下りると、アーチャーのほうに顔を向けた。ヘッドバンドのライトの明かりをまともに浴びて、アーチャーは目をしばたたいた。

「おっと失礼。メル・クーパーです」クーパーは自己紹介をし、手を差し出さずに一つうなずいた。相手が車椅子に乗っていることを気遣ってのことだろう。

アーチャーは自分の兄を紹介したあと、クーパーに注意を戻した。「あのクーパー刑事ですね。リンカーンが褒めていました。科学捜査の輝ける星の一例として――」

「よし」ライムは、クーパーのうれしそうな視線に気づかないふりをしてさえぎった。「いま取りこみ中でね」

アーチャーは車椅子を少し前に進めると、検査機器の一つにじっと目を注いだ。「疫学を研究してたころ、たまにGC／MSも使いました。これとは別のモデルでしたけど。音声作動式ですか」

「あー、いや、違う。ふだんはメルかアメリアが操作する。しかし――」

「優秀な音声認識システムが出ていますよ。RTJインストゥルメンテーションという会社から。アクロンに本社があります」

「ほう」

「ちょっと思い出しただけです。『最新科学捜査』にハンズフリー・ラボに関する記事が載っていました。よかったら送りましょうか」

「その雑誌なら定期購読してます」クーパーが言った。「届いたらその記事を――」

ライムはぼそぼそと言った。「くどいようだがね、いま取りかかっている案件は一刻を争う種類のものだ。急遽《きゅうきょ》引き受けることになった」

「さては、どこにも通じていないエスカレーターが関係する案件ですね」

そのユーモアはライムの神経を逆なでした。「来る前に電話をくれたほうがよかったね。そうすればきみやお兄さんの時間を無駄にせずにすんだ――」

アーチャーは平たい声で言った。「そうですね。でも、今日来ることはお互いに了解していたはずです。何時ごろなら都合がいいか、連絡をくださらなかったでしょう。私は問い合わせのメールを送りました」

なるほど、電話をすべきなのはライムのほうだったようだ。ライムは戦術を変えた。

「私がいけなかった。全面的に認めよう。無駄足を踏ませて申し訳なかった」

そのあまりにも空々《そらぞら》しい謝罪ぶりに、トムから冷ややかな視線が注がれた。ライムはあからさまにトムを無視した。

「というわけで、仕切り直しとしよう。別の日に来てくれないか。あらためて」

ランディが言った。「ジュリエット、帰るぞ。先にバンを取ってくる。スロープを下りるのを手伝うから、それまで――」

「でも、何もかも手配済みなんです。ビリーは二、三日ウィル・シニアに預かってもらったし、ボタンはウィスカーズと遊ぶ約束をしているの。病院の予約も残らず延期してもらいました。だから」

ボタン？　ウィスカーズ？　勘弁してくれ。どうしてこんな羽目に？　「今日来てもかまわないと言った時点では、時間の余裕があった。もう少し……研修らしいことをしてもらうはずだった。しかし、こうなってみるときみの役には立てそうにない。急に忙しくなってね。喫緊《きっきん》の問題を抱えている」

〝喫緊の問題〟だと？　おいおい何だ、その借りてきたような言葉遣いは？

アーチャーはうなずいたものの、目はエスカレーターを見つめていた。「あの事故の調査ですね。ブルックリンのショッピングセンターで起きた事故。民事事件でしょう。犯罪行為がからんでいるようには思えない。そうなると、被告は多岐にわたりそうですね。メーカー、ショッピングセンターを所有している不動産会社、メンテナンス作業員。そういう訴訟が一筋縄でいかないことはいまや常識です」そう言いながら車椅子で居間のなかを動き回った。「だって、みんな大好きですものね、『ボストン・リーガル』とか『グッド・ワイフ』とか」

いったい何だ、それは？（どちらも法律ドラマ）

「今日のところは本当に――」

アーチャーがさえぎった。「これはモックアップですよね。実物は借りられなかったということかしら。民事の弁護士には手が届かなかったとか」

「現場から取り外されて、一時的に没収されてる」クーパーが言った。ライムはじろりとねめつけた。

「申し訳ないが、やはり――」

アーチャーがさらに続ける。「喫緊の問題というのは？　ほかにも賠償金狙いで訴訟を検討している被害者がいるとか？」

ライムは無言を貫くことにした。アーチャーは車椅子を操って足場に近づいていく。ライムはアーチャーをあらためて観察した。なかなかスタイリッシュな装いをしている。深緑色の千鳥格子のロングスカート、糊をきかせた白いブラウス、黒いジャケット。車椅子のアームに固定されて動かない左手首に、ルーン文字のようなチャームが連なる凝ったデザインのゴールドのブレスレット。車椅子は右手でタッチパッドをなぞって操作していた。今日は栗色の髪を一つにまとめて団子のように結ってある。四肢が使い物にならなくなると、頭髪や汗によるむずがゆさが発生しないようにあらかじめ手を打っておくしかないという現実をすでに学び始めているようだ。ライムは事故前よりはるかに大量の虫除け剤――トムの強い勧めに従ってオーガニックのもの――を使うようになった。

「ジュリエット」ランディが言った。「ミスター・ライムはお忙しいんだよ。長居してはご迷惑になる」

とっくに迷惑になっているよ――ライムは頭のなかでつぶやいた。しかし顔には申し訳なさそうな笑みを張りつけた。「あいにくだ。しかし、それが関係者全員のためになる。また来週か再来週にでも」

アーチャーは揺らがぬ視線をライムに向けていた。ライムもその目をまっすぐ見つめ返した。アーチャーが言った。「もう一人いたら何かと役に立つとは思いませんか。もちろん、私は科学捜査の分野ではしろうとですけれど、疫学調査では何年も経験があります。それに証拠らしい証拠がないのなら、指紋を調べたり、密度勾配検査をしたりといった必要はないでしょう。機械の故障の原因を探して推論を重ねる作業が中心になりますよね。感染症の原因を突き止める作業も同じです――機械は調べませんが、推論を重ねるという意味で。調べ物なら得意です――あちこちを回って情報を集める類《たぐ》いのとなら」

ここで微笑んだ。「歩き回ることはできませんが」

「ジュリエット」ランディがたしなめるように言った。顔が赤らんでいる。「その話はもうしたな」

おそらく、自分の体の状態をジョークにするのはよせといったような会話があったのだろう。ライムは、体の不自由な者同士であろうと――というより、そうであればなおさら――不自然なほどその話を避けて政治的正しさばかり追求するような相手を見ると、大喜びで餌をまく。たとえば〝不具〟は本来なら差別的な語であるが、ライムのお気に入りの名詞の一つだし、〝縮こまる〟はお気に入りの動詞だ。

執拗に食い下がるアーチャーにライムが何の反応も示さずにいると、アーチャーは唇を引き結んだ。「でも」何気ない調子を装って言う。「ご興味がないなら、けっこうです。また機会があったらぜひ」その声にはとげが含まれていた。それがライムの結論をいっそう強固にした。あの楯突くような態度はいかがなものか。こちらは好意から見習いとして受け入れようとしているのに。

「残念だが、それがいいだろう」

ランディが言った。「車を玄関前に回すよ。いいね、失礼するぞ、ジュリエット。一人でスロープを下りずに待っているんだ」ライムに向き直る。「ありがとうございます」

何度もうなずきながら言う。「妹によくしてくださって」

「どういたしまして」

「お見送りしましょう」トムが言った。

「メル、仕事に戻るぞ」ライムはうなるように言った。

クーパーは元どおり足場に上った。カメラのフラッシュが瞬き始める。

アーチャーが言った。「では、来週の講義でまた、リンカーン」

「またここに来てくれてかまわない。見習いとして。ただ、別の日に頼む」

「ええ」アーチャーは事務的に応じた。それから車椅子を進めてトムと一緒に玄関ホールに出た。まもなく玄関が閉まる音がした。ライムはモニターに車椅子を近づけ、玄関前の防犯カメラの映像を見守った。アーチャーは兄を待たずに楽々とスロープを下り、歩道に車椅子を停めて待っていた。一度振り返ってタウンハウスを見上げた。

ライムはパソコンのディスプレイ前に移動し、そこに表示されたアメリア・サックス撮影の写真に見入った。

何分とたたないうち、深々と溜め息をついた。

「トム！　トム！　おい、来てくれ！　いったいどこに行った？」

「二メートルほどのところにいますよ、リンカーン。聞かれる前に言っておきますが、最近になって耳が遠くなったりはしていません。そんなにバカ丁寧な態度で、何を頼もうというつもりですか」

「呼び戻してくれ」

「誰を？」

「たったいま来ていた女性に決まっている。ほんの十秒前までいただろうが。ほかに誰だと思うんだ？　彼女を呼び戻せ。ほら、早く」


ロナルド・プラスキーは、コンクリートが台形や三角形にひび割れて流氷のように盛り上がった歩道を歩いていた。すぐ横に延びる、てっぺんに有刺鉄線が張られた金網《かなあみ》のフェンスは落書きだらけだ。描かれた文字や記号は、キャンバスが網状になっているせいだろう、通常の落書きよりいっそう暗号めいて見える。金網に落書き？　プラスキーは首をかしげた。落書きしやすい煉瓦《れんが》壁やコンクリートの橋桁にはもう空きがないのかもしれない。

留守電のメッセージを再生した。

アメリア・サックスから、連絡がほしいという伝言があった。プラスキーはワン・ポリス・プラザの未詳40号事件捜査本部を無断で抜け出してきた。ホワイト・キャッスルの手がかりを追って外出したサックスがマンハッタンに戻ってくるのは、何時間か先になるだろうと思ったからだ。しかし、何か有力な情報を手に入れたらしい。メッセージを頭からもう一度聞いた。数日前に未詳40号が目撃された界隈《かいわい》、未詳がふだんからときおり訪れるらしい界隈の聞き込みを手伝ってほしいと言っている。もしかしたら未詳は近隣に住んでいるのかもしれない。いつも買い物に来る一角なのかもしれない。

いまはサックスと話をしたくなかった。そこでメールを送った。声ではなく親指を介したコミュニケーションなら嘘をつきやすい。できるだけ急いで合流すると書いて送った。用事があって短時間だけ本部を離れている。

それ以上の詳細は書かない。

しかし、考えてみれば、いま送ったメールの内容は決して嘘ではない。本部にいないのは事実だし、用事がすんだらすぐサックスに合流して聞き込みを手伝うつもりでいるのも本当だ。だが、街をパトロールしているときの彼のモットーは〝正直に明かさないのは嘘と同じ〟だった。

伝言の対応をすませると、プラスキーはまた油断なく周囲に目を配りながら歩いた。警戒レベルを最高に引き上げる。ここは〝33エリア〟だ。気は抜けない。

複数路線が乗り入れるブロードウェイ・ジャンクション駅を出て、ヴァンシンデレン・アヴェニューの歩道を歩き出す。ブルックリンのこの地域は無秩序な印象だ。近隣地域に比べてとりわけ不潔というわけではないが、とにかくあわただしい。頭上の高架をカナーシー線とジャマイカ線がやかましい音を立てて走り抜け、地下にはフルトン・ストリート線が通っている。自家用車やトラックがさかんに行き交い、割りこんだり、割りこまれたりしながらやかましくクラクションを鳴らしていた。歩道は人だらけだ。自転車も多い。

プラスキーは周囲から浮いていた。オーシャンヒル、ブラウンズヴィル、ベッド＝スタイの三つの地区の交差点に当たるこの界隈の住民は大部分が有色人種で、白人は二パーセントほどしかいない。といっても、手出しをしてくる者はおらず、彼を目で追う者もいなかった。それぞれ自分のことで忙しい。ニューヨークのほかのどこの地域とも同じく、誰もが急ぎの用事を抱えているように見える。そうでなければ、携帯電話をいじっているか、友人との話に夢中になっているかだ。市内のどの界隈とも変わらず、住民の大部分、圧倒的多数は、通勤し、バーやカフェやレストランで知人とおしゃべりをし、買い物をすませ、子供や犬と散歩をし、家に帰ることしか考えていない。

だからといって、通りすがりの関心以上のものを自分に向けて、いぶかしく思うことがないとは限らない。コンサバな髪型に赤ん坊のようになめらかな肌をした清潔感あふれる白人の若者がなぜ、〝黒と茶〟地区のひび割れた歩道を歩いているのか。郵便番号末尾二桁が33のこの一帯は、統計上、ニューヨーク市でもっとも物騒な地域なのだ。

捜査本部から出かけていくアメリア・サックスを見送ったあと、プラスキーは数分待ってから市警の制服を脱いで私服に着替えた。ジーンズ、ランニングシューズ、オリーブ色のTシャツ、くたびれた黒いレザージャケット。顔を伏せて市警本部を出た。近くの銀行ATMに立ち寄り、吐き出された札束を見て内心ですくみ上がった。こんなクソみたいなこと、ほんとにやる気か？　よほどのことがないかぎり使わない下品な修飾語が、バラ色の唇からぽろりと出た。

川を渡り、森を通って、悪党どもの巣窟へ……（L・チャイルドの有名な詩のもじり）

駅前を離れてブロードウェイを歩く。自動車修理工場、建材店、不動産会社、小切手現金化店や街金業者、食料雑貨店、黄ばんだ厚紙に手書きしたメニューを窓に掲げた安っぽいダイナー。商店街から遠ざかると、三階建てから四階建てのアパートが増えた。赤煉瓦の建物、ベージュや茶色の石壁にペンキを塗った建物。どれもスプレーペイントの落書きだらけだ。そう遠くない地平線にブラウンズヴィルの公営住宅群がそびえていた。歩道には、吸い殻やごみくず、ビールの空き缶、コンドームや注射器が転がっている……クラックのチューブまであって、昔懐かしい感じさえした。最近ではあまり見たことがない。

33エリア……

プラスキーは急ぎ足で歩き続けた。

一ブロック。二ブロック。三ブロック。四ブロック……

アルフォはいったいどこだ？

プラスキーが歩いている歩道の行く手から、二人組の少年——若いが、二人の体重を合わせたらプラスキー四人分に相当しそうだ——が敵意を露わにした目でこちらを見ていた。プラスキーは私物のスミス&ウェッソンのボディガードを足首のホルスターに隠して携帯している。しかしあの二人がその気になれば、プラスキーは威力のある拳銃をホルスターから抜く間もなく地面に倒され、血を流すことになるだろう。だが少年たちはマリファナ煙草を吹かしながら何やら深刻そうな会話を再開し、背後を通り過ぎたプラスキーにはそれきり視線を向けなかった。

さらに二ブロック行ったところで、目当ての若者を見つけた。市警本部で第七三分署の業務報告書をこっそり見て、どのあたりに行けばいいか、アルフォがどこで時間を潰していそうか、だいたいの見当はつけてきた。その若者はＧＷデリとフォーンカード販売店の前で、マリファナではなく煙草を吸いながら携帯電話で通話中だった。

ＧＷか。ジョージ・ワシントンのイニシャルか？　そう考えたあと、プラスキーの頭に次に浮かんだ候補は、なぜか〝うわー《Gee Whiz》〟だった。

ラテン系の痩せた若者は、白いタンクトップを着ているが、むき出しの腕は、腕立て伏せなどほとんどしたことがなさそうに細い。路上犯罪捜査課が撮影したアルフォの写真は鮮明だった。おかげでプラスキーは一目で見分けることができた。アルフォは過去に何度か分署で事情聴取を受けたことがあるが、逮捕歴はない。それでも麻薬取締課は、ドラッグの売買に関与しているとにらんでいた。おそらくそのとおりだろう。見ればわかる。立っている姿勢や、電話で話しているあいだも油断なく路上に視線を配っている様子は、麻薬の売人のそれだ。

プラスキーは前後左右を確かめた。とりあえず危険はなさそうだ。

よし、さっさと片づけよう。プラスキーは歩く速度を維持したまま近づいていったあと、アルフォをちらりと見たところで、おやというように速度を落とした。

灰色がかった褐色の肌をしたアルフォが顔を上げた。携帯電話に向かって「またあとで」というようなことを言ったあと、安手のフリップ式の携帯電話をしまった。

プラスキーはゆっくりとアルフォとの距離を詰めた。「やあ」

「よう」

アルフォの目がすばやく左右に動いて通りの様子を確かめた。まるで臆病な小動物のようだった。危険はないと判断したらしく、プラスキーに向き直った。

「いい天気だね」

「まあな。いい天気かもな。俺、あんたと知り合い？」

プラスキーは答えた。「アルフォンスだろ？」

アルフォは返事をする代わりにプラスキーをじっと見つめた。

「ロナルドだ」

「会ったことあるっけ？」

「ケットの知り合いだ。ベッド＝スタイのリッチーの店で会ったろ」

「あいつなら知ってる。で、あんたとあいつはどういう知り合いだよ？」

プラスキーは答えた。「ただの知り合いだよ。たまにつるんでる。聞いてみろよ」

エディ・ケットに聞けば、ロナルド・プラスキーを知っていると答えるだろう。ただし、友達だからではなく、数日前、非番のときに喧嘩の仲裁に入った際、ケットが携帯許可のない拳銃を隠し持っているのを見つけたからだ。薬物も所持していた。プラスキーはその薬物に関心を持った。そして他言は無用と念を押したうえで、頼みを聞いてくれたら、拳銃とオキシコンチンの不法所持については不問に付してもいいと持ちかけた。ケットは賢明にも取引に応じ、アルフォンスに会うといいと教え、人物証明書代わりを演じることに同意した。

視線を左右に振って通りの様子を確かめた。今度は二人ともだ。

「ケットか。いいやつだな」さっきと同じような言葉を繰り返す。時間稼ぎだろう。アルフォンスというのが正式な名前だが、ストリートではアルフォ、警察官やギャングのあいだではドッグフードの商品名と同じ〝アルポ〟で通っている。

「ああ、いいやつだ」

「電話してみよう」

「ケットの名前を出した理由、おまえに会いに来た理由だけどな。おまえなら調達してくれるだろうってケットから聞いてる」

「ケットに言やいいだろうが。頼まれてくれるんじゃねえの?」アルフォが電話をかけている相手はエディ・ケットではないようだとプラスキーは気づいた。こちらの話を信じたのかもしれない。身元の保証をしてもらえる当てがないまま33エリアに乗りこんでいくのは愚か者だけだ。

「俺のほしいものをあいつは持ってない」

「けどよ、ブラザー、あんたジャンキーには見えねえぜ。ほしいものってのは何だよ？」

「ヘロイン《ブラウン》じゃない。コカイン《C》でもない。そういうんじゃないんだ」プラスキーは首を振り、誰かこちらを気にしている人間がいないか、またもや周囲に視線をめぐらせた。男はもちろん、女にも用心しなくてはならない。女も同じように危険だ。

　同時に、制服警官や私服刑事、ダッジの覆面車両が近くにないことも確かめた。いまここで同業者に行き合いたくない。

　よし、危険はなさそうだ。

　プラスキーは声をひそめて言った。「新しいブツが出てるって話を小耳にはさんだ。オキシに似てるが、オキシとは違う」

「俺は知らねえな、そんな話。葉っぱやC、スピード、メスボールなら調達してやるよ」アルフォは気を許し始めていた。おとり捜査の話のなりゆきではないからだろう。

　プラスキーは自分の額を指さした。「こんな目に遭ってさ。二、三年前にぼこぼこにされた。最近、また頭痛が始まったんだよ。いったん治まってたのにな。死ぬほど痛い。おまえ、頭痛持ちか？」

「シロック・ウォッカなんか飲むと、次の日な」アルフォはにやりとした。

　プラスキーは笑わなかった。ささやくような小声で続けた。「マジ痛いんだ。まるで仕事にならない。集中できないんだよ」

「あんた、仕事何してる？」

「建設関係だ。市内の現場にいる。鉄骨の組み立てだ」

「へえ、じゃあ、ああいう高層ビル造ってんの？　よくやれるよな。あんな高いとこまで登るのか？　俺はやだな」

「何度か落ちそうになったことがあるよ」

「考えたくもねえ。オキシもぼんやりするだろ」

「いや、違うんだよ。新しいやつは違うって。痛みだけを取るって聞いた。眠気は出ない。朦朧《もうろう》とするようなことはない」

「もーろー？」アルフォは意味がわからないといった風だった。「医者で薬もらえるだろ？」

「医者は処方しない。闇のラボが作った新薬なんだよ。ここに来れば――BKに来れば買えるって聞いた。ニューヨーク市の東部でなら買えるってさ。オーデンとか言ったかな。そいつが作ってるんだか、カナダだかメキシコだかから持ちこんでるんだかって話だった。知ってるか？」

「オーデン？　いや。聞いたことねえな。その新しいブツの名前は？」

「キャッチって名前だって聞いた」

「キャッチ？」

「ああ、そう聞いてる」

アルフォはその呼び名が気に入ったらしい。「一回キャッチしたら離さねえってか。すごい効き目だからやめられなくなる」

「どうかな。名前の由来までは知らないよ。ともかく、それがほしい。どうしてもだ。どうしてもほしい。この頭痛を何とかしたいんだよ」

「そう言われてもな、俺は持ってねえ。聞いたこともねえ。けどよ、一ダースならすぐあるぜ。ふつうのオキシな。一ダースで二十ドル」

一般的な末端価格より安い。オキシの相場は一錠十ドルだ。挨拶代わりの特別価格というところだろう。

「わかった。それでいいよ」

取引はあっという間に片づいた。ドラッグの取引は一瞬で終わらせなくてはならない。オキシコンチン入りのポリ袋と、二十ドル札数枚をすばやく交換する。プラスキーが握らせた札束を見て、アルフォが驚いたように目をしばたたいた。「おい、あんた。俺、言ったよな。二十ってさ。百ドルあるぜ、あんた」

「チップだよ」

「チップ？」

「レストランでテーブルに置くチップ」

困惑顔。

プラスキーは微笑んだ。「いいから取っとけって。ただ、一つ頼みがある。知り合いに聞いてみてくれ。新しいブツを調達してほしい。それが無理なら、情報だけでもいいよ。オーデンってのが誰なのか、どこに行けばキャッチが手に入るのか」

「約束はできねえな」

アルフォのポケットに一つうなずく。「何かわかったら、次回はもっとはずむよ。大金を出す。百五十。本物の情報なら、もっと渡してもいい」

するとアルフォはプラスキーの手首のあたりをつかみ、鼻先に顔を突きつけるようにした。煙草と汗、ニンニク、コーヒーの匂いがした。「あんた、おまわりじゃねえだろうな」

その目をまっすぐに見て、プラスキーは答えた。「よせよ。勃《た》つものも勃たなくなるくらいひどい頭痛に悩まされてるだけだ。バスルームに転がって何時間も吐いたりもする。それだけのことだ。エディに聞いてみろ。同じことを言うから」

アルフォはプラスキーの額の傷をもう一度ねめつけた。「連絡するよ。番号は?」

プラスキーはアルフォの電話番号を自分の携帯電話に登録した。アルフォもプラスキーの番号を登録した。

プリペイド携帯からプリペイド携帯へ。信頼をやりとりする時代。

プラスキーは向きを変え、顔を伏せて、さっき来た道をたどってブロードウェイ・ジャンクション駅の方角へと歩き出した。

いま思い返すと笑ってしまいそうになる。アルフォンス・グラヴィータが詰め寄ってきたとき、「そうだ、僕はおまわりだよ」と本当のことを答えたところで、何も変わらなかった。なぜかと言えば、これはおとり捜査などではないからだ。ニューヨーク市警の誰も――この世の誰も、このことは知らない。さっき渡した現金は、おとり捜査用の経費ではない。プラスキーの金、ジェニーとプラスキーの暮らしぶりからいえば懐が痛む額の金だった。

だが人間は、崖っぷちに立たされると、崖から飛び下りるに近いこともしてしまうものだ。

10

なんてことだ。何てことをしてくれるんだ。

あの女にだいなしにされた。レッド。女刑事。〝ショッパー〟。

僕から取り上げた。僕の大事なホワイト・キャッスルを取り上げた。盗んだ。

おまけにアストリア・ブールヴァードをうろうろ歩き回って、手がかりを探している――僕に結びつく手がかりを。

ショッピングセンターで、レッドが死のエスカレーターのすぐ脇にいるのが見えたときと同じように、小さな幸運が僕に味方した。今回も僕はついていた。僕が先にレッドに気づいた。ホワイト・キャッスルの半ブロック手前で。

レッドが店に入っていくのが見えた。ハンターのレッド。

僕のホワイト・キャッスルなのに……

もし先に見つけていなかったら、あの二分後に僕は店のドアを押してなかに入っていただろう。腹を空かせて、よだれを垂らさんばかりにして。ハンバーガーとシェークの味をもう口のなかに感じていただろう。そして次の瞬間、レッドと目が合っていた。僕がバックパックからボーン・クラッカーやレーザーソーを取り出すより早く、レッドは銃を抜いていただろう。

今日も幸運に救われた。

あの女がここに来たのも、幸運に導かれてのことなのか？

違う。違う、違う。僕が不注意だったからだ。それだけだ。

猛烈に腹が立った。

そうだよ、あのせいだ。ショッピングセンターでショッパーたちが駆けつけてきたとき、ごみを捨てた。スターバックスのごみは、スターバックスからだいぶ離れた場所に捨てたのに、やつらはあれを見つけたんだ。あれを見つけたなら、僕が捨てたほかのものも見つけただろう。ショッピングセンターの裏にあるメキシコ料理店のくず入れ。店員はきっと、急に目が見えなくなって口もきけなくなるだろうと思ったのに。さもないとファレスだかどこだかに強制送還されるだろうからね。レッドがごみまであさるとは思わなかったな。それでホワイト・キャッスルの紙ナプキンかレシートを掘り出したんだろう。指紋？　それについては用心した。家から一歩外に出たら、ものをつかむときは指の先端しか使わない（指の腹の先端四分の一は、指紋の照合には使えない。その手の予習は万全なんだ）し、使った紙ナプキンはソフトドリンクやコーヒーの飲み残しに押しこんでぐちゃぐちゃにする。

でもあのときは、考えている余裕がなかった。

手で思い出した。僕の掌は汗で湿っている。指は——僕の長い長い指は、かすかに震えていた。自分にも腹が立つが、怒りを感じる相手は主にあの女だ。レッド……僕のホワイト・キャッスルを奪った女。アリシアと長く楽しめなかった原因の女。

少し離れた場所からレッドを目で追う。通りの少し先に、しなやかに動くレッドの姿が見えている。店に入り、また出てくる。あの女が何をしたかはわかっている。ホワイト・キャッスルの店員の誰かに話を聞いたか、あの店の従業員と客の全員から話を聞いたんだ。すみません、ビーン・ボーイを見ませんでしたか。カマキリじみた男です。ロング・ジョン、スリム・ジム。ああ、その男なら見ましたよ。なんだか不気味な外見をした男でしょう？　目立ちますからね。

安心できるニュースは、僕がハンバーガーを食べる前やそのあとに出向く行きつけの店は、この通り沿いじゃないし、近くでもないということだ。地下鉄の次の駅の近くだ。それでも、この近所を聞いて回っていれば、何らかのヒントを手に入れてしまうかもしれない。

何か手を打たないと危険だ。

楽しみにしていたものはみんな心の隅に押しやられた。今日はあとで弟と話しに行こうと思っていた。今夜はアリシアとそれは楽しいひとときを過ごすはずだった。次の殺しもスケジュールに入っていた。

しかし、予定変更だ。

おまえの未来も変わったぞ、レッド。覚悟《レッディ》しろよ。冗談も空々しく思えた。僕はそれだけ怒っている。レッドがビーン・ボーイの手がかりを求めて食料品店に入っていくのと入れ違いに、僕は歩道に出た。ホワイト・キャッスルを大きく迂回する。僕の正体を知られてしまった。

僕の大事なホワイト・キャッスル。もう二度と行かれない。

バックパックのストラップを肩にしっかりかけ直す。それから急ぎ足で歩き出した。

「きみの言うとおりだ」ライムは言った。「きみの推論は当たっている」

しかし、わざわざ言うまでもないことだろう。ジュリエット・アーチャーは、充分な――いや、充分すぎるほどの――根拠がないかぎり、いかなる推論も出さない人物に違いない。

アーチャーが車椅子で近づいてきた。

ライムは続けた。「ただ、急いで訴訟を提起したい理由は、同じ訴訟がほかからも起こされる可能性があるからではない。少なくとも、それだけが理由ではないよ。被害者の遺族が経済的に困窮しているからだ」被害者が生命保険に加入していなかったこと、負債があることなどを説明する。ニューヨーク州北部の田舎町のガレージに、ひょっとしたら長期にわたって住むことになるかもしれないことも話した。

アーチャーはスケネクタディについては何の感想も述べなかったが、その表情を見れば、遺族が経済的困難に直面していることを理解し同情を感じていることはわかる。ライムは続けて、被害者グレッグ・フロマーの職歴も悪条件になりそうだと説明した。「弁護士は、フロマーが非正規雇用だったのは一時的なことにすぎないと立証しようとしている。しかし、陪審を納得させるのは困難かもしれない」

アーチャーの目がきらめいた。「でも、被告に大きな怠慢や不注意があったと証明できれば、懲罰的損害賠償金を取れるかもしれない」

ホイットモアがライムについて指摘したように、アーチャーもロースクールに行くべきだったのかもしれない。

『ボストン・リーガル』……

「懲罰的損害賠償金を課される恐れがあると脅して」ライムは言った。「和解を勝ち取るのが狙いだ。それもできるだけ早く」

アーチャーが尋ねた。「本物はいつ調べられるのかしら。証拠をすべて見られるようになるのはいつ？」

「数カ月先になりそうだ」

「でも、モックアップを使って責任を立証できますか？」

ライムは答えた。「それはやってみなくてはわからない」ホイットモアから聞いた話を繰り返した。製造物厳格責任と過失について、また、介在原因があれば製造者は免責されることなどを説明する。

「私たちの第一の仕事は、欠陥を特定することだ」

「そのうえで、ひじょうに不注意で、しかもひじょうに資金力のある被告を探し出すこと」アーチャーが皮肉めいた調子で付け加えた。

「そう、それが作戦だ。おい、トム！」

　トムが居間に顔を出す。

ライムはアーチャーに言った。「きみの医学的な状況をトムに伝えておくといい」

アーチャーが説明した。ライムと違って、アーチャーは脊髄を損傷したわけではない。第四、第五頸椎《けいつい》にからみつくような腫瘍《しゅよう》ができているのが見つかったのだという（ライムが損傷したのは第四頸椎だ）。今後の治療や手術を経て、いずれはライムと同程度まで四肢が麻痺するだろうと宣告されている。現在は、キャリアチェンジを図って四肢麻痺患者により適した仕事に就き、障害に適応することに専心していた。そのために経験豊かな患者――リンカーン・ライムが適任だ――に弟子入りし、どんな準備をすべきか、どうやって対処していけばいいか、いまのうちから学んでおきたい。

トムが言った。「こちらにいらっしゃってるあいだ、僕が介護士役を引き受けましょう」

「お願いしていい？」

「ええ、喜んで」トムが応じた。

アーチャーは車椅子をくるりと回してライムと向き合った。「何から始めましょうか」

「過去のエスカレーター事故をリサーチしてくれ。とくに今回と同型のモデルが起こした事故。ホイットモアによれば、それも証拠として認容されるかもしれない。メンテナンスのマニュアルも手に入れたいね。建設会社からモックアップは借りられたが、説明書の類いはまだ届いていない。このエスカレーターの隅々まで知っておきたい」

「メーカーや市当局が類似するモデルの点検を実施していないか、それも調べたほうがよさそうですね」

「たしかに。それも頼む」それは思いつかなかった。

「パソコンを貸していただけますか」

ライムは近くのデスクトップパソコンを指さした。アーチャーは右手でタッチパッドの操作はできるだろうが、キーボードを叩くのは無理だろう。「ジュリエットにヘッドセットを用意してやってくれないか。三番のパソコンだ」

「わかりました。こちらへどうぞ」

アーチャーがつねに発散している自信が、ライムと知り合って初めて揺らいだように見えた。どこか落ち着かない様子だ。兄以外の他人に頼ることに戸惑っているのだろう。尻尾を振っていない迷い犬を見るような目をパソコンに向けている。今日から研修を始めたいとライムを説得したとき、こんな態度は示さなかった。ライムとは対等だからだ。

しかし、これに関しては〝健常者〟を頼るしかない。「ありがとう。ごめんなさいね」

「よしてください。このくらいお安いご用ですよ」トムはヘッドセットをアーチャーの頭に装着し、右手で操作できる位置にタッチパッドを取り付けた。それからパソコンを起動した。「見つけた資料はいくらでもプリントアウトしてください。ただ、ここでは紙に出力することはあまりありません。ディスプレイに映し出すほうが誰にとっても簡単ですから」ライムはページめくり装置を愛用しているが、使うのは主に書籍や雑誌、紙で届いた資料を読むときだけだ。

「こんな大型のディスプレイ、初めて見ました」アーチャーが言った。持ち前の朗らかさがいくらか戻っている。ヘッドセットのマイクに向かって小さな声で何か言った。ディスプレイが瞬いて、検索画面が表示された。「さっそく始めます。まずはエスカレーターそのものについて、調べられるかぎりのことを調べますね」

メル・クーパーが大きな声で尋ねた。「型式やシリアル番号を読み上げようか？」

「型式はＭＣＥ-77」アーチャーはディスプレイに視線を注いだまま、上の空といった様子で言った。「シリアル番号もわかります。さっき横を通ったときにメーカーの情報プレートを見ましたから」

マイクに向かって長いシリアル番号をゆっくりと暗誦した。その低く歌うような声を、パソコンは忠実に聞き取った。

11

メル・クーパーは、足場で囲われたエスカレーターのあちこちにデジタルカメラを向け、まるでパパラッチのようにせわしなくシャッターを切っていた。

「いったいどうやって入れたんだ？」大きな声で聞く。「こんなばかでかいもの」

「屋根を取り外して、各階の床に穴を開けて、ヘリコプターで吊ったそいつを上から入れた。いや、ヘリじゃなく天使かスーパーヒーローだったかな。忘れたよ」

「ほんとに知りたくて聞いてるんだがな、リンカーン」

「仕事と無関係の質問だ。したがって、答えを知る必要はない。何かわかったか？」

「もうちょっと待ってくれ」

ライムは溜め息をついた。

スピード。時間との勝負だ。それはもちろん、サンディ・フロマーのためでもある。同時に、アーチャーが懸念し、またホイットモアも話していたとおり、〝棚ぼた〟を狙った正当性の怪しい訴訟がほかから起こされる前に和解に持ちこんでしまいたいからでもある。ホイットモアはこんな風に言っていた。「たとえば、エスカレーターから飛び下りたほかの買い物客です。大した怪我ではなくても——ほとんど無傷だとしても、絶対に訴訟を起こさないとは言い切れない。ほかに、精神的苦痛に対する損害賠償を求める人々も出てくるでしょうね。悲惨な事故を目撃したために、これまでどおりの生活が送れなくなったという理由で。二度とエスカレーターに乗れないとか、悪夢を見るとか。摂食障害になったとか。仕事を休まざるをえなかった分の収入を補償してほしいとか。決して大げさに言っているわけではありません。ばかげた話ですが、よくあることです。それが不法行為法の世界なんです」

今度はパソコンの前からアーチャーが大きな声で言った。「市当局は、MCE-77型の点検を指示していますね。点検が終わるまで、同型のエスカレーターの使用を禁止するそうです。『タイムズ』がそう報じています。ニューヨーク市内で五十六台が稼働中、全国ではおよそ千台。これまでのところ誤作動の報告なし」

興味深いニュースだ。その点検の結果、訴訟に有利に働く可能性のあるものが見つかるだろうか。点検の結果はいつ出るのだろう。

ようやくクーパーが戻ってきて、ソニー製のカメラからSDカードを取り出し、パソコンのスロットに挿入した。撮影したばかりの写真が高解像度ディスプレイに映し出された。ディスプレイは大型で、十二枚ほどの写真を同時に表示することができる。

ライムはディスプレイに近づいた。

「関係のありそうなパーツの写真を撮った」クーパーもディスプレイに近づいて指さした。「こいつが思いがけず開いちまった乗降板だ。ステップの役割も兼ねてる。最上段の動かない段だな。この乗降板を開けて、機械のメンテナンスや修理をする。奥側――エスカレーターのステップから遠い側に、蝶番がある。重さは、そうだな、二十キロ近くありそうだ」

アーチャーが言った。「十九キロです」ミッドウェスト・コンヴェイアンス社の設置と保守の手順を示したマニュアルのなかに、エスカレーターの仕様書があったという。

クーパーが続けた。「スプリングも仕込まれてて、留め金をはずすと、乗降板が四十センチくらい持ち上がる」

サックスの報告や写真と一致している。

「そこからは作業員が自分で持ち上げて、つっかい棒をしておく。車のボンネットを開けたときと同じだね」クーパーはいま撮影した写真を指さした。「乗降板を閉じるには、手で押しこむか、これは俺の推測だが、上に乗るんだろう。板の裏側にある三角形のブラケットと、固定バーのスプリング式のロックピンが嚙み合うまで力をかける。ここに見えるこのピンだ。ブラケットが下りてくると、ピンが押されて引っこむ。パネルが完全に閉じたところで、ピンがブラケットの穴にはまって固定される」

「開けるときは？」ライムは尋ねた。

「エスカレーターの側面にボックスがついていて、鍵つきのカバーを開けると、プッシュボタン式のスイッチがある。こいつだ。ここのサーボモーターと回路でつながってて、ボタンを押すとピンが引っこみ、乗降板が持ち上がる」

「とすると」ライムは考えこみながら言った。「乗降板はなぜ思いがけず開いた？　何か思いつかないか？　さあ、考えろ」

アーチャーが言った。「固定用のブラケットが破損して取れた」

しかしサックスが撮った写真を見直したところ、ブラケットは事故後も乗降板の裏側に正常な状態で残っていた。

「ピンのほうが破損したか」ライムは言った。「デ・ハビランド社のコメット。一九五〇年代」

アーチャーとクーパーが振り返ってライムを見た。

ライムは説明した。「世界初のジェット旅客機だ。三機が立て続けに空中爆発した。原因は金属疲労だった。高高度で窓に亀裂が入った。疲労は、機械的故障の主な原因の一つだ。ほかには座屈、腐食、焼き付き、破断、衝撃、応力、温度衝撃などがある。疲労は物質が――金属に限らない――力学的応力を繰り返し受けると起きる」

「ジェット機は」アーチャーが言った。「繰り返し与圧されますね」

「そう、コメット機の事故がそれに当てはまる。コメット機の場合、窓やドアは四角い形状をしていて、応力が四隅に集中した。それ以降に設計された飛行機は、丸窓に変更されている。応力の影響を受けにくく、疲労しにくい。今回の事故に話を戻すと、エスカレーターの乗降板を何度も開閉したのが原因で、ピンが疲労していたかどうかが知りたい」

クーパーは写真のピンの部分を拡大した。「疲労は見られないが、この個体は新品だ。事故を起こしたエスカレーターのピンは何年使われてたのか、乗降板は何度開閉したのか」

証拠物件そのものがいまここにないことに、ライムはまたしても苛立ちを感じた。

そのとき、テーブルの縁同士がこすれる音がした。ジュリエット・アーチャーが車椅子をライムの隣に並べようとしていた。右手の指で車椅子のコントローラーを操作しているが、ぎこちない。重さ九十キロほどもある車椅子を自在に操れるようになるには、相当の練習が必要だ。

新参者……

「事故を起こしたエスカレーター、ショッピングセンターのものは、稼働して六年経過しています」アーチャーが言った。

「どうしてわかる？」

「ミッドウェスト・コンヴェイアンス社のプレスリリースを見つけました。ショッピングセンターとエスカレーター納入設置契約を結んだと発表したときのものです。契約締結は七年前。実際に設置されたのはその翌年です。保守点検マニュアルでは、年に五度の点検と注油を奨励しています。故障や緊急の修理も何度かあっただろうと考えると、乗降板は五十回くらい開閉されているんじゃないかと思います」

ライムはクーパーが撮影した、乗降板を閉じた状態で固定する三角形のブラケットとピンの写真をもう一度見た。ピンの長さは三センチ程度しかないが、径が太い。五十回の開閉で金属疲労を起こすとは考えにくいのではないか。

アーチャーが続けた。「メンテナンス項目の一つに、ピンの摩耗の点検というものがあります。おそらく金属疲労も確認するでしょうね」

「材質は何だ？　スティールか」

アーチャーが答えた。「ええ、スティールです。エスカレーターの全部品がスティールですね。例外は事故とは関係がなさそうなカバー類。ああ、あとは外装部品も。外装はアルミやカーボンファイバーでできています」

保守点検マニュアルと仕様書に短時間で隅々まで目を通したようだ。

ライムは言った。「ピンに問題はなかったとしても、ラッチがゆるんでいて、ピンが所定の位置まで差しこまれていなかったのかもしれない。振動が加われば、ピンがはずれることもありそうだ」

一つの可能性ではある……ただし、根拠のない推測の積み重ねだ。

「このロック機構のメーカーは？」

ディスプレイに表示した文書を確認することなく、アーチャーが即座に答えた。「エスカレーターの製造業者です。ミッドウェスト・コンヴェイアンス社。別会社に発注したわけではなく」

ライムは言った。「金属疲労が原因の可能性。保守点検に問題があった可能性。乗降板が跳ね上がった理由として、ほかにはどんなことが考えられる？」

「誰かが」アーチャーが言った。「スイッチにうっかり触ってしまったか、いたずらで押したか」

クーパーが写真を何枚かディスプレイ上に呼び出した。「これがスイッチだ。ユニットの外側、下のほうにある。非常停止ボタンのそばだ」そう言ってボタンを指さす。

「しかし、小型の鍵つき扉で守られてる」

ライムは言った。「それに関してはアメリアが確認した。ショッピングセンターの防犯カメラの映像をひととおり見てきたそうだ。乗降板が開いたとき、開閉スイッチのそばには誰もいなかった」

アーチャーは顔をしかめて皮肉っぽい表情を作った。「その映像はやはり――？」

「市の捜査局が押収した」

アーチャーは首を軽くかしげてクーパーを見た。「私たちは民間人だけれど、あなたはニューヨーク市警の職員ですよね？」

「俺はここにはいないよ」クーパーはすかさず答えた。

「いない？」

「表向きここにいないことになってる。休暇中なんだ。いま公式の捜査資料を取り寄せようとしたら、このままずっと休暇を取る羽目になる」

写真をひととおり眺めながら、ライムは独り言のように言った。「ほかに犯人らしきものは？」

「そうだな。ボタンを故意に押した人物はいない。となると、たとえば漏電などの電気的な問題でスイッチが作動したのかもしれないな。それでサーボ機構が働いてモーターが動き、ピンが引き抜かれて、乗降板が跳ね上がった」

「配線を見てみよう」

クーパーがエスカレーター内部を撮影した写真を拡大した。外側に備えられたプッシュボタン式のスイッチから出たケーブルが内壁を這うように延び、内側のサーボユニットの外面にある差し込み口の一つに接続されている。

「むき出しだな」クーパーが言った。

「ああ、そのようだね」ライムは小さく笑みを作った。

一拍の間を置いて、アーチャーも微笑んだ。「ああ、そういうことですね。金属のかけらとか、アルミ箔とか、導電性のあるものがプラグの上に落ちて回路が閉じ、サーボモーターが作動してピンを抜き、乗降板が開いた」そう言ってさらに続けた。「この型式のエスカレーターで似たような事例があったという情報は見つかりませんでした。エスカレーターはもともと危険なものです。でも事故の大半は、衣服や靴が吸いこまれたことが原因でしょう。そういう事故は想像以上に頻繁に起きている。去年一年間に全世界で百三十七人がエスカレーター事故で亡くなっています。最多の死者を出した事故は、何年か前にロンドンの地下鉄で起きたものです。たまっていた塵や埃に引火して炎上した。穀物エレベーターの爆発に似ていますね。見たことあります？」

「穀物エレベーターの爆発事故は、マンハッタンではあまり起きない」ライムは上の空で応じた。いまアーチャーが言ったことを頭のなかで反芻《はんすう》していた。

「見たことがある」メル・クーパーが言った。

話を脱線させるな——ライムは顔をしかめた。「欠陥は——」

「ミッドウェスト・コンヴェイアンス社がプラグ回りの遮蔽《しゃへい》を怠ったこと」アーチャーが言った。「やってやれないことはないでしょうに。差し込み口を少し奥に引っこめて、小さな屋根をつければいい。それだけで防げます」

クーパーが言った。「そもそもプラグを使わないという選択肢もある。スイッチとサーボモーターを結線で接続すればいい。おそらくコスト削減を狙ってプラグ式にしたんだろうな」

製造責任を問える欠陥らしきものが初めて見つかった。

「メーカーは――？」

ライムが最後まで言い終える前にアーチャーが答えた。「ロック機構と同じです。サーボモーターもスイッチも、ミッドウェスト・コンヴェイアンスが自社で製造しています。部品課で。社内の一部門です。子会社ではありません。別会社の問題だと言って責任を逃れることはできない」

クーパーが言った。「専門は疫学だよな」

「『ボストン・リーガル』のおかげ。ぜひ見てみて。すごくおもしろいですから。私は『ベター・コール・ソウル』も好き」

クーパーが言った。「『L・A・ロー　七人の弁護士』もいいね」

「そうそう、あれもおもしろい」

おい、頼むよ……

ライムは、異物がサーボモーターを作動させて乗降板を開けてしまったのだとして、どのような過程でそうなったのかを考えていた。

「一つ考えがあります」アーチャーが言った。

「どんな？」

「あなたは科学者でしょう。実験で真偽が確認された証拠はお好きなはず」

「私が崇拝する神々のなかでは最高位にある」ライムは言った。我ながら大仰《おおぎょう》な言い草だと思ったが、かまわない。

アーチャーはエスカレーターのほうに顎をしゃくった。「あれは実際に動きます?」

「駆動モーター、歯車、サーボモーター、スイッチは動く。電源プラグも接続されている」

「じゃあ、実験してみませんか。電源を入れて、どうやったら乗降板が開くかあれこれやってみましょう」

ふと新たな可能性が浮かんだ。ライムは向きを変えるとキッチンの方角に向けて声を張り上げた。「トム! トム! 飲み物がほしい」

トムが戸口に現れた。「ちょっと早すぎやしませんか。さっきも同じことを指摘した気がしますが」

「コカ・コーラでもか」

「炭酸飲料なんていつも飲まないでしょうに。買い置きはありませんよ」

「私の記憶が正しければ、すぐ近所にデリがあったはずだ」

ホワイト・キャッスルの徒歩圏内に、工具店は二軒あったが、いずれも空振りだった。未詳40号の人相特徴に一致する客を覚えている店員はいなかった。またどちらの店も丸頭ハンマーを販売していない。そこでアメリア・サックスはこの一時間ほど、風の吹き抜けるごみだらけの無味乾燥な商店街の歩道をひたすら歩き、工具店以外の店の聞き込みを続けている。自動車修理工場、自動車部品販売店、フォーンカード販売店、送迎サービス会社、かつら店、タコス専門店、そのほか多種多様な数十軒の商店。ドラッグストアの店員の一人は、未詳40号に似た男を通りで見かけた「記憶がある」と答えたが、それがどこだったか、未詳がどんな服装をしていたか、何か持っていたかなど、正確なことは何一つ思い出せなかった。

その目撃情報は、未詳はこちらの方角に歩き出したというホワイト・キャッスルのシャーロットの証言を裏づけているのかもしれない。しかし、どこへ行ったのかはやはり不明だ。それに言うまでもなく、行き先はバス停や地下鉄駅だったかもしれないし、ホワイト・キャッスルの駐車場ではなく近くの駐車場に車を置いていたのかもしれない。商店に防犯カメラが備えられていればそれも確認させてもらったが、歩道を行き交う人にピントを合わせているカメラはなかった。店の入口や駐車場、あるいは店内を撮影しているものばかりだ。それに、設置されている防犯カメラは膨大な数に上り、たとえ未詳が防犯カメラのある店に入ったり、近道のために駐車場を横切ったりしていたとしても、何百時間分にもなりそうな録画をすべて確かめるだけの人員や時間はない。トッド・ウィリアムズの殺害は恐ろしい犯罪ではあるが、ニューヨークに五つある管区で起きた恐ろしい犯罪はそれ一件だけではない。警察業界では、つねにバランスに目を配る必要がある。

バランスの法則は、私生活にも当てはまる。

サックスは携帯電話を取り出して番号を入力した。

「エイミー？」

「もしもし、お母さん？　どう、具合は？」

「まあまあよ」ローズ・サックスは答えた。ローズ・サックスの〝まあまあ〟は、〝よい〟という意味かもしれないし、〝悪い〟なのかもしれない。そのあいだのどこであってもおかしくない。アメリア・サックスの母、ローズは、あまり多くを口に出さないたちだった。

「もうすぐ行くから」サックスは言った。

「タクシーを呼んで一人で行かれるわ」

サックスは低く笑いながらたしなめるように言った。「お母さん」

「はいはい、わかりました。じゃあ、支度して待ってるわね」

向きを変えて、大通りの反対側に並んだ商店の聞き込みを始めた。

そしてようやく当たりを引いた──白タク《ジプシー・キャブ》の営業所で。痩せて骨張った毛深い経営者に未詳40号の特徴を話すと、たちまち眉根を寄せて中東系の癖の強い英語で言った。

「見たことある。ものすごく痩せた男。ホワイト・キャッスルのハンバーガーの大きな袋を持ってた。こんな大きな袋。あんなに痩せてるのにね」

「いつだったか、覚えてらっしゃいますか」

正確には思い出せないが、おそらく二週間くらい前だろうという。二週間前となると、トッド・ウィリアムズ殺害事件の当日という可能性もある。そのとき担当したドライバーが誰だかは思い出せない。行き先を控えた記録簿もないが、従業員に何か覚えていないか尋ねてみようと約束した。

サックスは経営者の目をのぞきこむようにして言った。「とても重大なことなの。その男は殺人犯なんです」

「いますぐ聞いてみる。はい。いますぐみんなに聞いてみます」

サックスはその言葉を信じた。信じた理由は主として、サックスが身分を告げて提示したバッジをちらりと確かめたとき、経営者の目に不安げな色が閃いたからだ。いわゆる〝ジプシー・キャブ〟は本来、電話呼び出しに応じて送迎サービスを提供することはできるが、流しの営業は許可されていない。この経営者は、タクシー&リムジン委員会を差し向けることはしないというサックスの暗黙の同意と引き換えに、かならず協力するはずだ。

南に向きを変え、サックスは自分の車を置いたホワイト・キャッスルの駐車場に戻った。通りがかりに、有益な情報は得られそうにない店や会社に立ち寄った。かつら店、ネイルサロン、窓のないパソコン修理会社。また歩道を歩き出した。そこでふと、視界の隅を何かがかすめたことに気づいた。何か動くもの。今日は風が強くて歩道にはごみさえほとんど落ちていないが、動くものがあってもそれ自体はおかしくない。ただ、動きかたが独特だった。すばやく逃げるような動き。姿を見られたくない人物がするような動きだった。

ジャケットの前ボタンをはずし、右手をグロックのそばに置いて、周囲を観察した。いまいるところは自動車修理工場のすぐ前で、工場にはオートバイから箱型トラックまでさまざまな車両がでたらめに駐めてあった。段階はさまざまとはいえ、ほとんどが解体の途中だ。動いたのは、単なる影や風に巻き上げられたごみくずや土埃ではなく、人だと仮定して、近づいてきたその人物は、大きなトラック二台のあいだ――鮮やかな黄色のペンスキーのレンタルトラックと、真っ白な車体に真っ赤なスプレーペイントで巨大な乳房が描かれた長さ六メートルほどのバンのあいだに滑りこんだように見えた。

未詳40号が数人前のハンバーガーで昼食をすませようとしてまたあの店に来て、サックスを見かけ、ショッピングセンターでも見たことを思い出して、尾行してきたという可能性はどの程度あるだろう？

可能性は高くない。だが、絶対にないとは言い切れない。サックスは位置を確かめるようにグロックを軽く叩いたあと、二台のトラックに近づいた。影はもう見えない。トラックのあいだを抜け、自動車の墓場のような駐車場の奥へと向かった。吹きつけた風がジャケットの裾をはためかせ、髪を持ち上げて扇のように広げた。射撃には不利だ。ポケットからヘアゴムを取り出し、髪をポニーテールに結った。もう一度、視線をひとめぐりさせた。いま見えている生き物はカモメやハトの群れ、好奇心が強く勇敢なネズミ一匹だけだった。いや、ネズミは二匹だ。さっき動いたものは、鳥かネズミだったのだろうか。紙くずが歩道や車道をひらひらと滑っていったあと、高く舞い上がった。視界への侵入者はあれか――昨日の『ニューヨーク・ポスト』紙だったのかもしれない。

危険の兆候はなかった。

そのとき携帯電話が鳴り出して、サックスはぎくりとした。下を向いてディスプレイを確かめた。トムの名前が表示されていた。ライムではなくトムから着信があると、心臓がぴょんと跳ねる。何か医学的に悪い知らせではないか。サックスは即座に応答した。

「トム?」

「もしもし、アメリア。今夜はこっちに泊まるのかなと思って。夕飯は召し上がりますか」

サックスは肩の力を抜いた。「ううん、今日は母の運転手を務めることになってるから。今夜はうちに泊まってもらうし」

「それなら、〝支援物資〟を用意しておきましょうか」

サックスは笑った。トムのことだ、食べ物など、至れり尽くせりのパッケージを用意しておいてくれるだろう。しかし問題は、その受け取りだ。はるばるライムの家まで行かなくてはならない。「今日はいいわ。お気遣いありがとう。これから――」

サックスの声はそこで途切れた。電話越し、トムの背景から、よく知った話し声が聞こえたからだ。

まさか。気のせいだ。

「トム、メルが――メル・クーパーが来てたりする?」

「来てますよ。替わります？」

ええ、ええ、ぜひとも替わってちょうだい——そう考えたが、丁寧な口調に変換してから答えた。「お願い」

まもなくメル・クーパーの声が聞こえた。「もしもし、アメリア」

「メル。ねえ、どうしてリンカーンの家にいるの？」

「休暇取得を強要された。当人はそんな言いかたは心外だって顔してるけどね。フロマ—事件の手伝いに駆り出された」

「最低」サックスは言った。

沈黙があった。

クーパーが先に口を開いた。「その……困ったな」

「リンカーンに替わって」

「おおこわ」クーパーはつぶやいた。「アメリア、とりあえず話を——」

「スピーカーじゃなく、ヘッドセットで」

サックスの指は髪をかき分けて頭皮を引っ掻いた。不安の表れだ。捜査が進まないことに対する苛立ち。それに怒り。ライムに対する怒り。市警の捜査顧問を辞めたというだけで腹立たしいのに、今度はよりによって捜査の邪魔まで？

クーパーかトムがライムの頭にヘッドセットを装着しているのだろう、がさがさという音が聞こえた。電話で話すときはたいがいスピーカーモードにする。だがそれではプライバシーなどないも同然だ。いまから話す内容は、ライム以外の誰にも聞かれたくない。

「サックス？　いまどこだ――？」

「メルはそこで何をしてるの？　未詳40号事件でメルに分析を頼もうと思ったのに。メルを盗んだのね」

短い沈黙。「フロマーの訴訟の手伝いを頼んだ」ライムが切り返す。「証拠を調べなくてはならないからね。きみもメルに頼みたいことがあったとは知らなかった」

サックスは嚙みつくように言った。「クイーンズの鑑識本部の仕事は手抜きだらけなの」

「知らなかったよ。私が知るわけがないだろう？　きみは一言だってそんな話をしなかった」

そんな話をあなたにする筋合いがどこにあるのよ？　サックスは低い声で言った。

「民事事件にどうやってメルを借りたわけ？　それって規則に違反してるんじゃない？」

「メルは休暇を取っている。非番だ」

「よしてよ、ライム。休暇？　こっちはね、殺人事件の捜査をしてるの」

「きみはショッピングセンターにいただろう、サックス。その目で事故を見た。私の被害者は死んだ。きみの被害者と同じように」リンカーン・ライムのディフェンスは甘い。

「一つ違いがあるわ。あなたのエスカレーターは、もう人を殺すことはない」

反論はなかった。

「まあ、さほど長くメルを引き留めることはないと思うね」

「それっていつまでってこと？　時間単位の話をしてるの？　できれば分単位だとありがたいけど」

ライムの溜め息が聞こえた。「明日、あさってにでも被告を特定しなくてはならない」

「とすると、日単位ってことね」サックスは言った。「時間単位じゃなく」

分単位など問題外だ。

ライムが懐柔を試みた。といっても、うわべだけの言葉なのは明らかだった。「一つ二つ電話してみよう。現在の鑑識の担当者は誰だ？」

「担当はメルじゃない。それが問題なの」

「なあ、俺が――」メル・クーパーの声だった。話のなりゆきを察したのだろう。

「いいんだ」ライムがクーパーに言った。

よくないわよ。サックスは静かに怒りをたぎらせた。ライムは公私にわたる長年のパートナーだが、個人的な問題で諍《いさか》いになることは決してない。しかし事件捜査となると、どちらもすぐに頭に血が上る。

「わからないことがあれば質問するといい。メルもこっちでうなずいている。な？　喜んで質問に答えるそうだ」

「そんなことできないわよ。タイヤ屋の店員に相談するのとはわけが違うんだから」サックスは付け加えた。「スピーカーに切り替えて」

かちりという音がした。

さっそくクーパーの声が聞こえた。「アメリア――」

「メル、よけいなことは言わないで。詳細はロナルドから伝えるけど、紙ナプキンから指紋とDNAを採取したいの。ニスのメーカーも知りたい。おがくずのサンプルの木の種類も」サックスは、クーパーにというよりライムに向けて、こう付け加えた。「ものすごく優秀な分析官を紹介して。あなたに負けないくらい優秀な人」

最後の一言はいくらなんでも当てつけがましいだろう。だが、だから何だというのだ?

「電話して誰か探すよ、アメリア」

「ありがとう。あとでロナルドに事件番号を送ってもらうわ」

「ああ、そうしてくれ」

そのとき、女性の低い声が聞こえた。「私で何かお手伝いできることはありませんか」

それにライムが答えた。「いや、いま取りかかっているその分析を続けてくれ」

いまのは誰だろう?

またライムの声。「サックス、いいか――」

「悪いけどもう切るわね、ライム」

サックスは電話を切った。ライムの言葉をさえぎってこちらから電話を切るなんて、いつ以来だろう。記憶をたどった。そうだ。二人で捜査した最初の事件以来だ。

次の瞬間、電話のやりとりで——メル・クーパーに強引に休暇を取らせたライムに対する怒りで——頭がいっぱいで、周囲に目を配るのをすっかり忘れていたことを痛烈に意識した。街に出る警察官にとってはあまりにも大きなミスだ。しかも、自分を付け狙っているおそれのある何かを見た直後なのだ。命に関わりかねない。

そしてちょうどそのとき、地面に浮いた砂利を踏む足音が背後から近づいてきた。サックスはグロックに手をやったが、銃を抜いて構えるにはもう遅かった。襲撃者はすでに、一メートルほどの距離に来ていた。

12

「失敗ですね」ジュリエット・アーチャーが実験を評してそう言った。うっかり者の買い物客を想定してコカ・コーラをエスカレーターにこぼし、それでスイッチがショートして乗降板が開くかどうか、試してみたばかりだった。

「成功だよ」ライムが言うと、アーチャーとクーパーが眉をひそめた。「実験は成功だ。私たちの期待に反して、仮説は間違っていたことが証明されただけのことだ。ミッドウェスト・コンヴェイアンス社が製造したエスカレーターには、液体がこぼれたために誤作動を起こすような欠陥はなかった」

ミッドウェスト・コンヴェイアンス社は、乗降客がエスカレーターに乗っているあいだに飲み物をこぼす可能性を見越して、電子部品とモーターに液体がかからないように守るプラスチック部品を取り付けていた。上から降ってきた液体はその部品を伝って専用の容器にたまる仕組みになっている。そしてその容器は、ピンを作動させて乗降板を開くサーボモーターから遠い場所に設置されていた。

「顔を上げろ、前を向け！」ライムは実験を続けるようクーパーに指示した。機械的干渉を想定して、さまざまな物体でスイッチやサーボモーターを押す。ほうきの柄、ハンマー、靴。

いずれも空振りだった。死の乗降板はやはり開かない。

アーチャーが、乗降板の上で繰り返しジャンプしてみたらと提案した。悪い思いつきではない。ライムはクーパーにやってみろと指示した。クーパーが誤って転落した場合に備え、トムをエスカレーター脇の床の上に立たせた。

これも効果はなかった。ロックピンは引っこまない。ブラケットも固定位置から動かなかった。乗降板を開くには、そのためだけに用意されたボタンを押す以外に方法がなさそうだ。そしてそのボタンは少し奥まって取り付けられたソケットと、鍵つきのカバーに守られている。

考える。考える……

「バグだ！」ライムは叫ぶように言った。

「市の捜査局に隠しマイク《バグ》を仕掛けるのはさすがにやめておいたほうがいいと思うよ、リンカーン」クーパーが不安げに言った。

「訂正する。〝虫《バグ》〟は適切な言葉ではなかった。〝バグ〟は生物学的にきわめて限られた目を指す。半翅目《はんしもく》——たとえばアブラムシやセミだな。もっと適切な語を選んで使うべきだった。もっと広い意味での〝昆虫〟だ。〝バグ〟はそのサブカテゴリーに当たる。というわけで、〝昆虫〟だ。〝バグ〟でも用は足りるが」

「なるほど」クーパーはほっとした様子だったが、困惑の表情を浮かべていた。

「着眼点がすばらしいですね、リンカーン」アーチャーが言った。「ゴキブリが入りこんでスイッチかモーターをショートさせた。充分に考えられる話です。ミッドウェスト・コンヴェイアンス社は、それも考慮して網戸のようなものを設けておくべきだった。でも、網戸はない。つまりエスカレーターには欠陥があるということです」

「トム！　トム！　おい、どこに行った？」

トムが現れた。「コカ・コーラのお代わりですか」

「死んだ虫だ」

「さっきのコカ・コーラに死んだ虫《バグ》が入っていたんですか。ありえません」

「〝バグ〟に逆戻りか」ライムは顔を歪ませた。

説明を聞いたトムは、ゴキブリを求めてタウンハウス中をひっくり返した。ハウスキーパーとしても几帳面な働きをするトムは、捜索範囲を最上階の天井裏や地下室にまで広げたあげく、ようやくハエの死骸数体と干からびたクモ一体を見つけて戻ってきた。

「ゴキブリはないのか。ゴキブリがいいんだがね」

「これで勘弁してくださいよ、リンカーン」

「そこの路地に中華料理店があったな……ちょっと行ってゴキブリをもらってきてくれ。死んでいてもかまわない」

トムはしかめ面でゴキブリ狩りに出かけていった。

しかし、トムが持ち帰った獲物を水に浸して戻し、ソケット内部の接点に置いてみたが、スイッチは作動しなかった。サーボモーターがショートすることもなかった。法的に欠陥と見なされうるほかの可能性を探してクーパーとアーチャーが議論しているあいだ、ライムは気づくとサックスのジャケットの一つがかかったままのコートラックをぼんやり見つめていた。さっきの電話のやりとりを思い返す。何をあれほど怒っているのか。メル・クーパーを指名する権利はサックスにはない。そもそも、クイーンズの鑑識本部の仕事ぶりに不満があるとしても、ライムの知ったことではない。

しかし、サックスに向かっていた怒りは急ブレーキをかけて横滑りし、ライム自身に向かってきた。サックスとのあいだの小さないざこざについて考えるなど、時間の無駄遣いだ。

仕事に戻れ。

ライムはピンとブラケットのグリスをきれいに拭ってからまた乗降板を閉じるよう指示した。ロック機構に注油されておらず、動きがしぶいと、ピンがきちんと押しこまれずに乗降板が開きやすくなるのではないか。しかし、グリスが塗られていなくても、乗降板を閉じると、機構はきちんとロックされた。

だめか。いったい何が起きて事故につながった？　ホイットモアによれば、製品の製造に過失――不注意――があったことを示す必要はないが、欠陥を有していることは証明しなくてはならない。つまり、開いてはならないタイミングで乗降板が開いた理由を突き止めなくてはならない。

ライムはつぶやいた。「ウォータープルーフで、昆虫プルーフ、ショックプルーフでもある……事故当時、雷は鳴っていたか？」

アーチャーが当時の気象情報を確認した。「いいえ。一日ずっと晴れていました」

溜め息。「よし、メル。わずかながら判明した事実を一覧表に記入してもらえないか」

メル・クーパーはホワイトボードの前に立って一覧表を作った。

玄関の呼び鈴が鳴って、ライムはモニターを確かめた。「我らが弁護人の到着だ」

まもなくエヴァーズ・ホイットモアが入ってきた。ぴんと背筋を伸ばし、ぴしりとした紺色のスーツを着て、全部のボタンをきっちりと留めている。片手に時代遅れのブリーフケースを、もう一方にはレジ袋を提げていた。

「ミスター・ライム」

ライムは握手の代わりにうなずいた。「こちらはジュリエット・アーチャー」

「見習いです」

「調査を手伝ってもらっている」

ホイットモアはアーチャーの車椅子に目をやることさえしなかった。師匠と弟子が似た障害を身体に持っていることに気づいてもいないかのようだった。その障害が調査のプラスになるかマイナスになるか、それも気にしていない。挨拶の意味で一つうなずいただけで、すぐにライムに向き直った。「これをミセス・フロマーから預かりました。あなたに。お礼のしるしにと。お手製だとか」ホイットモアは、ラップで包んで赤いリボンをかけた大きなパンを取り出した。まるで法廷に証拠を提示するかのような厳かな手つきだった。「ズッキーニブレッドだそうです」

その贈り物をありがたく思うべきなのかどうか、ライムは戸惑った。つい最近までライムの主要なクライアントはニューヨーク市警やＦＢＩといった警察組織ばかりで、感謝のしるしに手製のパンや焼き菓子が届いたことなど一度もなかった。「ふむ。そうか。トム。トム！」

すぐにトムがやってきた。「ああ、ミスター・ホイットモア」ファーストネームを使わない習慣は伝染力を持っているらしい。

「ミスター・レストン。パンを預かってきました」ホイットモアはトムに贈り物を手渡した。「ミセス・フロマーから」

ライムは言った。「冷蔵庫に入れるとか何とかしておいてくれ」

「ズッキーニブレッドですね。いい香りだ。さっそく切り分けてお出ししましょう」

「いいんだ。いま忙しい――」

「いいえ、みなさんに召し上がっていただきます」

「よせと言っているだろう。またあとにしてくれ」ライムが拒む理由は別のところにあった。ジュリエット・アーチャーが食べるには、トムに食べさせてもらうしかない。それではアーチャーが気まずい思いをするのではないか。彼女は右手の指は使っているが、腕は動かない。複雑なデザインのブレスレットをした左手は、言うまでもなく、車椅子にストラップで固定されていた。

しかし、アーチャーはライムの考えを察してはいるらしいが、その気遣いをあまり好ましく受け止めていないようだった。「私はぜひいただきたいわ」

ここでライムは気づいた。自分のルールの一つを自分で破ってしまっているではないか。アーチャーを過保護に扱ってしまった。「わかった。では、私もいただくとしよう。コーヒーもお願いするよ、トム」

ライムの豹変ぶりに、そして丁寧な言いかたに、トムが目をしばたたいた。

「私もコーヒーをお願いできますか。ブラックで」ホイットモアが言った。「ご迷惑でなければ」

「いえいえ、すぐにお持ちしますよ」

「カプチーノはできますか?」アーチャーが聞いた。

「お手の物です。あなたには紅茶をお持ちしますね、メル」トムはそう言ってキッチンに消えた。

ホイットモアがホワイトボードの前に立った。ほかの三人も一緒になって証拠物件一覧表を眺めた。


不法死亡/身体的・精神的苦痛に対する損害賠償請求訴訟

・事故発生場所:ブルックリン、ハイツ・ヴュー・モール
・被害者:グレッグ・フロマー(44)、ショッピングセンター内のプリティ・レディ靴店販売員
・販売員。前職はパターソン・システムズ社マーケティング部長。近い将来、前職と同様の、あるいは現職より高給の仕事に戻る意思があったことを示す必要
・死因:失血、臓器損傷
・請求の原因:不法行為による死亡/人的損害
・製造物厳格責任

・過失
・黙示保証不履行
・損害賠償：身体的・精神的苦痛に対して。懲罰的賠償金も視野に。詳細未定
・被告候補
・ミッドウェスト・コンヴェイアンス社（エスカレーターの製造会社）
・ショッピングセンターが入居している不動産の所有者（調査中）
・ショッピングセンターの建設業者（調査中）
・製造会社以外にエスカレーターの保守点検を請け負っている会社（調査中）
・エスカレーターを設置した建設会社および下請会社（調査中）
・清掃員？
・ほかの被告？
・事故に関連する事実
・乗降板がひとりでに開き、被害者が下の歯車の上に転落。開いた隙間はおよそ40センチ
・乗降板の重量はおよそ19キロ。手前側の鋭い歯が死亡／傷害の原因の一つに
・乗降板は留め金で固定。スプリングつき。未知の原因で跳ね上がった
・スイッチは鍵つきのパネルの奥。監視カメラ映像ではスイッチを押した人物はいない

・事故の原因？
・スイッチまたはサーボモーターがひとりでに作動。なぜ？
・ショートした？　ほかの電気的問題？
・ラッチの故障
・金属疲労――可能性はあるが、考えにくい
・きちんと閉まっていなかった
・昆虫、液体、機械的接触？　原因として考えにくい
・雷。原因として考えにくい
・現時点でニューヨーク市捜査局および消防局の報告書や記録は入手できず
・現時点で事故を起こしたエスカレーター現物を調べることはできず（捜査局が保管中）

事故の類似例は見つからなかったとアーチャーがホイットモアに説明した。ミッドウェスト・コンヴェイアンス社製に限らず、あらゆるエスカレーターについて調べたが、似たような事故は発生していない。次にメル・クーパーが、外部的な要因や製造時の瑕疵以外に乗降板が思いがけず跳ね上がった理由を探してさまざまな実験を試みたことや、その結果を詳しく説明した。

「どの仮説もモックアップには当てはまらなかった」ライムは言った。

「あまり楽観できそうにありませんね」ホイットモアが応じた。よくないニュースを聞いてがっかりしている風ではなかったが、たとえ実験の結果が期待どおりのものだったとしても、さほどうれしそうな声も出さないのだろう。それでも内心では憂慮しているに違いない。ホイットモアは挫折をたやすく受け入れる人物とは思えなかった。

ライムの目は足場を見つめていた。上から下まで。車椅子を近づけ、目を凝らす。隅々まで観察する。

トムがトレーを手に戻ってきたのがなんとなくわかった。パン、飲み物。クーパーとアーチャーとホイットモアが会話を続けているのもなんとなくわかった。アーチャーが何か尋ね、ホイットモアがあいかわらず抑揚のない調子で答えている。

やがて静寂が訪れた。

「リンカーン？」トムの声。

「欠陥がある」ライムはささやくように言った。

「え、何ですか？」トムが聞く。

「たしかに欠陥がある」

ホイットモアが言った。「ええ、ミスター・ライム。問題は、その欠陥が何なのか、わからないという点です」

「いや、わかったよ」

「冷や汗かかせないで」アメリア・サックスは言った。その声は吹きつけてくる強い風に負けない勢いを持っていた。「未詳40号かと思った」グロックの握りから手を離す。

携帯電話でライムと話したあと、背後から近づいてきたのは、未詳40号でもほかの誰でもなく、ロナルド・プラスキーだった。

プラスキーが言った。「すみません。電話で話してたから、邪魔しちゃいけないと思って」

「次は大きくぐるっと回りながら近づいてきて。もっと遠くから手を振るとか何とかして……ねえ、未詳40号に似た人物を見かけなかった？　ここ数分のあいだに」

「え、近くにいるんですか」

「ホワイト・キャッスルにはやっぱりよく来るらしいの。しかもついさっき、人影が見えた。何か見なかった？」サックスはもどかしい思いで質問を繰り返した。

「未詳に似た人物は誰も。若い男の二人組は見ました。薬物の取引中のようでした。近づこうとしたら、逃げられましたけど」

視界をかすめたのはその二人だったのかもしれない。土埃。カモメの群れ。コカインと札を交換する非行少年。

「どこで何してたの？　本部と携帯に電話したのよ」サックスは、プラスキーが制服から私服に着替えていることに目を留めた。

プラスキーも警戒の目で周囲を見回していた。「あなたが本部を出たあと、電話があったんです。ハーレムで情報屋と会うことになって。グティエレス事件に関連して」

一瞬考えて、ようやく思い当たった。エンリコ・グティエレスか。殺人容疑――故殺の可能性もあるが、おそらく第二級謀殺――で指名手配されている人物で、プラスキーがサックスとは別の重大犯罪捜査課の刑事と組んで、初めて捜査指揮をとっている事件のうちの一つだ。麻薬の密売人が別の密売人を殺害したという事件で、解決に向けて多大な労力が注がれているとはお世辞にも言えない。おそらくその情報屋は偶然に何らかの手がかりをつかんでプラスキーに電話してきたのだろう。「あんな古い事件？　検事局もあきらめてるんじゃない？　わざわざ時間をかけるような事件じゃないわよね」

「けりをつけろってお達しがあったんですよ。連絡メモが回ってきたじゃないですか」

サックスは市警本部内の回覧文書にはほとんど目を通さない。広報に関するニュース、何の役に立つのかわからない情報、翌月にはまた撤廃されるであろう新しい手続き。凍結されかけていた捜査を復活させるのは無意味と思えるが、下っ端の刑事やパトロール警官が文句を言う筋合いのことでもない。それに、プラスキーに出世欲があるなら、上層部の意向には沿うべきだ。回覧文書にも真剣に目を通したほうがいい。

「わかったわ、ロナルド。でも、できれば未詳40号事件に比重をかけて。ハンマーだけじゃなく、肥料爆弾や毒物まで使う気満々のようだから、こっちが優先よ。あと、電話には出てね」

「わかりました。そうですよね。グティエレス事件には隙間の時間を充てるようにします」

サックスはホワイト・キャッスルのシャーロットや店長から聞いた内容を話した。それから付け加えた。「この通り沿いのお店の聞き込みはほぼ終わってる。地下鉄駅やバス停、周辺のアパートに向かう道筋も半分くらい」すでに尋ねた場所を伝え、残りの数ブロックの聞き込みを一任した。未詳を見たことがあるという白タクの営業所の経営者のことも話した。「その件の確認もお願い。目撃したドライバーからぜひ事情を聞きたいわ。何度でもせっついておいて」

「わかりました」

「いまから母を病院に送っていかなくちゃならないの」

「お加減はどうです？」

「まあなんとか。数日後には手術」

「お大事にと伝えてください」

プラスキーに一つうなずくと、サックスは駐めておいたトリノに戻って大馬力のエンジンを始動した。二十分後には自宅にほど近い通り沿いにゆっくりと車を走らせていた。キャロルガーデンズの閑静な住宅街が近づくにつれて、緊張がほぐれた。子供のころ住んでいた当時、このあたりはもっとみすぼらしい一角だった。それがいまではＰＷＳＭ——小金持ち《ピープル・ウィズ・サム・マネー》の砦になっている。おそろしく地価の高いマンハッタンには住めないが、ニューヨーク市の境界線をまたいで郊外に出る気はない人々。高級化して悪いことはない。日中はニューヨークの治安の悪い地域で過ごしているから、手入れの行き届いた家々が並ぶここに戻るとほっとする。ここには、壊されたり汚されたりしていない植木鉢に植わったガーデニアが通り沿いに並び、家族連れが公園でサイクリングをし、かぐわしい香りに満ちたカフェが密集している（ほっとするとはいえ、どうにも鼻につくヒップスターたちはできればソーホーやトライベカあたりに追放したい）。

おや、珍しい。正規のパーキングスペースに空きがある。しかも自宅から一ブロックしか離れていない場所だった。ニューヨーク市警の駐車カードをダッシュボードに置いておけば、どこに車を駐めていても違反を取られることはない。しかし、駐車カード頼みはあまり賢明なやりかたではないことを経験から学んだ。ある朝、車を置いた場所に戻ると、フロントガラスにスプレーペイントで〈Pig〉と落書きがされていた。いまどきの若い人が警察官を〝ブタ〟と呼ぶとは思えない。落書きの犯人はきっと、ベトナム戦争時代に反戦運動に参加していた世代の、戦後も生きづらい人生を歩んできた人物ではないかと思った。その点で同情はするが、塗料のクリーニング代に四百ドルもかかったのは痛かった。

車を駐め、自宅のタウンハウスまで並木道を歩いた。ブルックリンでは定番のタイプの建物だ。茶色の煉瓦造りで、窓枠は深緑色に塗られ、植物が青々と生い茂った小さな前庭がついている。なかに入って鍵をかけ、廊下を歩き出した。ジャケットを脱ぎ、グロックをホルスターごとベルトからはずす。サックスは銃を好む。仕事でも使い、趣味でも銃を手にする。市警主催の射撃大会でも、個人的に出場する大会でも優勝した経験があった。しかし家で過ごすときは、銃が家族の目に触れないよう気を遣う。クローゼットにジャケットをしまい、その隣の棚に銃を置くと、リビングルームに向かった。「ただいま」微笑みながら母のローズに声をかけた。ローズは相手にまたねと言って電話を切り、受話器を置いた。

「おかえり」

華奢《きゃしゃ》な体つきをした、めったに笑顔を見せることのないローズ・サックスは、矛盾の塊だ。

娘がファッションモデルの仕事を辞めて警察学校に入学したあと、何カ月ものあいだ娘と一言も口をきかなかったのは、ローズ・サックスだ。

夫が娘に転職を勧めたと決めつけ（実際には無関係だった）、それ以上の期間、夫と一言も口をきかなかったのも、ローズ・サックスだ。

そして、日曜の朝と午後、夫と娘がガレージに逃げこみ、マッスルカーをパワーアップしてはドライブに出かけていた理由は、ローズ・サックスの喜怒哀楽が激しすぎたからだった。

だが、癌《がん》との闘いに敗れて弱っていく夫のハーマンのそばを決して離れようとしなかったのも、娘が不自由することのないようつねに気にかけていたのも、学校の懇談会にかならず出席したのも、必要なら二つの仕事を掛け持ちして働いたのも、ライムと娘の関係に初めのうちこそ不安を表明したものの、まもなくそれを克服し、障害もひっくるめたライムという人間を認め、完全に受け入れたのもまた、ローズ・サックスだ。

彼女は人生におけるあらゆる意思決定を、正当性とロジックという不変のルールに照らし合わせて行うが、その法則は他人に理解しがたいものであることも少なくない。それでも、その鋼のような芯の強さには感嘆するしかないだろう。

ローズは別の面でも矛盾を抱えている。見た目と内面の食い違いだ。血管の病気で血行がよくないせいで肌は青白いが、目は燃えるように鋭い。体力という意味では弱いが、抱擁する腕や握手をする手は力強かった。相手を好もしく思っていれば、という条件つきではあるが。

「本当によかったのに、アメリア。送ってもらわなくても大丈夫よ。一人で行かれるわ」

口ではそう言っても、実際には無理だろう。それに、今日はふだん以上にやつれて見えた。息をするのもつらそうで、ソファから立ち上がる体力さえなさそうだ。肉体による裏切りの犠牲者。サックスは母の状態をそんな風に考えている。肥満体ではなく、飲酒はほとんどせず、煙草だって一度も吸ったことがないのだ。

「気にしないで。帰りにスーパーマーケットに寄っていい？　いま来るときはその時間がなかったから」

「冷凍庫に何かありそうだけれど」

「どのみち買い物はしなくちゃいけないし」

するとローズは娘の瞳の奥をのぞきこむようにした——あの射るように鋭い目で。

「何かあったの?」

体は病で弱っても、母の直感の鋭さはあいかわらずだ。

「捜査が思うように進まなくて」

「未詳40号事件ね」

「そう」市警でもっとも優秀な鑑識技術者をパートナーに盗まれたおかげで、捜査の進みはますます鈍っている。しかも理由はよりによって民事訴訟と来た。サックスが抱えている事件に比べたら、緊急性などないに等しい。たしかに、サンディ・フロマーと息子の人生に悲劇をもたらした会社から何らかの損害賠償金を取らなければ、二人の将来は大きく変わってしまうだろう。しかし、死ぬわけではないし、路上生活を強いられるわけでもない。一方、未詳40号は、また次の殺人を計画している。今夜実行するかもしれないし、数分後かもしれないのだ。

さらになおも腹立たしいことに、サンディ・フロマーに救いの手を差し伸べてくれるようライムを説得したのは、サックス自身だ。その結果、ライムはいつもどおり、グレッグ・フロマーの死の責任を負うべき被告を探し出すことに強迫的とも言える執念を示している。

聞いたらきっとノーって言うと思うけど、お願いだから最後まで聞いて。いい？

サックスが冷蔵庫の食品を確かめて買い物リストを作り始めたところで、玄関のチャイムが鳴った。最初の一音は高く、二つ目は低い。

母のほうを振り返る。母は首を振った。

サックスにも来客の予定はなかった。玄関に向かった。銃は用意しない。玄関のチャイムを鳴らす犯罪者はあまりいないだろう。それに、予備の拳銃が玄関のドア脇のへこんで色の褪せた靴箱に入れて置いてある。グロック26という小型のモデルだ。すぐに発砲できるよう初弾が薬室に装塡されており、ほかに九発を弾倉に込めてあって、さらに予備の弾倉もすぐそばで待機していた。玄関ドアを開ける前に靴箱の蓋を開け、手を伸ばせばすぐに銃が取れる向きに回転させた。

のぞき穴から来客を確かめる。その瞬間、彫像のようにその場に凍りついた。

まさか。

喉から声にならない音が漏れた。心臓が破れんばかりに打っている。下を向いて、靴箱に偽装した銃入れの蓋を戻し、さらに一瞬、壁の金色の額に入った鏡に映る自分のうつろな瞳を身動き一つせずに見つめた。

深呼吸をした。一つ、二つ……よし。

ドアの鍵を開けた。

石造りのささやかなポーチに、サックスと同年代の男性が立っていた。痩せて筋肉質の体。何年も太陽の光を浴びていなかった端整な顔。ジーンズを穿き、黒いTシャツとデニムジャケットを着ている。ニック・カレッリは、ライムの前にサックスの恋人だった人物だ。職場で知り合った。部署は違ったが、二人とも警察官だった。一緒に暮らしていた。結婚の話さえ出ていた。

もう何年も会っていなかった。それでも、最後に顔を合わせたときのことはいまも鮮明に覚えている。ブルックリンの裁判所で会った。つかのま視線がからみあった次の瞬間、彼は手錠をかけられ、廷吏に付き添われて法廷から消えた。そのまま強盗の罪を償うために州刑務所に移送された。

13

「いい切り口だ。わくわくしますね」エヴァーズ・ホイットモアは、わくわくなど少しもしていなさそうな口調で言った。

しかし、内心では興奮しているのかもしれない。ホイットモアの声や表情を読み解くのは不可能に近かった。

ホイットモアが〝わくわく〟しているのは、ライムが指摘したエスカレーターの欠陥

について だ。乗降板が開いた原因が金属疲労であろうと関係ない。グリスが不充分だった、好奇心の強いゴキブリがサーボモーターをショートさせた、誰かがうっかりスイッチを押してしまったといったことだったとしても、やはり関係ない。不可抗力でもない。欠陥は、エスカレーターの基本設計に潜んでいる。何らかの理由で乗降板が開いた場合、モーターや歯車はただちに停止すべきなのに、そのような仕様になっていないことだ。自動停止スイッチがもし備わっていたら、グレッグ・フロマーは死なずにすんだだろう。

「設置も安価にできそうですしね」ジュリエット・アーチャーが言った。

「ええ、おそらく」ホイットモアはそう応じたあと、首をかしげ、ライムの玄関ホールに鎮座したエスカレーターをじっと見つめた。「もう一つ欠陥を指摘できそうです。乗降板の重量はどのくらいですか」

ライムとアーチャーが同時に答えた。「十九キロ」

「さほど重くない」ホイットモアが言う。

アーチャーが言った。「スプリングはあれば便利だけれど、必要ではない」

ライムはホイットモアの提案を気に入った。二段構えの法理論だ。「スプリングを追加すべきではなかった。乗降板のラッチをはずしたら、フックか何かを使って引き上げるだけでいい。あるいは手で持ち上げればすむ。いいぞ」

ホイットモアの携帯電話に着信があった。相手の声にしばし耳を傾け、いくつか質問しながら、完璧に大きさのそろった文字でメモを取った。

通話を終えると、ホイットモアはライム、アーチャー、クーパーのほうに向き直った。「新しい情報が届きました。しかしきちんと理解するには、法律の予備知識が必要です」

またか……

それでもライムは〝どうぞ続けて〟という風に片方の眉を上げた。ふたたびホイットモアの法律講義が始まった。

「アメリカの法律はきわめて複雑なものです。生き物にたとえるならカモノハシですね」ホイットモアはこのときもまた眼鏡《めがね》をはずしてレンズを拭った（ホイットモアがかけていると、眼鏡《がんきょう》と古くさい呼びかたをしたくなる）。「哺乳類でもあり、爬虫類でもあって……それ以外の側面もまだ持っているかもしれない」

ライムは溜め息をついた。苛立った気配がそよ風のように吹きつけても、ホイットモアはそれに気づかないまま話を続けた。やがてようやく要点にたどりついた。今回の訴訟を裁決するのは、成文法ではなく、主に〝判例法〟になる。裁判所は判例――類似した訴訟の判決――を参考にして、ミッドウェスト・コンヴェイアンス社がサンディ・フロマーに損害賠償金を支払うべきか否かを判断する。

熱意らしきものを声ににじませながら、ホイットモアは続けた。「私の事務所の弁護士補助員《パラリーガル》、ミズ・シュローダーに調べさせましたが、彼女によると、自動停止装置が取り付けられてないことを理由にエスカレーターの欠陥を認めた判例は一つもありません。しかし別の種類の大型産業機械――印刷機や染色機では、点検用パネルが開いても機械が動き続けるように設計されていたことを理由に欠陥を認めた判例があります。事実関係が類似していますから、ミスター・フロマーの死は設計上の瑕疵ゆえであるという主張を補強してくれると思います」

アーチャーが尋ねた。「自動停止装置が備わっている他社製のエスカレーターを探すことは可能でしょうか」

「いい質問です、ミズ・アーチャー。それについてもミズ・シュローダーが調査しました。しかし残念ながら、答えはノーです。というのも、跳ね上げ式の乗降板という不適切な設計のエスカレーターを製造しているのは、地球上でミッドウェスト・コンヴェイアンス社一つしかないと思われるからです。しかしミズ・シュローダーは、自動停止装置を備えたエレベーター製造会社なら一つ見つけました。点検用パネルを開けたまま点検員がシャフト内で作業をしているあいだにエレベーターかごが動き始めた場合、自動的にブレーキをかける装置を装備しているそうです」

「その事例を法廷で引用すると効果的ですね」アーチャーが言った。「エスカレーターとエレベーターは音の響きが似ていますから」

ホイットモアはまたしても感心したような顔をした。「ええ、おっしゃるとおりですよ。陪審の潜在意識に働きかけることによって自分のクライアントに有利な方向に誘導するのも、一つのテクニックです。といっても、裁判に持ちこむ予定はないわけですが、ミッドウェスト・コンヴェイアンス社に対して和解の働きかけをする際、そういった事例を挙げるつもりでいます。どうやら欠陥を絞りこめましたね。間違いのなさそうな欠陥、有望な欠陥です。このあと数日かけて訴状を作成します。それを提出したら、ミッドウェスト・コンヴェイアンス社の技術記録、過去の訴訟、安全に関する報告書などの提出を命じる裁判所命令を申し立てます。うまくいけばCBAがあるかもしれません。そうなれば自滅ですよ」

CBAとは何かとアーチャーが尋ねた。テレビドラマで法律を勉強していてもわからない事項らしい。ライムはどうかといえば、やはりまるで見当がつかなかった。

ホイットモアが質問に答えた。「費用便益分析《コスト・ベネフィット・アナリシス》のことです。ある製品の製造における瑕疵が原因で年間十人の顧客が命を落とし、不法死亡訴訟で一千万ドルの損害賠償を命じられると見積もったとしましょう。しかし、瑕疵をあらかじめ解決するための費用が二千万ドルかかるとすれば、そのメーカーは対策を講じないままその製品を市場に出すという選択をするかもしれません。そのほうがコスト的に堅実だからです」

「メーカーは本当にそんな計算をするんですか」アーチャーが言った。「その十人の死刑執行令状にサインするようなものなのに？」

「USオートという会社名を聞いたことはありませんか。少し前の話です。USオートのエンジニアが社内メモを書いたことが発端でした。自社のセダン車のごく一部にガソリン漏れが発生し、人命に関わる火災を引き起こす恐れがあると指摘する内容で、その欠陥を防ぐコストの見積額も含まれていました。そのメモを読んだ経営陣は、不法死亡や人的損害に対して損害賠償金を支払うほうが安くすむと判断し、欠陥を知りながら放置したんです。言うまでもなく、その会社は倒産しました。社内メモが公表されて信用を失い、取り戻すことができなかったからです。この事例の教訓は――」

アーチャーが言った。「倫理的に正しい判断をすべし」

ホイットモアが言う。「――そのような判断を文書に残すな、です」

冗談のつもりだろうか。しかし、ホイットモアの顔に笑みの気配はまったくない。

ホイットモアが続けた。「ミスター・フロマーの所得能力について、いま情報収集を行っています。以前のような頭脳労働に復帰した場合――ホワイトカラーの管理職に戻っていた場合に予想された所得を算定して、逸失利益を増大させるためです。奥さんや友人、元同僚の宣誓証言を取ります。また、ミスター・フロマーの身体的、精神的苦痛について、鑑定医の証言も依頼します。集められるだけの情報を集めたうえで、ミッドウェスト・コンヴェイアンス社にぶつけたいと考えています。このような訴訟では、裁判を避けられるならどんなことでもするでしょうからね」

そのとき着信音が鳴って、ホイットモアが自分の携帯電話のディスプレイを確かめた。「私の事務所のミズ・シュローダーからです。使えそうな判例がまた見つかったのかもしれない」そう言って応答する。「もしもし？」

ホイットモアは身動きを止めた。完全に。顔の向きを変えることもせず、体重を移動することもしない。床にじっと目を落としていた。「それは確かだね？　誰から聞いた？……彼らは信用できる」そしてついに、ホイットモアの顔を感情のかけらしきものが初めてよぎった。しかし決して前向きな表情ではない。まもなく電話を切った。「問題発生です」ホイットモアは室内を見回した。「スカイプの通話ができるパソコンはありますか。いますぐ使えるとありがたい」

「いま、時間あるかな」ニック・カレッリはアメリア・サックスに聞いた。

あれから何年もたつのに、この人は驚くほど変わっていない——サックスは、ニックが現れた衝撃から混乱した頭でそう考えていた。刑務所で何年も過ごしたあとなのに。前と違うのは立ち姿くらいのものだ。やや猫背気味に見えることに目をつぶれば、総じて元気そうだった。

「いま……ちょっと……」言葉がつかえた。そんな自分に嫌悪を感じた。

「電話しようかとも考えたけど、声を聞いただけで切られるだろうと思って」

どうだろう、切っただろうか。当然だ。おそらく切っただろう。

「だから一か八か、いきなり来てみた」

「まさか……？」また言葉が続かなかった。サックスは自分を叱りつけた——ちゃんとしゃべりなさいよ！

ニックは笑った。サックスの記憶にあるとおりの、低いが楽しげな笑い声だった。たちまちあのころに引き戻された。現在と過去を直結するワームホールを抜けたかのようだった。

ニックが言った。「いや、脱獄したわけじゃないよ。いい子にしてたからね。模範囚って呼ばれた。仮釈放監察委員会で。全会一致だよ」

ようやく頭がまともに働くようになった。このまま追い返せば、ニックはまた訪ねてくるだろう。それなら、いま用件を聞いてしまったほうがいい。片づけてしまうほうが得策だ。

サックスは玄関から外に出てドアを閉めた。「あまり時間がないの。母を病院に送っていかなくちゃならないから」

ああ、もう。どうしてそんなこと話すの？ どんなことであれ、この人に話す義理なんかないのに？

ニックが額に皺を寄せた。「お母さん、どうしたの？」

「ちょっと心臓が悪くて」

「どんな――」

「あまり時間がないのよ、ニック」

「わかった、ごめん」ニックの視線はすばやくサックスの全身を眺めた。それからまたサックスの目に戻った。「新聞で読んだよ。パートナーがいるんだな。昔、ＩＲＤ本部長だった人だろう」

科学捜査部《IRD》。市警に以前あった部署の名前だ。鑑識課はその下に位置していた。「ニ度だったかな、会ったことがある。伝説の人だよな。でも、本当に……？」

「ええ、四肢麻痺のことなら本当よ」それ以上の説明は加えなかった。

社交辞令は歓迎されていないと察したらしく、ニックは言った。「一つ相談したいことがある。今夜でも、明日でもかまわない。コーヒーにつきあってもらえないかな」

断る。門戸はすでに閉ざされ、窓も閉ざされた。過去のこと、過ぎた話だ。

「いま聞くわ」

金の無心か。求人に応募するための推薦状か。市警に戻る道はない。重罪で有罪判決を受けた者は採用しないという規定がある。

「わかった。できるだけ簡潔に話すよ、エイム……」

〝エイム〟――ニックだけが使う呼び名を耳にしても、いまは不快でしかない。

ニックは一つ深呼吸をした。「とにかく要点だけ話す。俺の有罪判決のことだ。強盗の件。いまさら説明するまでもないよな」

もちろん、説明されるまでもなく知っている。悪辣《あくらつ》な犯罪だった。ニックは商品や処方薬を輸送中のトラックを襲っては強奪していたグループの首謀者だった。逮捕される直前の最後の事件では、トラックのドライバーを拳銃で殴打していた。四人の子供を持つロシア系移民だったドライバーは大怪我をして一週間入院した。

ニックは身を乗り出し、視線をサックスの目にねじこむようにした。そしてささやくような声で言った。「俺はやってないんだ、エイム。逮捕される理由になった罪は何一つ犯していない」

その言葉を聞いて、サックスの頰が熱くなった。心臓が早鐘を打ち始めている。後ろを振り返り、玄関ドアの隣のカーテンのかかった窓から奥をのぞきこむようにした。母の影はなかった。ただ、目をそらしたのは母に聞かれていないかを確認するためだけではなく、たったいま聞いたことを頭のなかで消化する時間を稼ぐためでもあった。ようやくニックに向き直ると、言った。「ニック、どう考えていいかわからない。どうしてこのタイミングでそんな話をするの？　どうして私のところに来たの？」

心臓はあいかわらず破れんばかりの勢いで打っていた。両手で閉じこめた小鳥の翼のようだ。サックスは考えた──いまの話は本当だろうか。

「力を貸してほしい。頼れるのは世界中できみ一人だけなんだ、エイム」

「その呼びかたはやめて。もう終わったことよ。もう関係ない」

「ごめん。手短に話すよ。全部説明する」長々と息を吸い、吐き出す。それから──「一連の強盗事件を首謀してたのはドニーなんだ。俺じゃない」

ニックの弟のことだ。

話がまるで見えない。兄に比べておとなしい性格をした弟が危険な犯罪者だった？

そういえば、強盗犯はスキーマスクをかぶっていて、人相に関するトラックのドライバーの証言は最後まで取れていない。

ニックが話を続けた。「あいつはいろいろ問題を抱えていた。きみも知ってるだろう」

「麻薬。お酒。ええ、覚えてる」兄弟は何もかも対照的だった。顔もまるで似ていなかった。弟のドニーは立ち居振る舞いも性格もネズミを連想させる——当時サックスはそう考え、どうしても浮かんできてしまうそのイメージにばつの悪い思いをしたものだ。外見の違いに加えて、ニックは自信に満ちあふれ、ドニーは自信なさげでいつも不安そうにしていた。そんな自分を嫌悪し否定しようとしていた。一緒に食事に出かけたときなど、サックスは話を振ったり、ジョークを話したり、社会人教育講座のことを尋ねたりしたが、ドニーのほうは困ったように黙りこんだり、話をはぐらかしたりした。ときには敵意さえ示すこともあった。猜疑心《さいぎしん》の塊だった。元ファッションモデルの恋人を持った兄をうらやんでいるのだろうとサックスは思っていた。しかし、トイレに立って戻ってくるなり、急にはしゃいで饒舌《じょうぜつ》になることも少なくなかった。

ニックが先を続けた。「問題の夜、俺が逮捕された日……きみは夜勤で家にいなかった。覚えてるかな」

サックスはうなずいた。忘れられるわけがない。

「おふくろから電話があった。ドニーがまたクスリをやってるみたいだってね。そこで心当たりに聞いて回ると、三番ストリート橋の近くで誰かと会ってるかもしれないとわかった。取引のために」

百年以上前に建設された古い三番ストリート橋は、ブルックリンの濁った運河ゴワーヌスをまたいでいる。

「何か悪いことが起きるぞ、もう手遅れかもしれないと思った。だって、あの柄の悪い地域だろう？　何もないわけがない。すぐに橋に向かった。ドニーはいなかったが、角を一つ曲がったところにトラックが駐まってた。セミトレーラーだ。ドアは開いたままだった。ドライバーは耳から血を流して地面に倒れてた。トラックは空っぽだった。俺は公衆電話から九一一に緊急通報した。名前は名乗らなかった。まっすぐドニーのアパートに行った。弟は麻薬で朦朧《もうろう》としてた。部屋にはほかにも人がいた」ニックはサックスの目をまっすぐに見ていた。その視線は燃えるようだった。サックスは思わず目を伏せた。「デルガードだった。覚えてるか？　ヴィニー・デルガード」

聞き覚えのある名前だった。ブルックリンのギャングだ。本拠はベイリッジだったか。組織の正式メンバーではなかった。少なくとも実力者ではない。雑誌と煙草を並べたいかがわしい店を拠点とする小物にすぎなかったが、ゴッドファーザーを気取っていた。たしか死んだはずだ――組織のシマでビジネスを始めようとして消された。

「ドニーは手下にされてた。デルガードのグループが輸送トラックを襲って品物を強奪し、故買屋やブローカーに流すのを手伝ってた。報酬代わりにルードやコカインをほしいだけもらっていた」

サックスの頭脳はめまぐるしく回転を始めた。だが、すぐにブレーキをかけた――やめなさい。この話が事実だろうと嘘だろうと、自分には関係ない。

「デルガードとやつのボディガードは、やばいことになったと言った。デルガードの強盗ビジネスが五大ファミリーの不興を買ったらしい。なかでもゴワーヌスの仕事はまずかった。五大ファミリーも同じトラックに目をつけていたんだ。きみも覚えてるだろう？ そのトラックは大量の処方薬を輸送中だった。デルガードは、誰かが責任を取るしかないと言って、選択肢を二つ挙げた。ドニーに全責任を押しつけるというのが一つ。その場合、デルガードはドニーを消す。刑務所に放りこまれたら、ドニーは間違いなく本当のことをしゃべりまくるだろうからね。もう一つの選択肢は……俺だ。刑務所でも口を閉じていられる人間」ニックは肩をすくめた。「お優しい連中だろう？」

「OCTに相談しなかったの？」

ニックは笑った。市警の組織犯罪特別捜査課《OCT》は優秀だ——有力ギャングの逮捕につながるような大きな事件の解決に関しては。ドニー・カレッリの命を救うために動いてくれるとは思えない。

「ドニー本人は何て？」

「しらふに戻るのを待って、俺が話をした。デルガードが言ったことをそのまま伝えたよ。弟は泣いた。子供みたいに泣いた。ドニーらしいだろ。助けてくれって必死で泣きついてきた。おまえやおふくろのために身代わりになってもいいと俺は言った。ただしこれが最後のチャンスだと念を押した。もう二度と薬物に手を出すなって」

「それから？」

「ドニーが持ってた盗品と金を受け取って自分の車に積んだ。ドニーが持ってた銃、トラックのドライバーを殴るのに使った銃の指紋を拭って、新しく俺の指紋をつけた。それからまた匿名で警察に電話をかけて、俺の車のナンバーを伝え、その車が現場に駐まってるのを見たと言った。

翌日、分署に刑事が来た。俺は即座に自白した。それで一巻の終わりというわけだ」

「何もかもあきらめたの？　人生をそれであきらめたということ？　市警に何年も勤めてたのに？　それだけのことで？」

ニックはささやくような声で荒っぽく言った。「ドニーは弟なんだぞ！　ほかにどうすればよかった？」しかしすぐに表情を和らげた。「あのころきみとも話したよな。市警で続けていく自信がないって」

覚えている。ニックは生まれながらの刑事というわけではなかった。サックスや彼女の父は……そしてリンカーン・ライムは、警察官になるために生まれてきたような人間だ。しかしニックは、人生を懸けられる何か――起業するのか、レストランを始めるのか――が見つかるまで、腰掛けで刑事をやっているというだけのことだった。そうだ、レストランを経営してみたいとよく話していた。

「そもそも刑事になりたくてなったわけじゃない。遅かれ早かれ辞めるつもりだった。服役するくらい何でもない」

サックスは記憶をたどった。「ドニーは薬物から足を洗ったのね？」

ニックが服役したあと、彼本人とは連絡を絶ったが、彼の家族とは行き来があった。

母親のハリエット・カレッリの葬儀に参列したとき、ドニーは〝グリーン〟だったし、それ以外に何度か顔を合わせたときもそうだった。しかし、リンカーン・ライムと出会って以降、ドニーとは疎遠になっていた。

「ああ、立ち直ったよ。しばらくはね。だが、長く続かなかった。デルガードの仕事は二度とやらなかったようだが、コカインに手を出した。最後にはヘロインまでやってた。一年くらい前に死んだ」

「亡くなったの？　残念だわ。知らなかった」

「過量摂取だ。クスリをやってることを周囲には隠し通した。イーストハーレムのホテルで見つかった。死後三日たってた」ニックは声を詰まらせた。

「塀のなかでずっと考えてたんだ、アメリア。自分では正しいことをしたつもりでいた。たぶん正しかったんだろうな。ドニーを何年か生かしておいたわけだから。しかし、自分の無実を証明しようと決めた。恩赦だとかそんなことは考えてない。俺はやってないって胸を張って言いたいだけだ。ドニーは死んだ。おふくろも死んだ。本当のことを知ったら家族が幻滅するかもしれないって心配はもうない。デルガードも何年も前に殺された。やつの手下ももういない。それに、俺は無実だときみに知ってもらいたかった」

話のなりゆきが見えたような気がした。

彼が続けた。「捜査資料のなかに、俺の無実を証明するものが何かあるはずだ。関係者の名前、刑事が書いたメモ、住所。そういったものがきっとある。俺はやってないっことを知ってる人間がまだどこかにいるはずだ」

「捜査資料がほしいのね」

「そうだ」

「ニック……」

ニックはサックスの腕に触れた。そっと。そしてすぐに手を引っこめた。「きみが黙って家のなかに戻ってドアを閉めたとしても、責めることはできない。二度と俺には会わないとしてもね。そうされてもしかたがないことを俺はした」

彼の罪は、強盗という犯罪だけではない。逮捕された瞬間、彼はサックスとのつながりの一切合切を断ち切った。もちろん、彼女を守るためにしたことだろう。ニック・カレッリは、自白どおり、悪徳警官だ。そのような人物から広がる波は、周囲にいる全員を押し流す。もし二人が接点を保ったままでいたら、野心に満ち、ちょうどそのころ頭角を現し始めていたサックスの評判も汚れてしまっていただろう。

だから？　サックスは自分に聞いた。このまま家のなかに戻ってドアを閉める？

サックスは言った。「少し考えさせて」

「もちろん、すぐに答えろとは言わないよ」

抱擁に、あるいはキスを予感して、サックスは身構えた。拒むつもりだった。しかしニックは手を差し出して握手を求めただけだった。たったいま不動産売買契約を締結したばかりのビジネスマン同士のように。「ローズに大事にと伝えてくれ……俺が来たことを話すなら」

ニックは向きを変えて歩き出した。

サックスはその後ろ姿を見送った。半ブロックほど先まで行ったところで、ニックがすばやくこちらを振り返った。サックスの記憶に鮮明に刻まれているとおりの、何年も前とまったく同じ少年のような笑顔だった。ニックは一つうなずくと、行ってしまった。

14

エヴァーズ・ホイットモア弁護士はライムのパソコンのうちの一台にログオンすると、通話アプリケーションのスカイプを起動した。

アカウント情報を入力する。まもなくスカイプが通話相手を呼び出している電子音が静かな部屋に響いた。ライムはパソコン前に近づき、ディスプレイの右隅に小さく表示されているこちら側の映像を確かめながら、自分とホイットモアの両方が相手から見えるようにした。

「ジュリエット?」ライムはアーチャーに声をかけた。「もっとこっちに来るといい」

アーチャーはウェブカムに映らない位置にいた。

「いえ、私はここで」アーチャーはいまいる場所から動かなかった。

数秒後、ディスプレイ上に通話相手の画像が揺らめきながら表示された。頭髪の薄くなりかけた男性だ。白いシャツの袖をまくり上げ、目の前に置いた書類にちらちら目を落としている。デスクの上には書類の山がいくつもできていた。

男性が顔を上げてウェブカムを見た。「エヴァーズ・ホイットモア？」

「そうです。あなたは弁護士のミスター・ホルブルックですね？」

「ええ」

「この通話には私のほかにリンカーン・ライムも参加していることをお断りしておきます。画面には映っていませんが、右側にはジュリエット・アーチャーもいます。二人とも私のコンサルタントです」

クーパーとトムは席を外していた。ニューヨーク市警の刑事や訴訟と無関係の民間人が同席していては、いまから始まる会話がうまく運ばないおそれがあるとホイットモアが懸念したからだ。

「それゆえ、この会話を職務活動の成果とし、証拠開示手続での開示を拒否します。依頼人と弁護士間の秘匿特権として守られることに同意していただけますか」

ホルブルックが顔を上げ、消防車のように真っ赤な爪をした誰かに書類を渡したあと、カメラのレンズに目を戻した。「すみません。何でしょう？」

ホイットモアが同意の有無を問い直した。

「ええ、ええ、同意します」ホルブルックは答えた。いかにも〝めんどうくさいな〟といった口調だった。クライアントであるミッドウェスト・コンヴェイアンス社が製造したエスカレーターが死者を出したというのに、その会社の顧問弁護士を務めるホルブルックは、守勢を取るでもなく、攻撃的な態度を示すでもなく、どこか上の空の様子だった。その理由はライムも知っていた。

ホルブルックはウェブカムのレンズをまっすぐに見つめた。「グレッグ・フロマーと遺族の代理人から連絡があるだろうと思っていましたよ。おたくは登録弁護士ですね？」

「ええ」

「お名前は存じております」ホルブルックは言った。「もちろん、よい噂を聞いているという意味で。トランス・ヨーロッパ航空、B&H薬品。大企業をひざまずかせた腕利きの弁護士」

ホイットモアは何の反応も示さなかった。「さっそくですが、ホルブルック弁護士……」

「ダミアンと呼んでください」

その希望はおそらく通らないぞ――ライムは思った。

ホイットモアが続けた。「はい。ご連絡した理由はおわかりでしょうか」

「三十分くらい前に記者会見を開きましたからね。フロマーの遺族の代理人にも伝わるだろうと思っていました。聞けば連絡があるだろうと」ホルブルックは横を向いて言った。「すぐに行くから。数分待ってもらってくれ。コーヒーでも出して」またカメラに向き直る。「欠陥は絞りこみましたか」

「ええ」

ホルブルックが言った。「設計上の欠陥。乗降板が予期せぬタイミングで開いた場合にモーターを自動停止する機構がないこと。そんなところでしょうか」

ホイットモアはライムのほうを一瞬だけ見たあと、カメラに向き直った。「原告側の主張について議論する用意はありません」

「なるほどね。こちらからもう一つ挙げましょうか。スプリングつきの乗降板」ホルブルックは不敵にも低い笑い声を漏らした。「設計部門がスプリングを仕様に加えたのは、保守点検作業員の、乗降板を持ち上げたせいで腰を痛めたという労災申請があまりにも多いからです。おおかた嘘の申請でしょうがね……会社としてはスプリングを取り付けることで対処した。それから、どうせ調べればわかることだからお話ししますが、今回の事故のあと、乗降板がスプリングつきの仕様になっている型のエスカレーターの納入先を安全対策チームが残らず回って、スプリングを取り外しました――市の調査が入る前に。ええ、いま考えてらっしゃることはわかりますよ。クライアントにとっては願ってもないことだと思ってるでしょう。事故後に仕様を変更しているんだ、自ら欠陥を認めたも同然だと主張できますから。こんな場合じゃなかったら、うちだって速攻で小切手を書いてますよ。それも巨額の小切手をね。ミセス・フロマーはつらい思いをしてらっしゃるでしょう。私も心から同情しますよ。しかし、ニュースはごらんになったでしょう。残念だ」

「私の事務所のパラリーガルがいま破産裁判所に向かっているところです。申立書をまだ確認できていません」

「第七章ですよ。清算型破産処理。しばらく前から資金繰りが悪化していた。中国製品に押されて。ドイツ製品にもか。世の常です。今回の事故、おたくのクライアントのご主人の事故が起きて、まあ、タイミングが早まったのは事実ですね。しかし来月か再来月にはどのみち破産するしかない状況だった」

ホイットモアはアーチャーとライムに向かって解説を加えた。「ミッドウェスト・コンヴェイアンス社が破産の申し立てを行うと、債権者による個別の債権取立行為は自動的に禁止されます。つまり、こちらが別の訴訟を提起し、債権執行の自動的停止を裁判所に解除してもらわないかぎり、賠償金を求める訴訟は提起できないということです」

またディスプレイに向き直ってホルブルックに言った。「できればいくつか教えていただきたいことがあります」

ホルブルックは肩をすくめた。「支障がない範囲なら、どんなことでもお答えしますよ。聞いてください」

「保険会社はどちらですか」

「あいにく、保険会社は使っていません。自家保険です」

これを聞いてホイットモアはうろたえたようにも見えたが、定かではない。

ホルブルックは続けた。「ついでにお話ししておくと、資産という意味ではほとんど何もありません。受取勘定がざっと百万ドル、有形資産が四千万ドル。現金はゼロ、金融資産ゼロ。対して負債は九億ドル。大部分が有担保です。自動停止解除が認められて、訴訟を起こし、しかも訴訟に勝ったとしても――おたくもご承知のとおり、管財人はあらゆる手段を尽くして戦うと思いますがね――コピー代も出ないようなわずかな賠償金しか出ないでしょう。しかも二年先になるのか、それとも三年か」

ホイットモアが尋ねた。「エスカレーターのメンテナンスはどちらが？」

「おたくの立場からは残念ながら、うちの会社でやってましたよ。部品サービス部門です。外部に委託していませんから、独立したメンテナンス会社を被告にしようにも、できませんね」

「ショッピングセンターはエスカレーターの維持に関与していましたか」

「いいえ。表面の清掃だけですね。エスカレーターを設置した建設会社にしても、うちの安全対策チームが全ユニットを徹底的に検査して合格証を出しています。つまり、責任があるとしたら、うちの会社だけだということになる……ともかく、おたくのクライアントには心からお見舞い申し上げますよ。しかし、うちでできることは何もない。倒産したんです。私だってミッドウェスト・コンヴェイアンス社一筋で来た。設立者の一人なんです。言ってみれば会社と運命をともにするしかない。私も無一文なんです」

　だが、きみもきみの家族も生きているだろう――ライムは心のなかでそう切り返した。

「乗降板が開いた理由に心当たりは？」

　ホルブルックは肩をすくめた。「自動車の車軸を例に挙げましょう。一万の車軸のほとんどは何の問題もないのに、一本だけが時速百三十キロで折れる理由は何でしょう？　二十トンのレタスは何でもないのに、そのうちの数個だけに病原性大腸菌が潜んでいる理由は？　じゃあ、うちのエスカレーターは？　誰にもわかりませんよ。まあ、あえて挙げるなら、ラッチに物理的な問題が起きたんでしょうね。乗降板のブラケットを留めている中国製のねじが、基準を満たさない金属でできているのかもしれない。伸縮式のピンの耐久性が低いのに、ソフトウェアに不具合があったせいで、品質管理ロボットが見逃して通してしまったのかもしれない。言い出したらきりがありませんよ。世の中なんて、完璧とはほど遠い。ときどき、あらためて考えて驚くことがある。人はみんな、家に据えつけたものを信用して命を懸けていますが、よく事故が起きないものだとね」力ない笑み。「外部弁護士が来ました。これから会議です。慰めになるかわかりませんが、グレッグ・フロマー事件が起きて、徹夜続きになりそうな人間はこっちにも大勢いるんです」

　ディスプレイは暗くなった。

　アーチャーが吐き捨てるように言った。「いまの話は脅し？」

「いいえ。法律の正しい解釈ですよ」

「つまり、こちらには何もできないってこと？」

ホイットモアは感情をまったく表に出さないまま、顕微鏡がなくては見分けられないような小さな文字を並べてメモを取っていた。すべて活字体だった。「中立書類や法廷文書をこれから確認しますが、確認しようと思えばできる情報について嘘をつく理由はありません。破産手続が開始されて自動停止が効力を発揮しても、外部の保険会社がある場合――今回のように製造物責任に基づく請求に対して支払い能力のある保険会社がついているなら、自動停止が解除されることもあります。しかし、自家保険の場合はまず解除されません。ミッドウェスト・コンヴェイアンス社は債務を免除されます。裁判所も何もできない」

「ほかの被告を相手取って訴訟を起こすことは可能だと言っていましたね」アーチャーが言う。

ライムは指摘した。「だが、望み薄だと言いたげだった」

ホイットモアが言った。「もう少し調べてはみますが」――真っ暗なディスプレイに顎をしゃくる――「ミスター・ホルブルックは、自分の会社の評判を守るためにほかの会社に責任を押しつけようと思えばいくらでもできたわけです。しかし、請求の原因とすべき根拠が見つからないと考えたんでしょう。私も同意見です。これは典型的な製造物責任訴訟ですが、続行できる道筋がまったく見えません。いまからミセス・フロマーに会いに行って、そのことをじかにお伝えしようと思います」そう言って立ち上がり、スーツのジャケットの前ボタンを二つとも留めた。「ミスター・ライム。割いていただいた時間分の請求書を送ってください。うちの事務所で負担します。お時間と労力をありがとうございました。有意義な経験になるはずだったのに、残念です」

サックス、話しておきたいことがある。引退を決めたよ。少なくとも、犯罪稼業からは引退だ。

病院の検査のあと、自宅タウンハウスで母ローズを降ろしたあと、サックスは車でマンハッタンに戻った。いまはワン・ポリス・プラザの捜査本部で、未詳40号事件の証拠を検討し、鑑識課の新しい担当分析官（年配の女性で、メル・クーパーに負けないほどには優秀ではない）をせっつくという仕事に一人取り組んでいた。未詳の指紋やDNAが付着している可能性のあるホワイト・キャッスルの紙ナプキンの分析と、その前に現場で見つかったおがくずやニスの特定を急いでもらわなくてはならない。

少なくとも、本部に戻ってきた表向きの理由はそれだ。

実際には、窓の外の景色をぼんやり眺めながら、一月《ひとつき》前のライムの言葉を反芻していた。

引退を決めたよ……

サックスは反論した。ライムの決意を力尽くでひっくり返そうと試みた。しかしライムの決意は固かった。サックスの説得を右から左に聞き流した。

「どんなものごとにも終わりは来る」まぶしいほどよく晴れたある土曜の午後、父はサックスにそう言った。改造を施したキャブレターを二人でカマロに取り付けたあと、一休みしているときのことだった。「それが世の常だ。受け入れることが必要だ。胸を張って受け入れることだよ。あきらめるのとは違う」その当時、ハーマン・サックスは市警を休職して、癌の治療を受けていた。穏やかで洞察力とユーモアを備えた父の教えをサックスはいつでも素直に聞いたが、このときばかりは激しく拒絶した。終わり、甘受。どちらも認めがたかった。ただ、父は六週間後に死んで、自説の正しさを――少なくとも前半部分を――証明してみせた。

忘れなさい。リンカーンのことは忘れて。

仕事に集中すること。うつろな目を証拠物件一覧表に向けた。

現場：マンハッタンの工事現場
クリントン・プレース151番地
40ディグリーズ・ノース（ナイトクラブ）そば

・容疑：殺人、傷害

・被害者：トッド・ウィリアムズ（29）、ライター、ブロガー、時事問題
・死因：鈍器損傷、凶器はおそらく丸頭ハンマー（メーカーは調査中）
・動機：金品強奪
・クレジットカード／デビットカードの不正使用はこれまでのところなし
・証拠物件
・指紋未検出
・草の葉
・微細証拠
・フェノール
・モーターオイル
・容疑者のプロファイル（未詳40号）
・格子柄のジャケット（緑）、ブレーブスのロゴ入り野球帽
・白人男性
・長身（185から190センチ）
・痩せ形（65キロから70キロくらい）
・細長い足、長い指
・人相は不明

現場：ブルックリン　ハイツ・ヴュー・モール

・事件との関係：未詳40号逮捕作戦（失敗）
・容疑者のプロファイルへの追加事項
・大工またはそれに類する職業？
・大量の食事をとる
・ホワイト・キャッスルの常連
・クイーンズ在住、または何らかの結びつき？
・高代謝？
・証拠物件
・DNA、CODISに一致データなし
・照合に足るサイズの指紋検出できず
・靴跡、おそらく未詳のもの、リーボックのデイリークッション2・0、サイズ13
・土壌サンプル、おそらく未詳由来、結晶性アルミノケイ酸塩を含む粘土：モンモリロナイト、イライト、バーミキュライト、カオリナイト。加えて有機コロイド。おそらく腐植。ブルックリンのショッピングセンター周辺のものではない

・ジニトロアニリン（染料、殺虫剤、爆薬に使われる）
・硝酸アンモニウム（化学肥料、爆薬）
・クリントン・プレースの現場で検出されたモーターオイルも合わせ、爆薬を製造中？
・ここでもフェノール（フェノール。ポリカーボネート、合成樹脂、ナイロンなどプラスチックの前駆物質。アスピリン、エンバーミング用防腐液、化粧品、巻き爪治療。未詳は足が大きい――爪にトラブル？）
・タルク、鉱物油（paraffinum liquidum/huile minérale）、ステアリン酸亜鉛、アクリル酸、ラノリン（lanoline）、セチルアルコール、トリエタノールアミン、ラウリン酸PEG-12、ミネラルスピリット、メチルパラベン、プロピルパラベン、二酸化チタン
・メーク用品？　ブランドを調査中、分析結果待ち
・金属の削りかす、微少、鋼、おそらく刃物を研いで出たもの
・おがくず。木の種類を調査中。おそらくやすりをかけて出たもの
・有機塩素と安息香酸。毒性。（殺虫剤、毒物兵器？）
・アセトン、エーテル、シクロヘキサン、天然ゴム、セルロース（おそらくニス）
・メーカーを調査中
・ホワイト・キャッスルの紙ナプキン、おそらく未詳のもの。微細証拠の再分析を

依頼
・染みから、未詳は複数種類の飲み物を飲んでいる

現場：ホワイト・キャッスル・ハンバーガー店
クイーンズ アストリア アストリア・ブールヴァード

・事件との関係：未詳が定期的に食事に訪れる
・容疑者のプロファイル
・一度に10個から15個のハンバーガー
・この店で食事をした際、近隣で買い物をしたことが少なくとも一度。白いレジ袋、重量物。金属の物品？
・北の方角に進んで大通りを渡る（バスや電車に乗った？）。自動車はおそらく所有／運転しない
・目撃証人は顔をよく見ていないが、おそらく髭は生やしていない
・白人、血色の悪い肌、頭髪が薄くなりかけているか、クルーカット
・アストリア・ブールヴァードの白タク営業所を利用、ウィリアムズ殺害事件当日またはその前後

未詳は何らかの職人ではないか。サックスとプラスキーは、各現場で見つかった証拠からそう推測している。しかし仮にそうだとして、仕事の道具を深夜に持ち歩くだろうか。しかもトッド・ウィリアムズ殺害に使用された丸頭ハンマーは、職人だからといって誰もが持っている種類の工具ではない。さらに、そういったやや珍しい工具を仕事とは無関係に持ち歩いているのだとすれば、それは目的があってのこと——殺害するターゲットを探しているということになるだろう。その動機は？　ミスター40、あなたの狙いはいったい何？　トッド・ウィリアムズは殺人の動機になるほど多額の現金を持ち歩いていたの？　クレジットカードやデビットカードを奪っておいて一度も使っていない。かといって売り払ったわけでもないようだ。売ったのなら、それを使った記録がもう見つかっていてもおかしくない。盗んだカード類の消費期限は短い。被害者の銀行口座が空っぽになっているということもなかった。ウィリアムズは基本的に異性愛者《ストレート》だったが、友人たちの証言によれば、同性との交際経験がまったくなかったわけではないようだ。殺害された建設現場から三ブロックほどのところにゲイ専門のクラブがあるが、そこに出入りする人々に事情聴取をしたものの、ウィリアムズが来ているのを見たことがあるという証人は見つかっていない。

未詳があなたを殺す理由は何か別にあったということなの？

　ウィリアムズは元プログラマーで、現在は自分のブログを開設して時事問題について書いている。しかしそのブログを見るかぎり、反感を買いそうな内容の投稿は見つからなかった。環境問題、プライバシー保護。未詳が爆弾を作ったり毒物を購入したりしている可能性——テロ組織との関わりを疑う観点については、証拠物件が不充分ということもあり、サックスとしてはこの線を追っても行き詰まるだけではないかと直観している。

　殺人の動機を追及しても事件解決に結びつかないのかもしれない。ウィリアムズがほかの犯罪を目撃し、痩せた未詳——プロの殺し屋、プロの強盗ということも考えられる——はウィリアムズに目撃されていたことに気づいて殺したのかもしれない。とはいえ……もっとほかの可能性もありそうだ……

　知恵を貸してよ、ライム……

　誰かとブレインストーミングしたい。でもその相手にもう、あなたを指名することはできない。そういうことよね？

　引退を決めたよ……

　それに、ロナルド・プラスキーはどうしたのだろう。挙動不審もいいところだ。ライムの引退を聞くと、プラスキーはその判断の是非を問い、撤回を求めた（「どうかしてますよ！」これに対してライムはこう言い返した。「もう決まったことだ、新米《ルーキー》。なぜそう何度もしつこく同じ話を持ち出す？　その話は終わりだ」）。

気もそぞろでいる理由はそれなのか。いや、プラスキーの心理状態とライムには何の関係もないのかもしれない。家族に病人でも出たのだろうか。それとも本人か？　頭の傷の後遺症？　だが、すぐにまた思い直した。プラスキーは夫であり、父親でもある。パトロール警官の給料で家族を養っていこうとがんばっているのだ。それを考えると……

携帯電話が鳴った。ディスプレイを見て、頭皮にざわざわとした感覚が走った。

ニックからだった。

サックスは応答しなかった。ただ目を閉じた。

低い着信音が途切れたところで、もう一度ディスプレイを確かめた。留守電メッセージは残さなかったようだ。

どうする？　どうしたらいい？

以前なら、ワン・ポリス・プラザのファイル保管室にぶらぶら歩いていき、または〝ニューヨーク州対ニコラス・J・カレッリ〟の資料の保管先によっては、ニュージャージー州にある公文書保管室まで車で行っていただろう。そして地下にある保管室の前をうろうろしながら、あるいは車を運転しながら、ニックの依頼について悩んでいたことだろう。イエスか。ノーか。

しかし過去二十五年分の捜査資料がすべてスキャンされ、どこかに設置された巨大データベースに保存されたいまは、どこへも行かず、ここで――自分のデスクの前で、窓からちらりと見えている、たくさんの船が浮かぶニューヨーク港の景色を眺めながら――迷っている。椅子にだらしなくもたれ、ディスプレイをぼんやり見つめながら。資料をダウンロードするとして、それは果たして妥当な行為と言えるだろうか。〝異議あり〟という声は頭のどこからも聞こえなかった。サックスは現役の刑事であり、すべての捜査ファイルにアクセスする権限を持っている。捜査が完了した事件に関わる資料を民間人に見せてはならないという規則もない。それにもしニックの無実を証明する情報が見つかったら、ニックはそれをサックスに伝えればいい。そしてサックスは、誰かから頼まれたのではなく、自分の判断でその件を調べてみたと言えばいい。そのうえで――ここは絶対に譲歩する気のないポイントだ――内部監察部に引き継いで、サックス自身は完全に手を引く。

しかし、違う。法律上妥当かどうかという問題ではない。百パーセント合法であっても、まったく褒められたものではない行いもなかにはある。

ニックには、弁護士に依頼し、事件を再調査して再審理の請願を裁判所に出してもらうという選択肢もある。しかし、サックスが資料を渡すほうが何倍も簡単なのは確かだ。だが、なぜサックスがニックに協力しなくてはならないのか。

彼と共有した歳月――決して長い期間ではないが、濃密で情熱的な日々だった――を思い返す。その記憶が彼の依頼に応えるようサックスの背中を押していることは否定できない。しかしそれ以上に大きな理由があった。たとえニックを個人的に知らなかったとしても、彼の話は真に迫っていた。あれからヴィンセント・デルガードのことを調べてみた。犯罪組織の幹部はみな基本的に実業家だが、デルガードは少し毛色が違い、誇大妄想、おそらくは境界性パーソナリティ障害の持ち主だ。冷酷で、他人を痛めつけて楽しむ傾向がある。ゴワーヌスの強盗事件の罪をかぶることをニックが拒否していたら、デルガードはためらいなくドニー・カレッリを殺しただろうし、兄弟の母親のハリエットも殺すと脅しただろう。ニックが話していたことがどれも事実だとすれば、司法妨害の罪には問われるだろうが、とうの昔に時効になっているはずだ。とすると、ニックはあらゆる面で無罪ということになる。

イエスか。ノーか。

誰の迷惑にもならない。そうだろう?

サックスはパソコンから視線をそらし、未詳40号事件の証拠物件一覧表を見つめた。

もしここにいたら、あなたは何て言う、ライム? どんなアドバイスをくれる?

でも、あなたはここにいないのよね。民事専門の弁護士とのおつきあいに忙しいのよね。

サックスの目は、ディスプレイにじっと点灯したままのカーソルに吸い寄せられた。

捜査資料閲覧請求

事件名：州対カレッリ

事件番号：24－543676F

請求者のバッジナンバー：D5885

パスコード：＊＊＊＊＊＊＊

イエス？　ノー？

誰の迷惑にもならない。そうよね？　念を押すように自問した。

サックスはキーボードから手を離し、目を閉じると、また椅子の背にもたれた。

15

ジュリエット・アーチャーとリンカーン・ライムは居間で二人きりでいる。

凍結されたフロマー対ミッドウェスト・コンヴェイアンスに関するメモや書類――サックスとクーパーが撮影した写真、アーチャーのリサーチのプリントアウト――は、きちんと整頓して並べてある。敗北に打ちひしがれてもなお、メル・クーパーは手術室看護師のように几帳面だった。

今日、提訴はできないとわかったあと、ライムは安堵とともに考えた――見習いを教育するという重責から解放されたぞ。そのときは気持ちが浮き立ったが、しかし、喜びはすぐにしぼんだ。気づくとこう言っていた。「よければ、ほかにも手伝ってもらいたいプロジェクトが二つ三つある。事件の捜査ほど興味深いものではないが。リサーチだ。科学捜査の奥義とも言える要素。大学の研究室にいるようなものだ。それでも、科学捜査のうちではある」

するとアーチャーは車椅子を回してライムと向き合った。意外そうな表情を浮かべていた。「まさか、私がもう研修はけっこうですと言うと思いました?」

「いや。ちょっと言ってみただけさ」同じフレーズが他人の口から出ると、嫌悪しか感じない。しかし自分が言うと、そう悪くはなかった。

「引き留めたくなったとか?」アーチャーはからかうような笑みを作った。

「きみがいてくれて助かった」

ライムから出るものとしては最高級の褒め言葉だ。しかし、アーチャーはそうとは知らないだろう。

「不公平ですよね。賠償金は取れない、ほかに訴えられそうな相手はいない。サンディ・フロマーが気の毒です」

ライムは言った。「それはきみも同じことだろう」アーチャーの車椅子のほうに顎をしゃくる。アーチャーの障害の原因は事故ではなく腫瘍だ。賠償金を請求する相手がそもそも存在しない。「私はまだ運がよかった。足場を組んだ建設会社から多額の賠償金をもらったからね。足場からパイプが降ってきた」

「パイプ？　それで障害を？」

ライムは笑った。「新米《ルーキー》の真似事をしていたんだよ。そのとき私は鑑識部門の長だったが、自分で現場検証をせずにはいられなかった。警察官を狙った連続殺人事件が起きていてね。自分で地下の現場に下りて決定的証拠を掘り出してやろうと思った。私なら犯人に結びつく手がかりを見つけられると思ったし、ほかの誰にもできないと思った。格言を身をもって証明することになったよ――〝運命は人柄が作るもの〟」

「ヘラクレイトスですね」アーチャーの目は愉快そうに微笑んでいた。「イマキュラータ修道会の先生たちが聞いたら誇りに思ってくれるでしょうね。学校で教えたことを一部でも覚えている生徒がここにいるわけだから。もちろん、運命はかならずしも人柄や行動が決めるものではありません。たとえばヒトラーの暗殺計画は二度も実行に移されていますよね。どちらもまったく隙のない計画だったのに、二つとも失敗に終わった。運命ってそういうものです。誰かの意思も正義も関わっていない。幸運に恵まれることもあれば、裏切られることもある。いずれにせよ……」

「……順応するしかない」

アーチャーはうなずいた。

「ずっと聞いてみたいと思っていました」

「ああ、あれは事実だよ」ライムは高らかに宣言するような声音で言った。「ニンヒドリン溶液は非極性溶剤にも溶ける。〝証拠物件を試験溶液に浸し、高温を避け、高湿度の暗所にて、二から三日間かけて染色する〟。これは司法省の指紋検出マニュアルからの引用だ。私も実験してみた。たしかにそのとおりだった」

アーチャーは、科学捜査用の装置や道具、機器がぎっしり詰めこまれたラボに、黙って視線をめぐらせた。やがて口を開いた。「何を聞かれるかわかっていて、はぐらかしているんですね」

「なぜ市警の捜査顧問を辞めたか」

アーチャーは微笑んだ。「答えてくださらなくてもかまいません。好奇心から聞いているだけですから」

ライムは動くほうの手を持ち上げ、奥の隅に追いやられてこちらに背を向けている何枚ものホワイトボードを指し示した。「一月《ひとつき》ほど前に捜査していた事件のものだ。一番下にこう書いてある。〝被疑者死亡、起訴を断念〟」

「辞めたのは、だから？」

「そうだ」

「あなたが何か間違いをして、誰かが死んだ」

抑揚がすべてだ。アーチャーの発言には最後にゆるいクエスチョンマークがついていた。言葉どおりのことを尋ねているようにも受け取れる。あるいは、その程度のことか、人が死ぬのが当たり前の職業に就いていて、そんなことをきっかけに辞めるのかとたしなめているようにも聞こえた。殺人事件とは、誰かが死ぬところから始まるものなのだから。逮捕の過程で容疑者が死ぬこともあるだろう……刑場の担架に横たわって死の注射を打たれて死ぬことも、ときにはあるだろう。

しかしライムはうわべだけの笑い声を上げた。「そうではない。正反対のことが起きた」

「正反対のこと？」

ライムは車椅子の向きを微調整し、アーチャーと正面から向き合った。「私は間違いなど一つもしていない。私の仕事は百パーセント的確だった」そう言って、トムが十分ほど前にタンブラーに注いでいったグレンモーレンジィを一口飲んだ。タンブラーに一つうなずいてアーチャーを見たが、アーチャーは今度もやはり酒を断った。ライムは続けた。「被疑者――ガーデンシティ在住のチャールズ・バクスターという会社経営者……聞き覚えはあるかね？」

「いいえ」

「事件のことはさかんに報道されていた。バクスターは富裕層から計一千万ドルほどをだまし取った。と言うと巨額と思えるが、率直な話、被害者にとっては小銭程度の額だった。金銭感覚の違いだね。被害額が〝小銭程度〟なら、放っておけばいいと世間は考えるだろう。しかし、検事局は――私も――そうは考えない。バクスターは法を犯した。地方検事補は起訴の方針を固め、私を捜査に加えた。バクスターがだまし取った現金の行方を突き止め、そのほかの物的証拠の分析をするためだ。筆跡やインク、被疑者がどの銀行に行ったか知る手がかりになりそうなＧＰＳの履歴、被害者と面会した場所で採取した微細証拠、偽造の身分証明書、金が埋められていた場所の土壌サンプル。その結果、重窃盗罪、電子的通信手段を使った詐欺行為など、いくつかの容疑で起訴するに足る証拠は充分にそろった。地方検事補は喜んだ。三年から五年の実刑判決が期待できそうだった。

しかし、答えの見つかっていない証拠物件がまだいくつか残っていた。私はそれが気になってしかたがなかった。それ以降も分析を続けると、証拠はさらに増えていった。地方検事補はもういいと言った。自分の目的は有罪判決を勝ち取ることであって、そのために必要な証拠は充分にそろっているからとね。だが、私は途中で放り出すことはできなかった。

バクスターの私物から、微量のオイルが検出された。銃器以外にはあまり使われない種類のオイルだった。加えて、射撃残渣《しゃげきざんさ》と微量のコカインもあった。それ以外に見つかった数種類の微細証拠は、ロングアイランドシティの特定の場所を指し示していた。その地域には個人向けの倉庫施設があった。私と組んでいた刑事が調べると、バクスターはその倉庫と契約していた。バクスターがそのことを話さなかったのは、倉庫に預けていたのは私物ばかりで、金融詐欺に関係のあるものはいっさい含まれていなかったからだ。令状を取ってその私物を調べたところ、未登録の拳銃が見つかった。そうなると、罪状はより深刻な重罪に格上げされてしまう。地方検事補はその件は勘定に入れたがらなかった。バクスターには暴力の前歴がなかったからだ。しかし知らん顔をすることはできなかった。ニューヨーク州では拳銃の不法所持は強制実刑判決とされている。起訴しないわけにはいかない」

アーチャーが言った。「で、そのバクスターは自殺した。服役を苦にして」

「そうではない。ライカーズ刑務所の暴力的重罪犯を収容する棟に移された。そこで喧嘩に巻きこまれて、別の収容者に殺された」

その事実が二人のあいだに重く横たわった。しばらくどちらも無言だった。

「あなたは間違ったことをしていません」アーチャーが言った。化学的な分析を述べるような調子だった。励ますような柔らかな口調ではなく。

「そのとおりだ」ライムは皮肉めいた声で応じた。

「だって、銃を持っていたんでしょう？　そんなもの持っているほうがいけないわ」

「それに関しては、イエスでもありノーでもある。見つかった銃は未登録だった。つまり法に基づいて罰せられるべきものだ。しかしその銃はベトナム戦争から父親が持ち帰ったものだった。バクスター自身はその銃を一度も使ったことがないと言っている。そんなものがまだあるとは知らなかったとね。六〇年代の雑多な記念品とまとめて倉庫にしまったままになっていた、それだけのことだ。私が見つけたガンオイルは、その前の週に息子のプレゼントを買うのに訪れたスポーツ用品店でどこかに付着したものだろうと言った。射撃残渣は紙幣や硬貨から手に移ったのだろうし、コカインも同様だろうと主張した。ニューヨーク周辺で流通している二十ドル札の半数に微量のコカインや覚醒剤、ヘロインが付着しているんだよ。検査では禁止薬物を使用した痕跡は出なかった。それ以前に麻薬の所持や使用の容疑で逮捕されたこともない。どんな罪であれ、そもそも逮捕歴はまったくなかった」ライムは小さな笑みを作った。自分がめったに笑わないことは知っている。「まだある。金融詐欺の動機の一つだ——娘は骨髄移植が必要な病気にかかっていた」

「それは気の毒に。でも……あなたは警察官だった。警察官の職務につきものの犠牲でしょう」

アメリア・サックスもまったく同じ反論をした。もしかしたらいまアーチャーが使ったのとまったく同じ言葉だったかもしれない。はっきりとは思い出せなかった。

「そのとおりだ。私の心は傷つき、精神科医の診察室で、長椅子に横たわって——いや、車椅子に座っているか？　それはない。だが、いつかはメリーゴーラウンドから下りなくてはならない。どんなことにもかならず終わりが来る」

「あなたは答えを探さずにはいられなかった」

「そう、答えを示さずにいられなかった」

「その気持ちは理解できるわ、リンカーン。疫学も同じだから。疑問が尽きることがない——病原体は何？　次はどこで流行する？　予防接種は可能なの？　どんな人が感染しやすい？　私も答えを突き止めずにいられなかった」ライムのもとで科学捜査の修業がしたいと初めて持ちかけたとき、疫学の研究が好きでたまらないのだとアーチャーは話した。しかし現場に出て調査することはもうできない。ラボでの研究は定型化していて退屈だ。しかし科学捜査なら、同じようにラボにこもる仕事であっても退屈することはないだろうと考えた。ライムと同様、ジュリエット・アーチャーの天敵はやはり退屈なのだ。

アーチャーは続けた。「一度、デング熱にかかったことがあります。かなり重症でした。よりによってメイン州でデング熱が流行した理由を突き止めずにはいられなかった。デング熱が熱帯病だということはご存じでしょう」

「あまり詳しくは知らない」

「なのに、ニューイングランド地方でデング熱がはやるなんて、いったいどういうことなのか。何カ月もかけて調査しました。そしてようやく答えを見つけたの。動物園の熱帯雨林の展示です。感染した人たちはみな同じ動物園に行っていました。お察しのとおり、私もそこで蚊に刺されたんです」

運命は人柄が作るもの……

アーチャーが話を続ける。「ほとんど強迫観念ですよね。あなたは犯罪が行われた現場を調べずにはいられなかった。脊髄を損傷することになった現場も、ガンオイルとコカインの謎の答えがあった現場も。私は病原菌を運んだ蚊を探し出さずにはいられなかった。私にとってこの世で何より許せないものは、解明されないままの謎なんです」鮮やかな青い色をした目がまたしてもきらめいた。「私、なぞなぞって大好き。あなたはいかがです？」

「ゲームのなぞなぞかな。それとも人生の謎か」

「ゲームのほう」

「あまりやらないな」

「なぞなぞに挑戦すると、思考の幅が広がります。いろいろ収集しました。ちょっとやってみませんか」

「いやいや、遠慮しておこう」すなわち、絶対にごめんだという意味だ。ライムの目は、背面をこちらに向けた証拠物件一覧表に向けられていた。またウィスキーを一口飲む。

アーチャーはかまわずに言った。「出題しますね。二人の息子と二人の父親が釣りに出かけました。全員が魚を釣り上げました。持ち帰った魚は三匹だけです。なぜでしょう？」

「なぜかな。ともかく、今日のところは――」

「そんなこと言わないで。考えてみて」アーチャーはあきらめなかった。

顔をしかめたものの、いつしか考えていた。一匹は逃げたとか。一匹を昼飯に食った？　一匹が別の一匹を食ったか。

アーチャーは楽しげに笑っていた。「なぞなぞのおもしろい点は、与えられた情報だけでかならず解けるところです。フィッシュサンドイッチにはなっていません。逃げた魚もいない」

ライムは肩をすくめた。「降参だ」

「まじめに考えていないでしょう。まあいいわ、答えを知りたい？」

「ああ」

「釣りに出かけたのは、祖父とその息子と孫の三人だから。父親が二人、息子が二人。でも三人だけ」

ライムは思わず笑っていた。やられた。なかなかいい。

「四人いるといったん思いこんでしまったら、その考えをどうしても頭から追い出せなくなるものでしょう。でも忘れないで――なぞなぞの答えはいつだって単純です。思考のツボさえはずさなければ」

玄関の呼び鈴が鳴った。ライムは監視カメラのモニターを確かめた。アーチャーの兄のランディだ。アーチャーは帰るのだなと思うと、ライムは小さな落胆を覚えた。トムが玄関を開けた。

アーチャーが言った。「もう一つだけ」

「聞こう」

「永遠の始まりと時空の終わりに共通するものは？」

「物質」

「違います」

「ブラックホール」

「違います」

「ワームホール」

「当てずっぽうで言っていますね。だいたい、ワームホールが何だかご存じですか」アーチャーが聞いた。

知ってはいる。だが、なぞなぞの答えがワームホールだと本気で思ったわけではない。

答えは単純……

「降参?」

「いや、もう少し考えてみよう」

まもなく、トムがアーチャーの兄を案内してきた。しばし、礼儀正しいが無意味な世間話をした。それから別れの挨拶を交わし、兄と妹は居間のアーチ形の出入り口を抜けて玄関へと向かった。途中でアーチャーが車椅子を止めて向きを変えた。「一つ聞いておきたいことがあります、リンカーン」

「何かね?」

「バクスターのことで。大きな家かアパートに住んでいましたか」

いったい何が知りたい? ライムは事件の記憶をたどった。「時価三百万ドルの家。いまの時代、その金額でどれほど広い家が買えるか知らないが。なぜそんなことを聞く?」

「銃が見つかったロングアイランドシティの倉庫を借りたのはなぜかなと思って。それだけ大きな家なら、ものをしまう場所に困らないように思います。せめてもっと自宅に近い倉庫を借りればよかったのに。ちょっと思いついただけです。じゃあ、おやすみなさい」

「おやすみ」ライムは応じた。

「なぞなぞを忘れないでくださいね。永遠と時空です」

アーチャーと車椅子は消えた。

僕がいま生きているのは、コンピューターのおかげだ。

いろんな意味で救われた。高校時代、スポーツ以外のことなら人よりうまくできた(背が高いのはバスケットボールに有利だが、がりがりに痩せているのは不利だ)。コンピューター・クラブ。数学クラブ。ゲーム。オンラインのロールプレイングゲーム。そこではどんな人間にでもなれた。アバターやフォトショップのおかげで、どんな外見にも変身できた。

そしていま、コンピューターのおかげで僕は仕事をしている。たしかに、僕はそこらを歩いている人たちとものすごく違っているというわけじゃない。しかし、ほんの少しでも違っていれば、それで足りてしまう。世の中の人たちは、みんなと違うものが好きだと言うが、それは本心じゃない。彼らが好きなのは、見て、笑い、自分が上になったような気にさせてもらえるものだけだ。だから、チェルシーの安全な子宮からオンラインで商売をするのは、僕には理想的だ。人と会わなくていいし、面と向かって話をする必要もない。じろじろ見られて我慢する必要もない。みんな愛想よくにこにこしながら、やっぱりじろじろ見る。

それに僕は、金にはまったく困っていない。

僕はいま——そう、まさに——コンピューターの前に座って、ホワイト・キャッスルを失った傷を舐めて癒やしている。キッチンテーブルの前に座っている。またキーを叩く。検索の結果に目を通す。また次の検索語をタイプする。ひゅっ。また一瞬で答えが表示される。キーを叩く音は好きだ。満ち足りた気分にさせてくれる。ほかに似た音を探してみたことがある。タイプライターとも違う。電灯のスイッチとも違う。いまのところ一番似ていると思うのは、大粒の雨がキャンプ場に張ったテントを叩く音だ。子供のころ、五回か六回、ピーターとキャンプに行った。そのうちの二度は両親も一緒だった(その二回は楽しくなかった。父さんはラジオの野球中継を聞いていて、母さんは煙草を吸いながら雑誌を眺めていた)。それでもピーターといると楽しかった。とくに雨が降ると楽しかったな。泳ぐときも、人目を気にせずにすんだ。女の子の視線とか。体格のいい男の子の視線も。

ぱた、ぱた、ぱた。

おもしろいことに、時代は人の味方をすることがあるらしいね。あの時代に生まれていたかったと言う人は少なくない。ローマ時代に。ヴィクトリア女王時代に。一九三〇年代、一九六〇年代に。でも僕はいまこの時代に生まれて幸せだ。マイクロソフト、アップル、ＨＴＭＬ、Ｗｉ‐Ｆｉ、そのほかのあらゆるもの。おかげで僕は自分の部屋にこもったまま、テーブルにパンを、ときにはベッドに女を、そして手には骨を砕くハンマーを調達することができる。必要なものを好きなだけトイ・ルームにそろえることができる。ありがとう、コンピューター。雨音みたいなキーボード、きみのことも大好きだ。またタイプする。

そんなわけで。コンピューターは僕を救った。生計を立てる道を与え、世間にあふれるショッパーから守ってくれた。

いまもまた、僕を救おうとしている。

レッドについてあらゆることを教えてくれるからだ。アメリア・サックス。ニューヨーク市警の三級刑事。

今日、レッド問題をあと一歩で解決できるところだった。もう少しで、あの頭を粉々に砕いてやれるところだった。ホワイト・キャッスルの近くで尾行した——バックパックに手を入れて、ハンマーのほっそりとした柄、女の子の足首みたいになめらかな柄を握って。じりじり距離を詰めていった。そこに別の男が現れた。レッドの知り合いだ。警察官だろうって気がした。レッドの部下らしいな。痩せた白人の若い男だった。僕と同じくらい痩せてる。まあ、そうだな、僕と同じは言いすぎだろう。背も僕より低いが、下手に関わらないほうがよさそうだ。銃と無線機を携帯しているに決まっている。

そこで、レッドのあのセクシーな車のナンバーを控えるだけでよしとした。

役に立ちそうな情報が次々出てくる。ほくほくするような情報ばかりだ。警察官の娘、警察官のパートナー。いや、厳密には元警察官か。リンカーン・ライム。有名人だ。〝身体障害を持つ人〟らしい――最近はそういう言いかたをするんだな。車椅子に乗っている。つまり僕と共通点があるわけだ。僕は身体障害を持つわけじゃない。でも、世間から向けられる目は、僕もライムもきっと同じだろう。

タイプする。大きな音を立ててタイプする。僕の指は並外れて長く、手は力強い。半年に一度くらいキーボードを壊してしまう。八つ当たりして壊すわけじゃない。

タイプする。読む。メモを取る。

レッドの情報が続々と集まる。レッドが解決した事件。レッドが優勝した射撃競技会(射撃がうまいことはきっちり覚えておこう)。

だんだん腹が立ってきた……たしかに、ホワイト・キャッスルのバーガーは食料品店でも買える。これからはそうするよ。だが、これまでとは別物になってしまう。ホワイト・キャッスルの店舗の琺瑯《ほうろう》タイルの外壁、脂や玉ねぎの匂い。弟と僕が子供のころ暮らしていた家の近所の店に行ったことは忘れない。いとこのリンディがシアトルから遊びに来ていた。僕と同じ中学生だった。女の子と出歩くのは初めてだったから、親戚じゃないふりをした。リンディにキスするところ、キスしてもらうところを想像したりもした。ホワイト・キャッスルに昼ご飯を食べに行った。プレゼントを渡した。透明なビニールのレインスカーフ。つやつやの金髪が濡れないように。ロードマップみたいに小さく折りたたまれてポーチに入っていた。紺色で中国風の図柄の刺繍《ししゅう》が入っていた。リンディは笑った。僕の頰にキスをした。

いい日だ。

それが僕にとってのホワイト・キャッスルだった。なのにレッドが僕からそれを取り上げた。

腹が立つ。本当に腹が立つ……

よし、決めたぞ。そう思った次の瞬間、また思い直した。決める決めないの問題じゃない。僕には選択の余地がないんだから。それが合図になったみたいに、オートロックのブザーが鳴った。僕は驚いて飛び上がった。パソコンのファイルを保存し、プリントアウトを隠した。それからインターコムのボタンを押した。

「ヴァーノン、私よ？」アリシアが言った。または聞いた。

「どうぞ」

「迷惑じゃなかった？」

心臓がやかましい。期待に高鳴っている。なぜかな、無意識のうちにトイ・ルームの入口を振り返っていた。僕はインターコムに向かって言った。「平気だよ」

二分後、アリシアが玄関の前に来た。僕は防犯カメラで確かめた。アリシアは一人きりだ（レッドに銃で脅されて来たわけじゃない。そういうこともあるかもしれないと僕は本気で思っている）。アリシアをなかに入れてドアを閉め、鍵をかけた。地下納骨所の入口に石の蓋がされる音を連想した。

もう後戻りはできない。

「おなかは空いてる？」僕は聞く。

「あんまり」

僕もだ。さっきまでは空いていたが。このあと起きることを思うと、それどころじゃない。

上着を預かろうとして手を伸ばしかけたが、すぐに思い出した。アリシアはいつもどおり自分でジャケットをフックにかけた。今夜も学校の先生みたいな厚手のハイネックのブラウスを着ている。逃げ回る金魚みたいにそわそわしていた。

赤と黒と銀色。

その問いは小さな塊と化している。頭のなかでそれが脈打っていた。殺したい相手がいるとき、僕がかち割ってやる骨のある位置で。

本気でやるつもりか。

レッドにぶつけたい怒りが滲《にじ》み出て、皮膚を焦がす。

やりたい。

「え？」アリシアがいつもの警戒のまなざしをこちらに向ける。気づかないうちに、声に出ていたらしい。

「一緒に来いよ」

「え、でも。どうかしたの、ヴァーノン？」

「何ともない」僕はささやき声で答える。「こっちだ」

二人でトイ・ルームの入口に立つ。アリシアはややこしい錠前を見ている。前にも見たことがあるはずだ。好奇心をそそられている。彼は何を隠しているのかしら。そう考えているだろう。この小部屋に、巣窟に、納骨所に、何があるの？　もちろん、そう思ってても口に出すことはない。

「目をつむって」

ためらっている。

僕は聞いた。「僕を信じないの？」

信じていないだろう。でも、ほかにどうしようもない。アリシアは目を閉じた。彼女の手を取った。僕の手は震えている。アリシアはちょっとためらったあと、僕の手を握り返す。汗と汗が混じり合った。

それから、その手を引いてドアの奥に入る。鋼の刃がハロゲンランプの光を跳ね返して、僕の目を射た。アリシアは平気でいる。約束どおり、アリシアは目を閉じたままでいた。

リンカーン・ライムはベッドに横たわっている。そろそろ午前零時だが、待っていても眠りは訪れない。

この一時間ほど、フロマー対ミッドウェスト・コンヴェイアンスの訴訟を振り返っていた。あのあとホイットモアから電話があり、あいかわらず陰気な、あるいは退屈な調子で、ほかに訴えられそうな相手はいないと伝えてきていた。ホルブルック弁護士の言っていたとおりだ。清掃員の作業が原因で乗降板が開いたとは考えられない。ホイットモアが依頼した私立探偵が市の捜査局の要請を受けてエスカレーターを取り外した作業員を見つけて話を聞いたが、乗降板の開閉スイッチのカバーは閉じたままで、鍵もかかっていたと話している。サックスの報告とも一致する。サックスは、うっかりであれ故意であれ、誰かが乗降板を開けるということはありえず、したがってそれが事故の原因になったとは考えられないと言っている。

もはや打つ手なしだ。それは誰の目にも明らかだった。

ライムの思考はアメリア・サックスへと漂った。

今夜、ライムはサックスの不在を痛切に意識していた。もちろん、サックスがすぐ隣にいても、その存在を身体感覚でとらえることは、ライムにはできない。しかし、サックスの規則正しい息づかいや、シャンプーと石鹸が混じり合った複雑な香り(サックスは香水を使わない)に安らぎを感じる。しかし今夜は、部屋を満たした静けさが斬りつけてくるようだった。無個性な洗剤や家具の艶出し剤の匂いや壁に並んだ本の紙の匂いが、静寂を際立たせているように思える。

今日交わした激しい言葉を思い返した。ライム自身の言葉、サックスの言葉。議論はいつものことだ。しかし今回はふだんとは違う。サックスの声の調子からわかる。しかし、なぜなのかはわからない。クーパーは本当に才能ある分析官だ。しかしニューヨーク市警鑑識課には、筆跡から弾道学、化学、復顔まで、さまざまな分野を専門とする一流の鑑識技術者やアナリストがほかにも大勢いる。それこそ選び放題だ。しかも、サックス自身も証拠分析のエキスパートではないか。GC／MSや走査型電子顕微鏡といった機器の扱いは誰かに任せたいのだろうが、ライムが分析に当たったとしても、やはりライム自身が機器を使って分析するわけではない。そこはやはり専門の技術者に任せる。

何か別の理由があるのかもしれない。母親のことだろうとライムは思った。ローズ・サックスの手術は、サックスの心にも負荷をかけているに違いない。老齢の女性にトリプルバイパス手術？　医学界とは奇跡そのものだ。しかし人間の皮膚の内側で動くマシンは、複雑きわまりないうえに壊れやすいということを思うと、生きて過ごす時間はどれも、天から貸し与えられたようなものだ。

フロマー対ミッドウェスト・コンヴェイアンスの訴訟提起が頓挫したため、メル・クーパーも明日にはまたニューヨーク市警鑑識課に復帰する。サックスは好きなだけクーパーを使うことができるわけだ。

眠気が迫ってきた。ライムの思考は今度はジュリエット・アーチャーへとたゆたった。彼女の今後の人生について思う。りっぱな科学捜査官になる素質は備わっているようだが、いまライムが考えているのは、それとは別のことだった。障害とのつきあいかただ。アーチャーはまだ、自分が置かれた状況を完全には受け入れていない。これから長く暗い道を行くことになる。本人が障害を受け入れて生きる道を選ぶのなら、だが。ライムは自分の闘いが始まったころの記憶をたぐりよせた。医師の手を借りて自ら命を絶ちたいという思いが頂点に達していた。結局はその選択肢を退け、もうしばらくは生者の世界にとどまろうと決めた。アーチャーはまだその分岐点にさえ来ていない。

果たして、どちらを選ぶだろう。

彼女の選択を、ライムはどう受け止めるのだろう。

しかし、アーチャーが選択を迫られるのは、まだ何年も先のことだ。そのころには彼女との連絡はなくなっているだろう。そんな考えにふけっていると——その思考は重たいものではあったが——ゆっくりと眠りに誘いこまれた。

十分ほどうとうとしたころ、ライムははっと目を覚まし、頭を枕からもたげた。アーチャーの穏やかなアルトの声が耳の奥に聞こえた。〝永遠（eternity）の始まりと時空(time and space）の終わりに共通するものは？〟

ライムは声を立てて笑った。

共通するものは——アルファベットの〝e〟だ。

木曜日

Ⅲ　脆弱性

16

朝だ。チェルシーの朝が来た。日よけを開け放った窓からチェルシーの朝日が射しこんでいる。

僕はトイ・ルームにいて、また日記を文字に起こしている。シスター・マリー・フランシスのたゆまぬ努力の成果が、厚手の紙に整然と並んだ僕の筆跡に表れている。

今日はエイリアン・クエストを一緒にプレイした。長い時間、三人で。サムとフランクと僕だ。学校で人気の二人と、僕! サムのお父さんは金持ちだ。何かを売る仕事らしい。病院に関係するものだって聞いたけど、よくわからない。給料がいいし、会社から車までもらえるんだって! だからサムは、ゲームをたくさん持ってるし、ゲーム機も全種類そろえてる。

よくわからないけど、いつもと違う安全なルート、シンディの家の前を通るルートで学校から帰ったあの日以来、サムとフランクから一度も嫌がらせをされていない。

それは僕と遊びたいって意味じゃないはずだ。だけど、僕と遊びたいらしいよ！　あの二人はＡチームのメンバーだ。別にそういうチームがあるわけじゃなくて、学校で一番上の階層、一番上の派閥、Ａクラスのグループに属してるってだけのことだけどね。かっこよくて、話がおもしろいから、女の子なんてよりどりみどり、誘えば絶対にＯＫだ。なのに、僕と遊びたいって言う。

嫌がらせをするのはタイ・バトラーやダノ――ゴスっぽい田舎者だ。そうさ、ロングアイランドのマナセットにも田舎者はいる。人を押しのけたり、じろじろ見てきたりして、僕を〝ひょろ長〟とか〝チンポコ野郎〟とかって呼ぶ。バトラーが僕の悪口を言うって話を聞きつけたサムは、バトラーをつかまえて「グリフィスにかまうな」って言ったらしい。それきりバトラーは手出しをしてこない。

そんなにしじゅう会うわけじゃない。サムやフランク。Ａチームの連中、女の子たち。でも、だからこそ嘘じゃないって思える。「ようグリフィス、どうだよ調子は？」そんな感じだ。ラストネームで呼んでもらえるのがすごいよね。上のほうの階層の生徒はみんなラストネームで呼び合ってるんだ。「ようグリフィス、コカ・コーラいるか？」そのあと数日とか一週間とか、また顔を合わせなかったりもする。

マジな話はできないよ。そりゃそうだ。僕はしたいけど。人と違ってることとか、違っててどんな気持ちかとか。でもそんな話、相手が誰だってできない。父さん？　まさか。野球中継の合間になら聞いてもらえるかもしれないけど、合間なんてない。

母さんは、ときどき聞いてくれる。でも、わかってはもらえない。パンやケーキを焼いたり、友達と出かけたり、手芸や料理や夕食会があって、僕の話を聞く時間なんてない。きょうだいならわかってくれそうに思うけど、ほかのことでいつも忙しそうだ。

じゃあ、サムやフランクに話してみるか？

やめておいたほうがいいと思った。せっかくの何かが壊れちゃいそうな気がするから。


日記とレコーダーを片づけた。伸びをして立ち上がり、ベッドのそばに立ってアリシアの体を見つめた。青白い肌。透き通りそうに青白い。口はなかば開き、そして目はなかば閉じていた。

きれいだ。服が乱れていても。シーツがからみついていても。

ベッドのそばに帯鋸盤《おびのこばん》がある。おそろしいくらい切れ味のいい機械だ。もしこいつが拷問器具として中世に存在していたら、どれだけの人が悪魔と縁を切ると宣言しただろう。すぱっ、すぱっ、指くらい簡単に落とせる。

何だって簡単に切り落とせる。

そのとき、声が聞こえて僕は飛び上がった。「ヴァーノン」

振り向いた。アリシアが身動きをしていた。ハロゲン電球のまぶしさに目をぱちぱちさせている。

アリシアは起き上がると、瞬《まばた》きをしながら、僕と同じように伸びをした。「おはよう」内気で用心深い声だった。

これまでアリシアから言われたことのない言葉だった。泊まったのは初めてだ。トイ・ルームを見せたのも初めてだ。この部屋は誰にも見せたことがなかった。ここを誰かに見せる日なんか絶対に来ないだろうと思っていた。

僕の安息の場所に誰かを入れるなんて、そう、本当の僕を他人に見せるなんて、とうてい無理な話だった。うまく説明できないが、彼女を入れるのは、すべてを失う覚悟でしたことだった。一夜かぎりの関係、疲れ果てるまでするセックス。それは簡単だ。しかし、たとえば女を展覧会に連れていき、自分が好きで好きでたまらない絵を見せるのは――無謀だ。だって、もし笑われたら？　退屈そうな顔をされたら？　自分と釣り合わない男だと思われたら？

二度と会いたくないと思われたら。

でも昨夜、トイ・ルームに入り、僕の指示で目を開けた瞬間、アリシアはこれまで見たことがないくらい顔を輝かせた。そして室内を見回した。ワークベンチ、鋸、工具、ハンマー、のみ。買ったばかりの鋸歯《きょし》のレーザーソーも見た。僕のお気に入りの工具、子供のように愛おしい工具。さまざまなスティールの表面が跳ね返した青白い光がアリシアの青白い額や頬をぼんやり照らしているのを見て、僕はうれしくなった。

でも、アリシアが何よりうっとりと見つめたのは、そういった工具を使って僕が作ったものだった。

「全部あなたが作ったの？」ゆうべ、アリシアは聞いた。

「まあね」僕は不安に思いながら答えた。

「すごいわ、ヴァーノン。アートね」

それを聞いて、僕の人生はそれ以上望めないほど完全になった。

いい日だ……

昨夜は、すぐに二人ともすごく、ものすごく忙しくなった。そのあとは熟睡してしまった。そしていま、朝になってから、アリシアは僕が作ったものをもっと見てみたいと言った。


僕が目をそむけたりローブを差し出したりする前にアリシアはベッドから立ち上がった。そして、僕がこの部屋を見せたことに通じるようなことをした。光が満ちあふれているのに、アリシアは裸のままでいた。だから僕にも傷痕がはっきりと見えた。こんなふうに隠すことなく見せるのは初めてだ。服を着ているときは、ハイネックのワンピースやブラウスが傷痕を隠している。ベッドにいるあいだは、明かりを暗くしているか、完全に消している。でもいまは、太陽の光のなか、彼女の体のすみずみまではっきりと見えていた。乳房やももに直線状の傷、下腹にはやけどの痕。ものすごい力で腕を曲げられて、青白い肌を骨が突き破った痕も見えた。

僕はアリシアに同情を感じる。体の外側についた傷、内側に残った傷。何もかもが夫の記憶と、何年も前のむごい経験と、結びついている。僕はアリシアを元の姿に戻してやりたいと思う。完全な彼女に戻してやりたい。夫にねじられた腕を元どおりにしてやりたい。下腹のやけどを消し、乳房の皮膚をなめらかにしてやりたい。しかし僕が持っているのは鋼の工具だけで、どれも正反対の用途にしか使えない。肉を切り、つぶし、裂くことしかできない。

でも、僕にできることもある。醜い皮膚には目を向けず（これは簡単）、彼女をどれほど欲しいか示す（いまこの瞬間も見間違いようがないほど明らか）ことだ。それにもう一つ、心についたほうの傷を癒やす手伝いもできる。

アリシアは僕の目を見上げた。唇に笑みらしきものがうっすらと浮かんだ。それから、僕ら二人分の染みがついたシーツを巻いて、傷だらけの体を隠した。ふつうのカップルなら目覚めたあと最初にすることだからだ。アリシアは棚の前に立つと、僕が自慢の工具を使って作ったミニチュアを一つずつ見ていった。

僕は原則として家具しか作らない。玩具は作らない。ディスカウント店に並んでいるみたいな、プラスチック製とか、中国の子供が適当な木材を糊で貼り合わせたような安っぽい玩具は作らない。手の込んだ完成度の高い作品を作る。サイズがとてもとてもとても小さいだけだ。一つの作品に何日も、ときには何週間もかける。模型メーカーが使うような旋盤で脚を削り、繊細なレーザーソーで継ぎ目をなめらかにし、抽斗《ひきだし》やデスクやベッドのヘッドボードにはニスを十層重ねて塗り、秋の色を映した静かな池の水面のような光沢と色の深みを出す。

アリシアが言った。「ハイポイントの工房で見るようなものばかりだわ。ハイポイントというのはノースカロライナ州の街のことよ。本物の家具を作っているところ。ヴァーノン、どれもこれもすばらしいわ」顔を見れば、社交辞令じゃないとわかる。「何かを販売して生計を立てていると言っていたわよね。ｅＢａｙなんかのウェブサイトで販売してるって。よそで買ってきたものに利益を上乗せして売っているだけだと思ってた」

「違う。そんなことをしてもつまらない。ものを作るのが好きなんだ」

「〝もの〟なんて呼んではいけないわ。これは〝もの〟ではないわ。アートよ」アリシアはまたそう言った。

僕の顔は赤くなっているかもしれない。どうかな。一瞬、アリシアを抱き締めてキスしたくなった。ただし、いつものように、ただ彼女の体を押さえつけて、指や唇や乳首や股間を味わうのとは違う。彼女のこめかみに唇を押し当てたくなった。これは愛なのかもしれないが、僕は愛がどんなものか知らないし、いまはよけいなことを考えたくない。

「すごいワークショップね」アリシアが部屋を見回しながら言った。

「僕の〈トイ・ルーム〉だ。そう呼んでる」

「こういう仕事だって、どうして話してくれなかったの？　はぐらかしてばかりいたわよね」

「それはただ……」僕は肩をすくめた。理由は、もちろん、ショッパーだ。いじめっ子たち。無作法なやつら。他人を傷つけておもしろがる連中。ヴァーノン・グリフィスは薄暗い部屋に引きこもっておもちゃを作っている……そんな変質者みたいな男と誰がつきあいたいと思う？　センスのいい男、クールな男、ハンサムな男のほうがいいに決まっている。

僕は答えなかった。

「どんな人が買うの？」

笑わずにはいられなかった。「娘にバカ高い〈アメリカン・ガール・ドール〉を買い与える層だよ。弁護士とか、医者とか、企業のＣＥＯとか。幼い娘のためなら金に糸目をつけない親たち」彼らが僕の作品の価値をわかって買っているわけじゃないことは知っている。僕が一つ千ドルで売るような作品も、ポリウレタンでできた大量生産品も同じだと思っている。パッケージを開けた子供が顔に喜びを浮かべることもないだろう（親たちに比べれば、感激の度合いは一ミリくらい大きいだろうが）。成功者たちが買う理由はそれじゃない。近所の住人に見せびらかすためだ。〝そうだ、アシュリーのためにこんなものを特注で作らせましてね。チーク材なんです〟。

（誰かの頭骨をかち割ったり柔らかな喉を切り裂いたりしたのと同じ手、同じ美しい工具を使って製作された抽斗を、かわいらしい娘のためにと買い求める親心の悲哀を思わずにはいられない）。

しかし大方の購入者はいたく満足している。投稿されたレビューは僕の作品を絶賛するものばかりだ。

「あら、見て。歴史を再現した作品もあるのね」アリシアは石弓や攻城塔、中世の晩餐会用テーブル、拷問台（おもしろいことに、僕のベストセラーの一つだ）を見ていた。

「ドラマの『ゲーム・オブ・スローンズ』がヒットしたおかげだよ。『ホビット』の映画が公開されたときは、エルフやオークのものをいろいろ作った。一般的なデザインにしておけば、中世風のものはよく売れる。『ハンガー・ゲーム』風のものも作ろうと思ったけど、商標や著作権の問題が面倒くさそうだと思ってやめた。ディズニーものにも要注意かな。あと、ピクサーも。そうだ、これ見て」

棚から本を取って表紙をアリシアに向けた。『未解決殺人事件のミニチュア演習』。

「何の本なの、ヴァーノン？」アリシアがすぐそばに体を寄せてきて、僕がめくっているる本のページをのぞきこんだ。

「莫大な遺産を相続したシカゴの女性の本でね。ずっと昔の人だ。一九六二年に死んでる。フランシス・グレスナー・リー。聞いたことない？」

「ないわ」

「これが大した人なんだ。遺産があるから生活には困らないのに、社交に明け暮れたりはしなかった。犯罪に魅了された。とくに殺人事件にね。警察関係者を招いた豪華な晩餐会を主催したりして、殺人事件の捜査を徹底的に学んだ。でもそれだけじゃ足りなかった。そこで有名な殺人事件の資料を手に入れて、犯行現場のジオラマを作った。ドールハウスの部屋みたいなものを作ったんだ。細部まで完璧に再現されていた」

その本は、リーが製作したミニ犯行現場の写真を集めたものだ。〈三部屋ある住居〉とか〈ピンク色のバスルーム〉といった名前がつけられている。どの現場にも人形でできた死体が、実際に発見された状態で横たわり、血痕まで発見時のとおりに再現されている。

ふいにレッドのことを思い出した。ミズ・〝ショッパー〟・アメリア・サックスの専門は、現場鑑識らしい。新しいことが二つ頭に浮かんだ。レッドならきっとこの本を気に入るだろう。

もう一つ浮かんだのは——あのバランスの取れた体を人形で再現し、レッドの寝室の床に横たえたジオラマだ。ぱっくりと割れた頭骨、流れ出した血よりもっと鮮やかな赤い色をした髪。

リーが完璧に再現したディテールのいくつかを見て二人でちょっと笑ったりしたあと、僕は本を棚に戻した。

「一つあげるよ」僕は言った。

アリシアが振り返った。「一つって？　何を？」

僕は棚に顎をしゃくった。「ミニチュア」

「え……そんな、悪いわ。だって、販売用の在庫でしょう？」

「そうだけど、客は待ってくれる。どれがいい？　どれか気に入ったのはある？」

アリシアは棚のほうに身を乗り出した。フードつきのベビーカーを見つめている。

「完璧よね」そう言って微笑んだ。笑みを作るのはこれで二度目だ。

四輪のベビーカーのミニチュアは二つあった。片方は注文を受けて作ったものだが、もう一つは、ベビーカーを作るのは楽しいから作っただけのものだ。どうして楽しいのかわからない。赤ん坊や子供は、これまでも、いまも、将来も、僕の人生に無関係な存在だ。

アリシアは注文があって作ったほうを指さした。出来がいいほうの一つだ。僕はそれを棚から取ってアリシアの掌に置いた。アリシアはおそるおそる指先で触れながら言った。「完璧よね。どこを見ても完璧。見て、車輪もちゃんと回る！　スプリングまで入ってるわ！」

「そのほうが乗り心地がいいから」僕は言った。

「ありがとう、ヴァーノン」アリシアは僕の頰にキスをした。それから向きを変え、シーツを滑らせて床に落とすと、ベッドに横たわって僕を見上げた。

僕は迷った。一時間くらい遅くなっても大勢に影響はないだろう。

それに、今日、僕が殺すはずの人物に、この世で過ごす時間を少し余分にやるのは慈悲深い行為だろう。

「そいつをどこかへ引き取ってもらってくれ」ライムはうなるような声でトムに言い、エスカレーターのほうに顎をしゃくった。

「あの証拠物件Aのことですか。僕にどうしろと？　重量五トンもある産業用機械ですよ」

エスカレーターがそこにあるというだけで無性に腹が立つ。〝証拠物件A〟として法廷で示されるはずだったのに、その可能性はなくなったという事実をいやというほど突きつけてくる。

トムはエスカレーターについてきた書類を探していた。「ホイットモアに連絡したらいかがです？　あっと、ミスター・ホイットモアでしたね。手配したのはあの人でしょう」

「電話ならもうした。折り返し電話するよう頼んだが、かかってこない」

「いいですか、リンカーン。この件はホイットモアにまかせるのが最善だとは思いませんか。それとも、僕にクレイグスリストを検索して〝一部分だけのエスカレーター引き取りサービス〟を探せと？」

「クレイグスリストとは何だ？」（ネット上の『イエローページ』のようなサービス。利用者が広告を投稿できる）

「貸してくれた建設会社にホイットモアから連絡してもらいましょう。ちゃんとした会社のようですからね。ほら、床に傷一つついていません。意外でした」

玄関の呼び鈴が鳴った。喜ぶべきことに、来たのはジュリエット・アーチャーだった。今日は一人のようだ。兄の付き添いはない。〝危なっかしい〟スロープは自分一人で上れると言い張り、歩道際で車から降ろしてもらったのだろう。赤ん坊扱いを拒んだわけだ。

アーチャーにどんな課題を与えようか。ライムの胸を高鳴らせるような仕事はいまのところない。ミュンヘンの科学捜査学校から依頼された学術的リサーチ、ときおり寄稿している科学誌のための質量分析法に関する見解を表明する論文、煙から微細証拠を抽出する手法の企画書。あるのはそれくらいだ。

「おはようございます」アーチャーが車椅子を操作しながら居間に入ってきた。トムに微笑みかける。

「お帰りなさい」トムが応じた。

ライムは言った。「きみ、ひょっとしてドイツ語はできるかね?」

「いいえ、残念ながら」

「ふむ、そうか。きみにやってもらうことを何か探そう。そう退屈ではないプロジェクトがいくつかあると思う」

「私は退屈であろうとなかろうと、喜んでやります。あっと、修飾関係がおかしな文章を話してしまってすみません」

ライムは小さな笑い声を漏らした。たしかに、いまのアーチャーの言いかただと、

〝アーチャーという人物が退屈であろうとなかろうと、アーチャーはどんなプロジェクトでも喜んで取り組む〟という意味にも解釈できる。文法や句読点、構文は、ときに無情な裏切り者になる。

「朝食は召し上がりますか、ジュリエット？」トムが聞いた。

「いえ、食べてきましたから。ありがとう」

「リンカーン、あなたは？　今日は何になさいますか」

ライムは車椅子を操ってエスカレーターのモックアップに近づいた。「一つひとつのパーツは、どんなに重くても五十キロといったところだろう。しろうとでも分解できそうだ。しかし、まあ、専門家を待ったほうが無難か――」

トムが同じ質問を繰り返している。

しかしライムの耳には届いていなかった。

「リンカーン？……どうかしましたか……何もそんな目でにらまなくてもいいでしょう。朝食は何がいいかと聞いただけです」

ライムはトムを無視し、車椅子をさらに進めて足場のすぐ手前まで近づくと、危険な乗降板やその下のピット、ラッチを操作するスイッチやサーボモーターなどをじっと観察した。

「エンジニアリングの鉄則ナンバー1は何だ？」ささやくような声で聞く。

「さあ、何でしょうね。朝食は何にします？」

ライムは自分の問いに自分で答えた。「効率だ。設計する上で、求められる機能を実現するのに不要な――」

アーチャーが後を引き取って続けた。「――部品は排除すべき」

「そのとおりだ！」

トムが言った。「はいはい、わかりました。それが鉄則なんですね。で、パンケーキがいいですか？　それともベーグル？　ヨーグルト？　その三つ全部？」

「この役立たず」ライムはつぶやいた。ただし、トムに向かってではなく、自分に向けて。

「どうしたんですか、リンカーン」アーチャーが言った。

自分は間違っていた。リンカーン・ライムを何より猛烈に腹立たせるのは、自分の間違いだ。車椅子をくるりと回転させ、手近なパソコンの前に突進すると、メル・クーパーが撮影したエスカレーター内部のクローズアップ写真をディスプレイに呼び出した。

ああ、やはりそうか、思ったとおりだ。

なぜこれを見逃した？

実際には、その決定的な事実を見逃したわけではなかった。気づいたのに、どうにも許しがたいことにその意味を精査しなかった。頭のなかでこう考えただけだった。

スイッチから出たケーブルが……内側のサーボユニットの外面にある差し込み口の一つに接続されている。

差し込み口の一つに。

アーチャーに向かって説明した。「ラッチを操作するサーボモーターを見てみろ。右側だ」

「ああ」アーチャーの声にもやはり嫌悪がかすかに聞き取れた。「差し込み口が二つありますね」

「そのとおり」

「二つあると気づいてたのに。しっかり見ていたのに」アーチャーは首を振っていた。

ライムは眉間に皺を寄せた。「そう、しっかり見たのに、だ」

サーボモーターに接続するもの——たとえば別のスイッチ——がもう一つあるわけではないとすれば、差し込み口が二つあるのは不自然だ。

もちろん、いま目の前にあるこのモックアップだけの仕様なのかもしれない。事故を起こしたエスカレーターにもやはり二つあるのだろうか。ライムはアーチャーにそのことを尋ねた。

アーチャーはアメリア・サックスが非公式に撮影した写真のなかに、その部分を写したものがあったはずだと指摘した。

「そうか、写真があったな」ライムは写真をディスプレイに呼び出した。

トムがまた尋ねる。「リンカーン。朝食は?」

「あとにしてくれ」

「いいえ、いま食べてください」

「何だっていい。何だってかまわん」ライムとアーチャーは写真を凝視した。しかし答えは得られなかった。撮影したアングルの問題もあるが、悲劇が起きたピットの内側は血だらけで、問題の箇所がよく見えない。

「もう一つスイッチがあるのか」ライムは低い声で言った。

アーチャーが言った。「そして、そのもう一つのスイッチが故障した。うまくいけば、そのスイッチを作ったのは、ミッドウェスト・コンヴェイアンス社ではなく、別の会社なのかもしれない。多額の資産を持つ別の会社」

ライムは続けた。「どこにある？　もう一つのスイッチはどこにありそうだ？　マニュアルには何か書いていないか？」

アーチャーはダウンロードしてあったマニュアルに目を通したあと、それらしき記述はないと報告した。「どうすれば確認できるかしら」

「一つ考えがある。ブルックリンのショッピングセンター。事故が起きたショッピングセンターだ。そこにあるエスカレーターはみな同じ仕様ではないか」

「ええ、おそらく」

「そこでだ。ホイットモアのところの私立探偵に頼んで——きっと十人くらい雇っているだろうからね——エスカレーターのステップにわざと何かはさませる。エスカレーターを強引に止めるわけだ」ライムはうなずいた。なかなかいい考えだ。「ショッピングセンターは即座に修理を依頼するだろう。ホイットモアの探偵はその場に残り、乗降板を開いたところを写真に撮る」

聞き耳を立てていたトムが眉をひそめた。「それ、真面目に言ってるんですか、リンカーン？ 一線を越えてません？」

ライムは顔をしかめた。「私はサンディ・フロマーと息子のためを思って言っているんだがね」

ジュリエット・アーチャーが言った。「その作戦を実行する前に、一つ試してみたいことがあります」

ライムとしては、妨害工作のアイデアが気に入っていた。しかしアーチャーにはこう答えた。「どんなことかね？」


「もしもし？」

「弁護士のミスター・ホルブルックでいらっしゃいますか」

「そうです。そちらは？」ライムの固定電話のスピーカーがびりびり震えた。

「ジュリエット・アーチャーと申します。昨日、スカイプでお話しした、エヴァーズ・ホイットモアとリンカーン・ライムと一緒に仕事をしています」

とっさに思い出せなかったのだろう、一瞬の間があった。「ああ、訴訟の件。弁護士とコンサルタント。損害賠償請求訴訟。グレッグ・フロマー」

「それです」

「ええ、あなたの名前を誰かがちらっと言っていましたね、覚えていますよ。あなたもコンサルタントで？」

アーチャーの表情が険しくなった。青い瞳は床を注視している。集中しているのだろう。完全に集中している。

「そうです」

ホルブルックは皮肉めいた調子でぼそぼそと続けた。「こちらは支払い能力がないままですよ。あれから何も変わっていない。昨日も話したとおり、自動停止解除の申し立てをしたいなら、どうぞご自由に。こちらの管財人は抵抗するでしょうし、裁判所は却下するでしょうね。でも、やってみるのは自由だ」

「いいえ、今日はそれとは別の件でお電話しました」アーチャーの声の調子は、見習い初日にライムに追い払われかけたときと同じ、よそよそしいものだった。

いったいどんな話を切り出そうとしているのか。

「別の件とは？」ホルブルックが尋ねた。

「昨日、ほかの被告を探してみるようアドバイスをいただきましたが、これまでのところ見つかっていません」

ホルブルックは警戒した口調で応じた。「そうでしょうね。私も見つかるだろうと思って言ったわけじゃありませんし。今回の事故の責任は、全面的にミッドウェスト・コンヴェイアンス社にあります。それは認めましたよ。おたくのクライアント――遺族には同情しますが、役には立てそうにない」

「〝見つかるだろうと思って言ったわけじゃない〟」アーチャーはホルブルックの言葉を繰り返した。「支払い能力のありそうな被告候補が一社だけあるのに、あなたはそれを教えてくださらなかった」

沈黙。

「何の話かおわかりでしょう？」

「ミズ・アーチャー、何をおっしゃりたいんですかな」

「乗降板を開くもう一つのスイッチのことをあなたは黙っていましたね」

「もう一つのスイッチ？」ホルブルックの言葉つきからするに、時間稼ぎだろう。

「こちらがお尋ねしてるんです、ミスター・ホルブルック。製造したのはどちらの会社か。どんな仕組みか。それを教えていただきたいんです」

「いや、やはりお役に立てそうにありませんね、ミズ・アーチャー。これで失礼しますよ」

「この訴訟のもう一人のコンサルタント、リンカーン・ライムは、捜査顧問として、これまで主にニューヨーク市警や――」

「今回の管轄裁判所はニューヨークじゃない」

「最後まで聞いてください。ニューヨーク市警やＦＢＩの捜査に協力してきました」

「州刑法や連邦刑法上の犯罪は起きていませんよ。それに、守秘義務がありますから、契約関係にある会社の話はできません」

「つまり、乗降板を開くスイッチはもう一つ存在することを認めるわけですね」

「いや……ともかく、この会話を続けるつもりはありません。電話を切らせてもらいますよ――」

「あなたが電話を切ったら、私はすぐにサンディ・フロマーに電話をかけて、弁護士同席の記者会見を開くよう勧めます。ご主人の死の責任の所在を知りたいのに、ミッドウェスト・コンヴェイアンス社はまったく協力しないと。そうだ、〝隠蔽〟という表現を使うように提案します。破産裁判所の心証は悪くなるでしょうね。いえ、それ以上に、債権者の心証が悪くなる。債権者は、役員の個人資産を処分するのが先だろうと考えますから」

溜め息が聞こえた。

「協力してください。ミセス・フロマーは夫を亡くし、これから息子さんを育てていかなければならない。さっき遺族に同情するとおっしゃったのは本心でしょう。そこから一歩踏み出して、教えてください。お願いします。もう一つのスイッチを製造している会社はどこですか」

「読書を楽しむ時間はありますか、ミズ・アーチャー？」

アーチャーが眉根を寄せた。ライムの顔をちらりとうかがう。「ええ、たまには」

本のページがめくられる音がスピーカーからかすかに聞こえた。

ホルブルックは言った。「私は『エンターテインメント・ウィークリー』の大ファンでね。『フライフィッシング・トゥデイ』も愛読してます。でも、『月刊産業システム』にも目を通すように心がけているんですよ。ことに三月号は役立つ情報が満載でした。四十ページから四十一ページ」

「では、さよなら、ミズ・アーチャー。またかけてきても、もう出ませんから」

「あの――」

電話はぷつりと切れた。

「おみごと」ライムは言った。「『ボストン・ロー』で学んだ話術か」

「『ボストン・リーガル』」アーチャーは言い間違いを正した。「でも、違います。いまのはアドリブ」

ライムはすでにネット検索を始めていた。ホルブルックが挙げた月刊誌の電子書籍版を探し出し、スクロールして該当ページを開いた。CIRマイクロシステムズという会社の製品を宣伝する広告記事だった。技術的な説明ばかりで、さっと読んだだけではさっぱり理解できなかった。取り上げられている製品は灰色の箱のようなもので、何本ものケーブルが突き出している。写真に添えられた説明によれば、〈データワイズ5000〉というらしい。

「何だろうな、これは？」ライムは言った。

アーチャーはわからないと首を振り、パソコンに向き直った。グーグル検索ですぐに答えがわかった。「へえ。何だと思います？　〝スマートコントローラー〟ですって」

「聞き覚えのあるフレーズだ。もう少し情報はないか」

アーチャーはしばらく記事に目を通したあと、要約した。「いろんな製品に内蔵されているようですね。昇降装置――エスカレーターやエレベーター――自動車、電車、産業機械、医療機器、建設機械。家庭用の機器にも。ガスコンロ、暖房器具、室内照明、セキュリティ装置、玄関錠。スマートフォンやタブレット、パソコンを使って、どこにいてもこれを内蔵した機械とデータをやりとりできる。離れた場所から操作することも可能」

「つまり、メンテナンス作業員が間違って信号を送り、乗降板を開けてしまったおそれがあるということか。あるいは、浮遊電波がスイッチを操作してしまった」

「ありえますね。いまウィキペディアを見ています……あら」

「何だ？」

「ＣＩＲマイクロシステムズのページ。コントローラーを作っている会社」

「で？」

「社長のヴィネイ・パース・チョーダリーは、次世代のビル・ゲイツと呼ばれているそうです」アーチャーはライムに視線を向けた。「会社の時価総額は八千億ドル。さっそくエヴァーズ・ホイットモアに連絡しましょう。ゲームを再開できそうですから」

17

ショッピングモールの現場で見つかったニスや化粧品のブランドやおがくずの種類について、鑑識本部から続報はまだ届いていなかった。ホワイト・キャッスルの紙ナプキンの微細証拠やＤＮＡの分析についても同じだ。

しかし、白タク営業所からは有望な情報がもたらされた。

「わかりました」サックスの向かい側に座ったロナルド・プラスキーがメモ帳を持ち上げてみせた。二人は市警本部の未詳40号事件捜査本部にいる。プラスキーはメモ帳から読み上げた。「エドゥアルドというドライバーが未詳40号を記憶していました。ホワイト・キャッスルの向かい側で乗せたそうです。そのとき、ハンバーガーがたくさん入った袋を提げていた。未詳は車のなかで食べたそうです。一ダース。もっとあったかもしれない。ときおり独り言をつぶやいたりして、ちょっと不気味だった。事件発生当日の話です」

「そのドライバーは未詳の顔を見たって？」

「それが、あまり。本人によると――痩せていて手足が長い。長身。緑色のジャケットとアトランタ・ブレーブスの野球帽」

サックスは尋ねた。「よく見えなかったのはどうして？」

「ガラスが曇っていたから。運転席との境のパーティションのことです。プレキシガラスの」

プラスキーは続けた。ドライバーは未詳をマンハッタンのダウンタウンで降ろしている。事件現場から四ブロックほどの距離の地点だ。

「何時ごろ？」

「午後六時ごろだそうです」

事件発生の何時間も前だ。そのあいだの時間、未詳はどこで何をしていたのだろう。

プラスキーがさらに付け加える。「ドライバーは未詳を降ろした交差点でしばらく車を停めていたそうです。電話をかける用事があったか何かで。そこから未詳の姿が見えた。未詳はその交差点周辺の建物には入らず、次の交差点まで歩いたそうです。そこでタクシーから降りてもよかったんでしょうけど、もしかしたら、特定の建物に入るところを見られたくなかったのかもしれませんね」プラスキーはパソコンを立ち上げ、ネット上のニューヨーク市地図を呼び出した。

衛星写真を眺め、ビルの一つの屋上を指先で叩いた。「これだな。ドライバーの説明からすると、きっとこの建物です」

地上で撮影した写真に切り替えると、外壁がテラコッタ色をした小さなビルだった。

「工場。オフィスビル。倉庫かしら」

「住宅ではなさそうですね」

サックスは言った。「見に行きましょう」

二人は市警本部から地上に降り、サックスの車に乗りこんだ。十分後、車はダウンタウンの渋滞につかまっていた。サックスは割りこめる隙間を見つけてはギアを落としてアクセルを踏みこみ、しきりに車線を変更した。いつも以上に強気な運転だった。

いつもと同じ考えが頭をよぎった。行った先でどんなことが判明するだろう？　手がかりに導かれて、捜査を進展させる小さな事実を入手できることもある。ときには、時間の無駄に終わることもある。

そしてごくまれに、手がかりがまっすぐ犯人の家の玄関に案内してくれることがある。


メル・クーパーはセントラルパーク・ウェストに面したライムのタウンハウスの居間に戻ってきていた。

悪いな、アメリア——ライムは思った。新しい被告候補が見つかったいま、きみよりも私のほうがクーパーを必要としている。反論があればあとで聞くよ。

エヴァーズ・ホイットモアも来ている。

三人は居間の暗い一角をそろってのぞきこんでいる。そこではジュリエット・アーチャーがパソコンの前に座り、音声でパソコンを操ろうと奮闘していた。

「三行上。二語右。選択。カット……」

　ショートカットのない人生はおそろしく不便なものだ。身体に障害があると、いきなり十九世紀に戻されてしまう。何をするにも時間がかかる。ライム自身、視線検出や、耳にLEDデバイスを装着してディスプレイに照射する技術など、さまざまなものを試した。しかし結局は従来の方式――手で使うジョイスティックやタッチパッドに戻った。扱いが難しくて時間がかかるのは確かだが、マウスを使うノーマルな方法とさほど変わらない。ライムも練習を積んでマスターした。アーチャーはまだ自分に合った代替の操作法を見つけていないだけのことだ。

　数分後、アーチャーは車椅子の向きを変えて三人の輪に加わった。近くのディスプレイにたったいまのリサーチの成果が表示されていたが、アーチャーはディスプレイ上でほのかな光を放っているメモは一瞥《いちべつ》たりともせず、判明した事実をそらで話し始めた。

「いろいろわかりました。CIRマイクロシステムズ。社長はヴィネイ・チョーダリー。全米最大のスマートコントローラー・メーカーです。年間売上高は二十億ドル」

「ほう、それは期待が持てそうだ」よくも悪くも動じないホイットモアが言った。

「スマートコントローラーは、簡単に言ってしまえばWi-Fiまたはブルートゥース通信またはセルラー通信が可能な小型コンピューターで、機械や家電に内蔵されています。仕組みはごく単純です。たとえばガスコンロなら、コントローラーはガスコンロのメーカーのクラウドサーバーとオンラインで接続されています。持ち主はスマートフォンにインストールしたアプリを介して、世界中どこにいても自宅のガスコンロと通信できます。サーバーにログインして、コントローラーに信号を送ったり、逆にコントローラーから信号を受け取ったりできる——ガスコンロのオンオフができるわけです。メーカーも、それとは別にガスコンロと通信して、コントローラーからデータを集めます。利用情報、診断情報、次回保守点検日、故障の有無——オーブン内を照らす電球が切れれば、そのアラートも受け取れるそうです」

クーパーが言った。「そのデータワイズ5000コントローラーがトラブルを起こした事例は？　妙なタイミングで作動したりとか」

「いま調べたかぎりでは見つかりませんでしたけど、言ってみれば〝グーグル・ルーレット〟を回してみただけみたいなものだから。もう少し時間をかけて調べれば、何かわかるかもしれません」

「そのコントローラーはどうやって乗降板を開けた？」ライムは考えをめぐらせながら言った。「ショッピングセンターのどこかから来た浮遊電波をコントローラーがキャッチして、乗降板を開けたのか。それとも、クラウド経由で信号が送られたのか。データワイズ5000がショートして、開けろというコマンドを発してしまったのか」

パソコンで何か調べていたアーチャーが顔を上げて言った。「こんなものが出てきました。ちょっと見てください。あるブログの二カ月くらい前のエントリーです。ブログの名前は〈ソーシャル・エンジニアリング・セカンドリー〉。きっと〝秒〟のセカンドですね。毎秒ごとにアップデートされるということかしら。マンスリー、とかウィークリー、と同じで。あまりうまい命名とは思えないけど」

ライムは言った。「〝才人、才におぼれる〟という言い回しが思い浮かぶな」

四人はそのエントリーに目を通した。

便利＝死？

モノのインターネット（ＩｏＴ）にひそむ危険

消費者を甘やかすテクノロジーは、我々の死を意味するのだろうか。

ポンプを押すと泡になって出てくる液体石鹼から、夕食の時間に合わせて届くカロリー管理万全の食事セットまで、各企業は消費者の生活を乗っ取るかのような商品を続々と市場に投入している。多忙な仕事人や家族が時間を節約し――場合によってはお金も――ゆとりある日々を過ごせるようサポートするというのが大義名分だ。しかし、そういった商品の多くは、マーケットが類似商品で飽和し、ブランドの差別化がもはや望めないなか、なんとか日銭を稼ぎたいという企業の苦しまぎれの方策であるというのが現実だろう。

そして、その便利さの裏にダークサイドが隠されている。

〝モノのインターネット〟または〝ＩｏＴ〟と呼ばれているものだ。

家電、道具、冷暖房システム、自動車、工業製品の多くがコンピューターを内蔵しており、消費者は遠く離れた場所からアクセスすることが可能になっている。ホームセキュリティシステムなどでは何年も前から導入されていた仕組みで、Ｗｉ−Ｆｉネットワークや携帯電話サービスに接続された防犯カメラは小型コンピューターに匹敵する性能を持っている。外出先からインターネット上のサイト——セキュア接続が謳われている——にログインし、泥棒がリビングルームを物色中だったりしないか確認したり、ベビーシッターの仕事ぶりに目を光らせたりできるのだ。

いま、そういった〝アプリ対応機器〟（すなわちコンピューター回路を内蔵した機器）が生活のなかに急増している。

そういった機器は無駄な出費を減らし、生活をますます便利にしてくれるだろう。外出先からオーブンをオンにして予熱したり、帰宅途中に暖房を入れておいたり、水道工事の作業員が来るとわかっていれば一時間だけ玄関のロックを開けておいたり（そして防犯カメラを使って作業の様子を見守ることだってできる！）、凍るように寒い日には外に出る前に車のエンジンをかけておいたり……ああ、なんと便利なのだろう！　ありがたいことばかりではないか。

誰も反論はできない。そう思うだろう？

しかし私には反論がある。

起こりうる事態を二つ、例に挙げよう。

１　あなたのデータは安全？

大部分のスマートコントローラーシステムでは、家庭にある電化製品とそのメーカーが運営するネット上のクラウドサーバーが常時接続されている。プライバシー最優先が〝保証〟されてはいるが、どのメーカーも製品のステータスや消費者の使用履歴などのデータを、しばしば消費者に知らせることなく、収集している。そういった情報はデータマイナーに販売されていると思っていい。個人が特定されないよう何らかの対策が講じられているとはいえ、つい先週も、カリフォルニア州フレズノ在住の十三歳の少年が、ジェネラル・ヒーティング社製のスマートコントローラー内蔵暖房器具の購入者の氏名、住所、クレジットカード番号のリストを入手していたと報じられたばかりだということを考えると――本当に安全だろうか。少年の供述によれば、そのリストをダウンロードするのにたった六分しかかからなかったという。

２　あなたの命は安全？

さらに気がかりなのは、スマートシステムが誤作動を起こした場合の人的被害だ。データ収集のみならず、スマート機器の機能はすべてコントローラーで管理されるため、たとえばあなたがシャワーを浴びている最中に、温水器が湯温を百度に上げろというシグナルを受け取ってしまうという事態も、理屈の上では起こりうる。ほかには、火災が発生したとき、コントローラーが玄関の鍵をかけ、住人を家のなかに閉じこめたうえ、消防署に通報するのを拒むこともあるかもしれない。誤報だから消防車の出動は必要ないと勝手に伝え、あなたと家族はむごい死を遂げることになるかもしれない。

メーカーはもちろん、そんなことはありえないと言うだろう。ネットワークキーや暗号化、パスワードといった安全対策が取られていると言うに決まっている。

筆者は最近、そういったコントローラーを購入してみた。CIRマイクロシステムズのデータワイズ5000という製品だ。これはもっとも普及しているモデルで、温水器からエレベーター、電子レンジまで、身の回りのあらゆるものに組みこまれている。しかし大量の電波が飛び交っている環境に置いたところ、誤作動が発生した。自動車や医療機器、危険な産業機械、ガスコンロなどに内蔵されているものが同じような誤作動を起こしたら、大惨事になっているだろう。

自分に問うてみてほしい。便利さは、果たしてあなた自身やあなたの子供たちの命を危険にさらしてもなお手に入れたいものなのかどうかを。

「大当たりですね」アーチャーが微笑む。

それよりは控えめな表情で、ホイットモアが言った。「周囲の電波を遮断する仕組みがなかったという点で、コントローラーに欠陥があったという主張が可能になりそうですね」

ライムは言った。「そのブログを書いているのは誰だ？　その人物から話が聞きたい」

しかしブログには運営者の個人的な情報はほとんど載っておらず、連絡先もない。

ライムは言った。「ロドニーだな」

「え、誰ですか」アーチャーが聞いた。

「すぐにわかる」ライムはクーパーに目配せをした。クーパーは訳知り顔でにやりと笑った。「ボリュームを下げておこう」そう言ってスピーカーフォンの音量調節つまみを回した。

音量を下げておいてもやはり、まもなく電話がつながるなり、やかましいロック音楽がライムの居間に轟《とどろ》き渡った。

「まだ足りなかったな」ライムが言うと、クーパーが音量をさらに下げた。

電話の相手の声が聞こえた。「はい？」

アーチャーは興味津々といった様子で眉間に皺を寄せた。

「ロドニー！　音楽を止めてもらえるか」

「ちょっと待ってください。どうも、リンカーン」どすどすと轟くベースの低音がささやき声程度まで収まったが、完全に止まることはなかった。

ロドニー・サーネックはニューヨーク市警のエリート集団、サイバー犯罪対策課のベテラン刑事の一人だ。事件捜査のデジタルな側面から犯人を特定したり、ほかの刑事に助言したりしてその才能を高く評価される一方で、地球上でもっともやかましいジャンルの音楽への傾倒ぶりが周囲を苛立たせたりもする。

ライムはスピーカーモードになっていることを伝え、事故の概要を説明した。エスカレーターに内蔵のスマートコントローラーが故障したことが原因で、おぞましい悲劇が引き起こされた可能性を検討している。「ただし、これは犯罪捜査ではないんだ、ロドニー」

「はい？　どういうことです？」

「民事訴訟だ。メル・クーパーは休暇でここにいる」

「ますますわけがわかりませんね」

「私はニューヨーク市警の仕事はもうしていないんだ、ロドニー」ライムは辛抱強く言った。

「辞めた？」

「そうだ」

「辞めたのに、なんで辞めてないんです？　だって現にこうして話してるわけじゃないですか」

「犯罪捜査の顧問業からは引退した。いまは民事訴訟にコンサルタントとして関わっている」

一瞬の間《ま》があった。「ああ。なるほど。そういうことだと、僕はお役に立てそうにありませんね。本当はお手伝いしたいところですが」

「それはわかっている。一つだけ教えてもらえれば充分だ。さきほど話したようなコントローラーをブログで取り上げた人物の実際に住んでいる住所を知りたい。話をしてみて、場合によっては専門家証人を依頼するかもしれん。いま私ときみは、カクテルパーティで立ち話をしていると思ってくれ」

「オンラインで誰かを探す？　簡単ですよ。ＷｈｏＩｓで検索すればいい。Ｗ-Ｈ-Ｏ-Ｉ-Ｓ。〈.com〉なのか〈.net〉なのか、そのブログのＵＲＬを入れて検索するだけです。もちろん、匿名サービスでドメインを登録してるって可能性はありますね。根に持つ元妻とか、根に持つ元夫とかに調べられても現住所がばれないように」

ライムはクーパーを見やった。クーパーは自分のパソコンのキーを叩いている。まもなく検索結果に顎をしゃくった。ライムは読み上げた。「登録名義は、ニュージーランドのプライバシー・サービスだそうだ」

「その名義で登録して、実際の住所を隠してるわけだ。ニュージーランドの会社となると、情報開示の裁判所命令は取れませんよ」

ライムは穏やかに言った。「行き止まりでは困るんだよ、ロドニー。何か方法を考えてみよう」

サーネックは咳払いをした。「一般論を言えば――いいですか、一般論として聞いてくださいよ。一般論。匿名サービスを突破するには、たとえばHiddenSurfとか、そんなような名前のソフトをネット上で探して、ダウンロードして、インストールするって方法も世の中にはあるようですよ。インストール先は外付けドライブにしておいて、あとで消去するといいみたいです。そのソフトを使って、たしかOgrableniyeだったかなあ、そんなような名前のソフトをロシアのウェブサイトで探す人もいます。ロシア語で〝泥棒〟って意味らしいですよ。スラブ系の人たちのネーミングのセンスはなかなかお茶目ですよね。Ogrableniyeはハッカーコードです。百パーセント違法ですよ。許しがたいですよね。僕はそんなもの使うのには反対だな。だって、たとえば、たとえばですよ、ニュージーランドあたりの匿名サービスに侵入して、IPアドレス――ネット上の住所から実際に住んでる住所がばれちゃったりするんですから、ひどい話でしょう」

「そろそろ切るよ、ロドニー」

「ええ、僕もそのほうがいいと思います。でも、そもそも電話で話してなんかいないのに、電話を切るも何もありませんよねえ？」

ロック音楽のボリュームが天高く跳ね上がったところで、ライムは電話を切った。

ライムは言った。「いまの話を誰かメモしたか。手順を再現できるか？　すぐに――」

アーチャーが自分のパソコンのディスプレイから目を上げて言った。「悪いニュースとよいニュース、どちらから？」

「何だって？」

「ロドニーが教えてくれたとおりにやってみました。悪いニュースから先に言うと、早くもロシア語のアダルト系スパムメールが届き始めています。よいニュースは——ブログ主の住所がわかりました」

18

「人が多すぎですよね」ロナルド・プラスキーが言った。しかし言ったそばから後悔したらしい。いま二人が追っている犯罪者は、身勝手で歪んだやりかたで人口問題に取り組んでいると言えなくもないからだろう。

プラスキーが不満をぶつけたのは、赤信号を無視して通りを渡る人が多すぎるということ、そして信号が自分とアメリア・サックスの都合を無視して赤に変わったことに対してだ。

しかしサックスは、いずれの不都合についてもとくに焦りを感じていなかった。思うように進まないのは事実だが、ワン・ポリス・プラザを出発したあと、車は、未詳40号が決してエレガントではないが威力のある工具を使ってトッド・ウィリアムズを殺害した当日の夜、白タクが未詳を降ろしたという交差点に向けて着実に距離を稼いでいる。サックスは〝車体をぶつけずに押しのけ〟ていた。すなわち、車が近づいていることに気づかないふりをして行く手を邪魔している歩行者に車の鼻先をぎりぎりまで近づけ、威圧感を覚えた歩行者がこちらの思惑どおり小走りで道を譲ってくれるよう仕向けている。

まもなく、ダウンタウンの渋滞をどうにか脱した。ダウンタウンは一八〇〇年代にはファイヴポイントと呼ばれ、アメリカでもっとも治安のよくない場所だった（いまもその当時と犯罪者の数ではそう変わらないのに、清潔すぎるのではないかと言う者もいる。ここには市庁舎という汚職の温床があるのにという皮肉だ）。

十分後、ロウワー・イーストサイドで問題の白タクを見つけた。新しもの好きや芸術家に占領されかけている地域だが、この一角は雰囲気が違っている。ここに君臨しているのは老朽化した商業ビルとたくさんの空き地だ。

電話で待ち合わせを相談したとき、ドライバーはこう言っていた。「すぐわかるよ。白いフォード。びしょ濡れ。洗ったばかり」どこの言語のアクセントなのかは謎だった。

サックスはフォード・トリノをパーキングスペースに入れ、歩道際に積み上げられたごみの山をよけて駐めた。レアル・マドリードの青いサッカーシャツを着た、背が低くて肌が浅黒いドライバーが車を降りてきた。

「サックス刑事です。こちらはプラスキー巡査」

「どうも。どうも」ドライバーは興奮した様子でそれぞれと握手を交わした。相手が警察官だとそわそわする者もいれば、権力に対する反感をあらわにする者もいる。また、ロックスターを前にしたかのようにはしゃぐ人々も相当数存在する。

エドゥアルドという名のドライバーは、ホワイト・キャッスルのシャーロットに負けないくらい意気込んでいた。

「役に立ててうれしいよ。何でも聞いて」

「ありがとう。ご協力感謝します。その男の話を聞かせていただけますか」

「すごく背が高くて、すごく痩せてた。ちょっと気味が悪い感じ。わかる？」

「何か――」

「目立つ特徴はあったか？」エドゥアルドは目を輝かせた。

「ええ」

「わからない。わからないよ。よく見えなかったから。帽子ね。ブレーブスの。野球チーム。わかる？」

「アトランタ・ブレーブスですね、わかります」プラスキーはきょろきょろとさびれた通りを観察していた。倉庫、小さなオフィス。住宅や商店はない。メモ帳に向き直った。

そこにドライバーの話を一言残らず書き留めている。

「サングラスもね、してた」

「髪の色は？」

「明るめだと思うよ。でも、ほら、帽子。見えなかった」

「服装はどうでしたか」

「緑のジャケット。黄緑色ね。黒っぽいパンツ。それとバックパック。あ、あと袋も」

「袋？」

「ビニールの。何か買うと、お店で入れてくれる袋。何回か袋のなか、見てた。車乗ってるとき」

シャーロットも同じことを言っていた。

「その袋にロゴはありましたか」

「ロゴ？」

「お店の名前とか、柄とか。スマイリーのマークとか」

「ああ、絵文字《エモジ》ね！　何もなかった」

「袋の大きさは？」サックスは尋ねた。

「大きくないよ。イチゴかな」

「イチゴが入っていたんですか」プラスキーが言う。

「違う、違うよ。イチゴのパックくらいの大きさってこと。それが言いたかった。ブルーベリーのパックでもいいけど。あとはサラダのドレッシングとか、トマト缶の大きいやつとか。そのくらいの大きさ」エドゥアルドは大きな笑みを作った。「ちょうどそれくらい」

「なかは何だったか、見当はつきませんか」

「ないね。金属っぽい音してた。かちん、かちんって。そうだ、すごいたくさん、バーガー！　ホワイト・キャッスル一ダース！　一ダースだよ！」

「電話をかけたりは？」

「ない。でも、独り言みたいなの言ってた。それはさっき電話で話したね。よく聞こえなかった。最初は、〝何ですか、サー？〟みたいなこと。わたしに話してるかと思ったよ。でもすぐ〝何でもない〟って。何か言ったんだ。〝何でもない〟って。わかる？　そのあとはずっと静かだった。窓の外、見てたよ。わたしのことは見なかった。だから傷も見えなかったな。みんな傷が好きだよね。警察の人。目立つ特徴。でも、とくに見えなかったよ」

プラスキーが聞いた。「訛りはありましたか」

「あった」

「どこの言葉の？」

「アメリカの」エドゥアルドは答えた。皮肉のつもりではないらしい。

「で、ここで車を停めた。この交差点ですね？」

「そう、そうだよ。ちょうどその場所を見たいだろうと思ったから」

「その男から受け取った現金をまだ持っていたりはしませんよね」

「指紋の検査！」

「そうです」

「ない」エドゥアルドは左右に勢いよく首を振った。

「ここで車を停めて待っているあいだに、男が近くのビルの一つに入っていくのを見たんですね」プラスキーはメモ帳から顔を上げて言った。

「そう、見た。その話をする」エドゥアルドは通りの一方を指さした。「ちょうど見えてるあれ、あのビル。ベアージュのやつね」〝ベージュ〟を〝ベアージュ〟と発音した。

衛星写真で確認したビルだった。エントランスのある前面は交差する通りに面していて、この交差点からだと五階建ての建物の一部がかろうじて見えるだけだ。隣は空き地、もう一方の隣は解体途中のビルだった。

エドゥアルドが続けた。「覚えてるのは、その男が会おうとしてる人が留守とか、そこにいないとかだったら、ほら、このあたりでしょ？　ちゃんと免許持ってるタクシーなんか通らないし、クイーンズに戻るならその分の運賃も稼げると思ったんだよね。だけど、裏口から入ってくのが見えた。だからわたしは帰った。わかる？」

「ありがとう、参考になりました」

「あいつ、人殺しなの？」エドゥアルドはうれしそうに笑っている。

「殺人事件との関連で事情を聞きたいと思っています。また同じ男を見かけたら――クイーンズの営業所に現れたりしたら、九一一に電話して、私の名前を伝えてください」サックスはエドゥアルドにも名刺を渡した。「ご自分では何もせずにいてください。捕まえようなどとしないように」

「わかってる。電話するよ、巡査刑事さん」

エドゥアルドが行ってしまうと、サックスとプラスキーは教えられたビルに向かった。半ブロックほど歩いたところで、サックスは急に立ち止まった。

「どうかしましたか、アメリア」プラスキーが小声で聞く。

サックスは目を細めていた。「あの通りは？ あのビルが面してる通りの名前は？」

「何だったかな」プラスキーはサムスンのスマートフォンを取り出して地図を表示した。

「リッジ・ストリートです」そう言って額に皺を寄せた。「聞き覚えがあるような……？ あ！」

サックスはうなずいた。「それよ。トッド・ウィリアムズの仕事場があった通り」事件のあと、被害者の事務所の番地が判明すると、殺害現場からそこまで、聞き込みを兼ねて歩いてみた。いまにも倒れそうなそのビルにいたほかの人からも話を聞いたが、そこにオフィスを構えているごく少数——埋まっている事務所は三つか四つで、ほかはどれも空き室だ——のなかには、捜査の参考になりそうな情報を持っている人はいなかった。

「知り合いだったってことね。未詳40号とトッド・ウィリアムズは。そうなると、大前提が変わってしまうわ」

強盗事件ではなく、通り魔的な殺人でもないことになる。

サックスは独り言のようにつぶやいた。「未詳は事件の四時間前にここに来た。事件までのあいだ、あのビルに二人でいたってこと？ そうだとしたら、ずっと何をしてたの？　二人でどこか別のところに行った？」

別の疑問も浮かんだ。未詳40号はこの界隈によく来るのだろうか。この近くに住んでいるとか？

通りを見回す。入居者がいると思われる建物は少なく、安アパートや倉庫か小売店と思しきところばかりだ。聞き込みにさほど時間はかからないだろう。管轄の分署に急ごしらえの聞き込み班を組織してもらおう。

そのとき、ホームレスの男性が目についた。痩せて血色が悪い。路上のくず入れをあさっている。

サックスは男性に近づいて声をかけた。「こんにちは。一つ質問してもいいですか」

「もうしたろ」男性の黒い顔が皺だらけになった。

「はい？」

男性はごみあさりを再開した。「いま一つ質問しただろ。なんつって《サイモン・セズ》」

サックスは笑った。「住まいはこの近く？」

「どうかな」男性は食べかけのサンドイッチを見つけてポリ袋に入れた。「嘘だよ。からかっただけだ。この先のシェルターで寝泊まりしてる。そこか、橋の下だな。日による」脂じみた服からのぞいている両手や首やふくらはぎに太い筋肉が盛り上がっていた。

「背が高くて、ものすごく痩せた人物があのビルに入っていくのを見かけませんでしたか。二週間くらい前です。それ以外でもかまいません」

「いや」男性は次のくず入れに移動した。

サックスとプラスキーも一緒に移動する。「確かですか」プラスキーが聞く。「あのビルですが」

「いや。なんつって」

サックスは待った。

男性が言った。「あのビルにその男が入っていくのを見たかって質問だろ？　見てないよ。その男を見たかって質問なら、見た。なんつって」

「それなら、その男をどこで見ましたか」

「いいね、その調子だよ。すぐそこに立ってた」男性はそう言って指さした。一つ先の交差点、サックスとプラスキーがいままさに向かっていた交差点だ。「痩せた男。でも……大食らいは水兵だったか？　いや違うな、水兵は口が悪いんだった。煙突のたとえは煙草だよな。そいつは、何か食べてた。ものすごい勢いで。小銭くれって声をかけようかと思ったけどな、よしとこうと思った。ぶつぶつひとりごと言ってたから。ま、ひとりごとについちゃ、他人《ひと》のこと言えた義理じゃないけどさ。はは！　それにあの食いかた見てるとさ、あいつ、欲の皮が突っ張ってるんじゃないかって気がしてな。むしゃむしゃ、むしゃむしゃ、むしゃむしゃ。自分のものを他人に恵んだりしそうにねえなって」

「それはいつのことですか」

「ちょっと前」

「どのくらい？　一週間前？　数日前？」

「なんつって」

サックスは質問を変えた。「ちょっと前というのはいつのことですか」

「十かな、十五かな」

「十日？」

「分だよ。ついさっきそこにいた」

ついさっき――？

サックスはジャケットの前ボタンをはずしながら通りに目を走らせた。プラスキーも警戒の目を反対側に向けた。

「どっちに行ったか見ましたか」サックスは尋ねた。

また〝なんつって〟とか言わないでよね。

「さあな、ただそこに突っ立ってたよ。俺はそのまま捜し物を続けた。それだけだ。それきり見てない。そのへんにいるのかもしれないし、あっちのほうかもしれない。どこにいるかわからないな」

プラスキーは襟もとに留めた無線機のマイクの送話ボタンを押し、サックスに指示される前に応援を要請した。「サイレンは鳴らさずに。容疑者は僕らが来ていることに気づいていない可能性がありますから。どうぞ」

「了解」雑音交じりの応答が聞こえた。

サックスはホームレスの男性の名前――サイモンではなかった――と、ときおり宿泊するというシェルターの名前を控えた。それから礼を言って、ここを離れるよう勧めた。二十ドル札の一枚くらい渡したいという衝動に駆られたが、法廷で証言してもらうことになった場合、弁護側に、情報と引き換えに警察から謝礼を受け取らなかったかと質問されるに決まっている。

「シェルターに戻っていてください。そのほうが安全です」

「わかったよ、おまわりさん。イエス・サー、オフィサー、サー」

男性が立ち去りかけた。

そのときロナルド・プラスキーが言った。「ん？　あれ、何かな」

男性がゆっくりと向きを変えた。プラスキーは二、三メートル離れた路上を指さしていた。二十ドル札が落ちている。

「落としました？」プラスキーは男性に聞いた。

「俺が？　何言ってんだよ」

「僕らが拾うと、報告書を書かなくちゃいけなくなる。面倒くさいだけだ」

「たかが二十ドルで？」

サックスは調子を合わせた。「ほんとよ。そういう規則なんです」

プラスキーが言った。「あなたがどうぞ。落としものは拾った人のもの。なんつって」

「だったら、もらっとくよ。くず入れに食べかけのサンドイッチが入ってることには理由があるんだな。うまいサンドイッチは誰も捨てないからだ」男性は筋張った長い指で紙幣を拾い、ポケットにしまった。

サックスはありがとうとプラスキーにうなずいた。そんな謝礼の渡しかたは自分ではまったく思いつかなかった。

男性は独り言をつぶやきながら遠ざかっていった。

「どのくらいかかると思う？」サックスは聞いた。

「応援が来るまでに、ですか？　八分か九分ってところかな」

「まだ遠くには行ってないはずよね。足跡がないか、路上を確認しましょう。サイズ13。珍しいから、足跡が残っていれば、どっちにいったかわかるはず」

二人は足跡を捜して大ざっぱなグリッド捜索を始めた。しかし、ちっともはかどらなかった。二人とも、危険が迫っていないか目を上げて確認してばかりいたからだ。

未詳40号がまだ一度も被害者を銃で襲っていないからといって、銃を使う気はないとはかぎらないし、銃を用意していないともかぎらない。

19

ジュリエット・アーチャーが突き止めた番地、ブログ主の事務所が入っているビルの前でエヴァーズ・ホイットモアとリンカーン・ライムを降ろしたあと、トムは車椅子仕様のバンを数ブロック先のスペースに駐めに行った。

ホイットモアはインターコムのボタンをもう一度押した。〈ソーシャル・エンジニアリング・セカンドリー〉。事務所は最上階だ。

応答はやはりなかった。

「ほかを探しましょうか」ホイットモアが言った。「データワイズについてリサーチをしている人はほかにもきっといるでしょうから」

しかしライムは、アーチャーが見つけた記事を書いた人物にぜひとも話を聞きたいと考えていた。どのような電波が大量に飛び交っている環境に置いたとき、誤動作を起こしたのか知りたい。

専門家証人……

理想的な人物だ。

ホイットモアは閑散とした通りを見回した。「置き手紙をしておくとか」

「いや」ライムは言った。「向こうからは連絡してこないだろう。事務所はもうわかっている。あとで出直そう。たとえば――」

「いまのは何です？」ホイットモアが早口に言った。

ライムにも聞こえていた。石畳の路面に靴底がこすれる音がした。すぐそこの角を曲がった先からか。

ホイットモアの顔はあいかわらず無表情だったが、不安を感じているのだろう、彼には珍しく視線がせわしなく動き回っている。

それはライムも同じだった。

足音の主は忍び足で移動しているようだ。

ホイットモアが言った。「刑事事件の弁護の経験はありませんが、民事訴訟に関わる調査をしていて撃たれたことが二度あります。いずれも弾は当たりませんでしたし、犯人の目的は単に私を怖がらせるためだったのかもしれません。それでもやはり気分のよいものではありませんでした」

銃撃された経験ならライムにもある。気分のよいものではないという点でホイットモアと同意見だ。

また靴底がこすれるような音。

どこから聞こえている？　見当がつかない。

ホイットモアが続けた。「首のないネズミの死骸が郵便で届いたこともあります。翌週になると、訴訟から手を引けと書いた紙片とネズミの首が届きました」緊張すると早口でしゃべり出して止まらなくなるタイプらしい。

「しかし、手は引かなかった」ライムは通りの左右に視線を振り、近くの建物を一つずつ注視した。統計上は際立って治安の悪い地域というわけではない。しかし楽な獲物を探している強盗の目には、このコンビは理想的と映るだろう。腕っ節の弱そうな瘦せた弁護士と、体の動かない車椅子の男。

ホイットモアが言った。「ええ、訴訟は続けましたよ。手を引くどころか、ネズミの死骸をラボに調べてもらって人間のDNAを見つけました。私立探偵に関係者の私物を集めさせましてね。ネズミの贈り物をくれたのは被告の兄でした」ホイットモアはまた周囲に視線をめぐらした。見ているのは主に上だった。暗い窓が一つあって、それがどうしても気になるらしい。ライムとしては、最大の脅威はスナイパーばかりではないと言ってやりたいところだった。

「犯人は兄だなんてすぐにわかりそうなものでしょう。しかしその兄は絶対にばれないと自信を持っていたようです。故意に精神的苦痛を与えたとして私はその兄を訴えました。実を言えばさほどの精神的苦痛は感じていませんでしたが、法廷ではそれらしい芝居をしましたよ。陪審はかなり同情的でした。ネズミが出てくる悪夢を繰り返し見るんだと証言しましたから。それはまあ嘘ではないんですが、被告側の弁護士からそれはいつの話かと聞かれませんでした。最後にネズミの夢を見たのは八歳のときなんですがね。ミスター・ライム、いままた同じ音が聞こえませんでしたか」

ライムはうなずいた。

「銃はお持ちですか」ホイットモアが聞く。

ライムはホイットモアのほうに顔を向けた。その表情はこう問うていた——この私が早撃ちガンマンに見えるかね？

またしても足音。さっきよりも近い。

ライムは右に首をかしげ、小さな声で言った。「右から近づいてくる」

一瞬、二人は動きを止めて耳をそばだてた。ちょうどそのとき、いまライムが示したほうから物音が聞こえた。金属のもの同士がぶつかる音だ。

薬室に弾を送りこむ音か。銃を突きつけて金を出せと脅すつもりか。

それとも、先に二人とも撃ち殺しておいて、そのあとゆっくりポケットを探るのか？

逃げたほうがいい。いますぐ。ライムは首を傾けてホイットモアを促した。ホイットモアがうなずく。石畳の道であろうと、車椅子をかっ飛ばすことはできる。大揺れに揺れるかもしれないが、南北に走る大通りに向かって疾走することはできる。

ライムはトムの携帯電話の番号を小声でホイットモアに伝えた。「ショートメールを頼む。一ブロック北、ブロードウェイに車を回してくれと」

メッセージを送ったホイットモアが携帯電話をポケットに戻す。それからいくぶん苦労しつつ、ライムの重たい車椅子を縁石を越えて路上へと押した。

ライムはまた小声でささやいた。「すぐそこまで来ているぞ。急げ、急げ！」

二人はオフィスビルの前の通りを突き進んだ。

角にさしかかり、急いで通り過ぎようとした瞬間、二人とも凍りついた。

すぐ目の前に銃口が突きつけられていた。

「うわあ」ホイットモアが息を呑む。

リンカーン・ライムの反応はそれよりはやや落ち着いていた。「サックス。こんなところでいったい何をしている？」

20

サックスは眉をひそめ、ライムとホイットモアを困惑顔で見つめていたが、まもなく角張ったオーストリア製の拳銃を合成樹脂のホルスターに収めた。かちりと小気味よい音が鳴った。

サックスの困惑顔が晴れた。右手に顔を向けて大きな声で言う。「ロナルド！　安全よ！」

角を曲がった先から足音が近づいてきた。ロナルド・プラスキーだ。握っていた銃をホルスターに戻す。「リンカーン！」それから不思議そうな目をホイットモアに向けた。

ライムは二人を引き合わせた。

プラスキーが単刀直入に聞いた。「ここで何してるんです？」

「それはこっちが聞きたいね、ルーキー」

ロウワー・マンハッタンのリッジ・ストリートのその建物を訪れたそれぞれの理由を説明するなり、双方の疑問は氷解した。サックスがこの二週間ほど追跡している未詳が殺害した被害者、トッド・ウィリアムズは、データワイズ５０００コントローラーにひそむ危険を告発する記事を書いたブログ主と同一人物だった。サックスが被害者の名前を一度も話さなかったのは、ライムは刑事事件の捜査顧問を辞めてしまっていたからだ。

サックスは、手がかりを追ってここに来たのだと説明した。未詳40号はクイーンズからこの界隈まで白タクで来た。そのタクシーのドライバーが、ウィリアムズの死亡推定時刻の四時間ほど前に、未詳が裏口からこのビルに入るのを目撃していた。

ライムは言った。「ウィリアムズはWi-Fi通信を使ったスマートコントローラーの特定の機種に誤作動のリスクがあると指摘する記事を自分のブログに投稿していた。事故を起こしたエスカレーターにも同型のコントローラーが内蔵されていて、それが誤作動を起こしたのが、乗降板が思いがけず開いた原因ではないかと私たちは考えている。遺族はエスカレーターのメーカーを訴えることができない。破産を申請しているんだよ。

そこで、コントローラーを製造した会社に対する損害賠償請求を検討しているところだ。ウィリアムズには専門家証人として出廷してもらいたいと考えていた。それが無理でも、どんな条件で誤作動が起きるのか、教えてもらいたかったんだが……」

サックスが聞いた。「ね、私と同じこと考えてる?」

「ああ。きみの未詳はトッド・ウィリアムズが書いたコントローラーに関する記事を読み、殺人の凶器にうってつけだと考えた――どういう観点からうってつけなのかは不明だがね。未詳はウィリアムズに連絡を取り、ここで会う約束をした。そしてコントローラーを乗っ取るための情報を手に入れた」

サックスが同じような調子で続けた。「そのあと、40ディグリーズ・ノースに行こうと誘った。でもクラブに着く前に、途中にあった建設現場にトッド・ウィリアムズを引きこみ、ハンマーで殴打して殺害し、強盗の犯行と見せかける工作をした。ここではなく建設現場で殺したのは、捜査の目をウィリアムズの事務所からそらすためだった」

ホイットモアが口をはさんだ。「ミスター・ライム、お話にいまひとつついていけないのですが」

ライムは説明した。「アメリアは、いま話に出た容疑者を追跡していて、ブルックリンのショッピングセンターに居合わせた。そのタイミングでエスカレーター事故が起きたのは偶然だと考えていた」

サックスがあとを引き取る。「でも偶然じゃなかった。未詳40号はコントローラーを乗っ取る方法を知っていて、故意に乗降板を開けたんです」

「事故に注意を引きつけておいて逃げるために？」プラスキーが聞いた。「あなたに追われていることに気づいたから？」

プラスキーの思考の弱点をにらみつけるかのように、ライムは顔をしかめた。「そのエスカレーターにデータワイズ５０００が内蔵されていることを、なぜ知っていた？」

プラスキーは顔を赤らめた。「あ、そうか、そうでした。よく考えればそうですよね。事前に計画していなくちゃ、そんなこと知っているわけがない。未詳がショッピングセンターに行ったのは──無差別に誰かを殺すためか、初めからグレッグ・フロマーを狙って殺すためだった。そのために乗降板を遠隔操作で開けた」

無線機がかりかりと音を立て、プラスキーは少し離れたところで応答した。

サックスがライムとホイットモアに向けて言った。「二十分くらい前、ここで未詳を見たという証言があるの。応援を要請した。さっき銃を抜いてたのは、だからよ。建物の反対側から物音が聞こえて、もしかしたら未詳40号じゃないかと思ったから」

プラスキーが戻ってきて話に加わった。「パトロールカーの一台は近隣を巡回しています。別にもう一台、ここに来るそうです。未詳の姿は確認できていません」

ライムは言った。「建物のなかにいるという可能性は？」

「ホームレスの男性によれば、未詳はあの交差点に立ってた」サックスは交差点のほうに顎をしゃくった。「あそこからこっちに来たなら、男性がおそらく見たはず」

ホイットモアが尋ねた。「しかし、わからないな。犯人はどうして舞い戻ってきたんでしょう？」

ライムは言った。「この近所に住まいがあるのかもしれない」ここは基本的に商業地域だが、古い集合住宅や新しいアパート——新しいといっても築後七十五から八十年ほどたっている——もちらほら見えた。

「工作が不充分だったと不安になって、証拠を探しに戻ってきたという可能性も考えられる。でも私たちに気づいて立ち去った」サックスはそう言って建物に目を走らせた。「ロナルド、侵入の形跡がないか確かめてもらえる？」

プラスキーが建物を一周して戻ってきた。「割れた窓はありません。ただ、裏口の鍵をこじ開けたような形跡があります。ひっかき傷です」

心臓が激しく打っていても、感覚を失ったライムの胸にそれは伝わってこない。だが、鼓動が速くなったのはわかった……額の脈が一気に加速したからだ。「きみはいま証拠を探しにと言ったな、サックス。しかし——」

「証拠を破壊しにきたのかもしれない！」サックスは勢いよく振り返って建物を見上げた。

ちょうどその瞬間だった。建物のなかのどこかから、どんというくぐもった音が轟いた。未詳40号が仕掛けたのがどのような発火装置かわからないが、音の具合からするに、相当大きなもののようだ。数秒後には高熱にさらされた一階の窓ガラスが割れ、そこから煙と炎が噴き出した。

　煙と灰をまともに吸ってしまったライムは、激しく咳をしながら車椅子を必死で操作して後方に逃れようとした。エヴァーズ・ホイットモアがそれに気づき、車椅子の進路を邪魔していたくず入れを蹴り飛ばした。ロナルド・プラスキーは無線で指令本部を呼び出し、消防局の出動を要請した。

　アメリア・サックスは建物の表側のエントランスに飛びつき、ゆるんでいた路面の丸石を拾うと、ドアのガラス部分に投げつけて割った。それからライムに向かって叫んだ。

「ウィリアムズの事務所は何階？」

「サックス、よせ！」

「教えて、何階？」

「最上階だ」ライムは咳きこみながら答えた。

　サックスは向きを変え、ドアの枠に沿ってまるでサメの歯のように待ち構えるガラスの切っ先をかすめて、なかへ飛びこんだ。


　突入したのか？

　へえ。だとしたら儲けものだな。

　僕の女刑事、レッド、ホワイト・キャッスル泥棒は、たっぷり二十リットルのレギュラーガソリンが地下室にたまって炎を上げていることなど知らない。カリフォルニア州のマツみたいに乾ききったあの建物は、そう長くもたないだろう。

レッドはどうだ？ どのくらいもつだろう？

まっすぐ家に帰るつもりだった。チェルシーに帰って、ネットカフェからメールを送ろうと思っていた。しかし、もう少しいることにした。通りの反対側、数軒先にある廃墟になりかけた安アパートの、五階の廊下の窓から外を見ている。住むには向かないが、のぞき見にはいい。中腰になって——背を縮めて、下で起きていることを眺めている。

僕の姿は見えないはずだ。下にいる誰からも見えない。

それは確かだ。

ほら、誰も上は見ていない。警察車両が何台も通り過ぎたが、車道や歩道を見ているだけだ。僕はもう立ち去ったと思っているんだろうな。だって、ふつうならぐずぐず現場にとどまったりしない。

しかし、僕は違う。自分を追ってきている連中をこの目で確かめたいからだ。僕が置いてきた贈り物の威力で、誰がこんがり焼けて死ぬのか、窒息して死ぬのか、それも確かめたい。建物からはもう、黒い煙が噴き出していた。しかもどんどん濃くなっていく。レッドだってあれでは息ができないだろう。前も見えないだろう。

あちこちからサイレンの音が聞こえている。どこかの交差点にさしかかった消防車がひときわ大きなサイレンを鳴らした。いい音だ。苦痛と悲しみを歌っている。

僕の計画どおりに進めば、トッドの事務所にうっかり残したままだった証拠は全部溶けてなくなるだろう。フランシス・リーがドールハウスを使って再現した犯行現場の写真集から、物的証拠がどれほどいろんなヒントを伝えるものかを学んだ。その証拠に、レッドのおかげで、僕はホワイト・キャッスルのスライダーを二度と食べられない。

焼いてしまうのが一番だ。

焼却して灰にしてしまうのが一番、焼けたビニールから出る脂っぽい煙にしてしまうのが一番だ。

レッドはどうする？

もともと骨を焼くのはあまり好きじゃない。それじゃすっきりしないからね。骨はかち割るほうがいい。それでも、レッドが死ぬなら何だってかまわない。髪が焼け落ち、皮膚が、脂肪が焼け落ちたあと、骨が焼ける。それでかまわないさ。レッドが死ぬなら、何だっていい。ちょっとでも苦しんでくれたら、なおいいな。

渦を巻いている煙を見て、巨大な黒豚の尻尾を連想した。もうじき消防車が到着するだろう。しかし炎は順調に任務をこなしている。

猛《たけ》り狂う炎のすぐそばにいるわけじゃない。でも、そんなに遠くもなかった。ここなら悲鳴を聞けるかもしれない。

あまり期待はできないが――希望を抱くのは悪いことじゃない。

21

煙は湿り気を帯びている。煙はうろこに覆われている。煙は生き物のように忍び入り、体の内側から喉を絞め上げて殺す。

アメリア・サックスは、地底から湧き上がる炎に心臓を焼かれて死にかけている建物の最上階をめざして階段を駆け上がった。初め白かった煙の雲は茶色に、まもなく黒に変わった。

トッド・ウィリアムズの事務所に行かなくては。建物ごと破壊しようとしているくらいだ、未詳は事務所に何か証拠を残しているのだろう。未詳自身につながるヒントか。それともこのあと狙われる被害者に至る手がかりか。

行け——サックスは自分を励ました。吐き気がこみ上げる。つばを吐いた。次は声に出して「行け」と言った。

事務所のドアは施錠されていた。当然だろう。だからこそ未詳は地下室に火をつけたのだ。破壊したい部屋そのものより侵入が容易だった地下室に。サックスは肩でドアを押してみた。無理だ。ここから侵入するのはあきらめたほうがいい。バールや破壊槌、特殊なショットガンの弾（蝶番を狙うこと。錠前を吹き飛ばそうとしても無駄だ）があれば、ドアを破ることができる。しかし木のドアを蹴って壊すのはまず不可能だ。

それなら、天使のように宙に浮かぶことだ。煙と熱気に追いかけられながら、サックスは廊下の窓の前に移動し、ガラスを蹴り破った。枠に破片が残ったエントランスのドアと違い、この窓のガラスは粉々に砕け散って滝のように落ち、あとに大きな穴が残った。冷たい風が吹きこんできた。サックスは大きく息を吸った。ありがたい、酸素だ。しかし、背後でごおおおうといっそう大きな音が聞こえて、炎にも酸素が供給されたのだとわかった。

窓から下を見た。外壁の出っ張り《レッジ》はあまり広くはないが、立つには充分だ。それにウィリアムズの事務所の窓は、ほんの一・五メートルか二メートルくらいのところに見えている。サックスは長方形の口を開けた窓枠に上った。澄んだ空気を思い切り吸いこむ。ひりひりしていた肺が歓喜に悶えた。下を見る。通りは無人だ。ここは建物の裏側、ライムたちが待機しているのとは——そしてきっと消防車がまもなく到着して放水を始めてくれるのとは——反対側だ。

消防車が近づいている証拠に、サイレンが聞こえている。サックスは音のしている方角に向けて念じた——悪いけど、もうちょっと急いで来てもらえる？

背後を確かめる。渦を巻く煙は濃くなる一方だった。

咳。空嘔吐《からえず》き。胸の奥が痛い。

よし、次はレッジだ。

サックスの弱点は閉所だ。高所は怖くない。それでも、十五メートル下でぬらりと光を放っている石畳の路面にできれば叩きつけられずにすませたい。レッジは幅二十五センチほどあるし、ウィリアムズの事務所の窓まではせいぜい二メートルほどの距離しかない。靴を脱いだほうが移動しやすいだろうが、事務所に入るにはまた窓を破らなくてはならない。床にガラスの剃刀をまくようなものだ。靴は履いておいたほうがいい。

行け。時間がない。

携帯電話が鳴っている。

いまそれどころじゃないのよ……

レッジに下り、窓枠を両手でしっかりとつかむ。そろそろと動いて、建物の外壁に顔を向ける。それからゆっくり右に移動を始めた。爪先で体重を支え、すすで黒くなった石の隙間に指を食いこませる。たちまち手首が攣りそうになった。

建物がうめいている。構造物のどれかが崩壊しかけているのだろう。

こんなことをして、正解だったのだろうか。

それを考えるのは後回しだ。

一メートル。また一メートル。ウィリアムズの事務所の窓の前まで来た。ガラス越しにのぞくと、煙がうっすら充満していたが、何も見えないというわけではない。窓枠の左右に手を置き、しっかりとつかんでおいてから、慎重に膝を胸に引き寄せ、ガラスを蹴った。ガラスは粉々に砕けて、薄暗い小さなオフィスの床に散らばった。

なかに入るのは、しかし、想像以上に難しかった。重心の問題に阻まれた。窓枠をくぐりぬけようと頭と肩を低くしたとたん、尻が空中に突き出される格好になって、重心が大きく後ろに移動した。

うわ……

両手で窓枠を――ガラスの破片がない部分をしっかりつかんでいたのが幸いした。横向きにやってみよう。右を向き、左脚をじりじりと持ち上げ、そちらに体重を移した。左手を室内に伸ばしてつかむものを探す。金属の四角い物体が触れた。ファイルキャビネットだろう。表面がつるつるしていて、取っ手はない。キャビネットの側面にしか手が届かなかった。ディスカバリーチャンネルか何かで見た、ロッククライミングの番組を思い出す。フリークライマーは、小さな隙間に指先を引っかけて全体重を支えていた。左手をキャビネットの後ろ側に伸ばし、キャビネットと壁のわずかな隙間に指先を入れると、重心を室内側にそろそろと移動した。

前進と後退のちょうど境目にさしかかった。

あと数センチ室内側へ。よし、バランスが取れた。

あと一押し。いまだ……

サックスの体は転がるようにしてガラスの破片が散った床に落ちた。

切り傷はなし。少なくとも大きな傷はない。膝にちくちくするような感覚があった。

関節痛の手術をする前なら、膝を抱えて悶え苦しんでいるところだろう。いま痛いのは、床に落ちてぶつけた腰だ。立ち上がって様子を見た。大丈夫そうだ。見ると、廊下に面したドアの下の隙間から煙が入ってきていた。事務所全体が熱を持っているのがわかる。これだけの短時間で炎は地下から這い上ってきて、いまサックスが立っているオーク材の床を炙り始めているのだろうか。

激しい咳が出た。開栓していないミネラルウォーターのボトルがあった。キャップを取ってごくごくと飲んだ。またつばを吐き出す。

室内にさっと視線を走らせた。さまざまな形式の紙――雑誌、新聞、パソコンのプリントアウト、パンフレット――がぎっしり詰まったファイルキャビネットと棚が計三つ。よく燃えそうなものばかりだ。ざっと改めたかぎりでは、データマイニングや公権力によるプライバシーの侵害、個人情報の窃盗などの問題を取り上げた一般的な記事ばかりだった。ライムやホイットモアからさっき聞いたようなコントローラーに関するもの、未詳がウィリアムズを殺害するきっかけになりそうなもの、未詳が残していった物的証拠などは、とりあえず見当たらなかった。

部屋の隅の幅木の下から炎がじわりと広がった。書棚に火が移った。反対側の隅でも、炎の舌が段ボール箱を舐めたかと思うと、箱が燃え上がった。

建物がまたうめき声を上げる。ドアのニスが汗のように流れ落ち始めた。

別の音が聞こえて、サックスは息を呑んだ。いまサックスが入ってきたのとは反対側、表通り側の窓が外から破られた音だ。瞬時にグロックを抜いたが、それは反射的な行為にすぎなかった。窓を破ったのは敵意ある者ではなく、初めから当てにしていた味方だとわかっていた。サックスは、はしごにちょこんと止まったニューヨーク市消防局の隊員にうなずいた。はしごは十五メートルほど下の通りに止まった消防車から延びていた。

女性隊員ははしごを誘導して、最上部を窓から五十センチほどのところまで近づけた。

「建物が崩壊します、サックス刑事。いますぐ退避してください」

もし一時間あったら、サックスは書類を一枚ずつめくって、未詳の動機を知る手がかりや、過去の被害者や未来の被害者、未詳の身元につながる情報を探し出していただろう。しかしそれはあきらめ、いまできる唯一のことをした。ノートパソコンに飛びつくと、電源ケーブルを壁のコンセントから引き抜いた。外部ディスプレイに接続しているケーブルのねじを回してはずしている時間はない。そちらは飛び出しナイフで切断した。

「それは置いて、早く」消防隊員がマスク越しに言った。

「置いて行かれない」サックスは窓に駆け寄った。

「両手を空けておいて!」消防隊員が叫ぶ。ふつうに話していてはもう聞こえない。骨組みが弾けたか、建物が大きくうめいた。

サックスはノートパソコンを片腕に抱えたまま、右手だけではしごをつかんで乗り移った。両足ではしごの片側をはさむようにして横木に足の裏をかけた。全身の筋肉が攣りかけているように感じた。それでもはしごにしがみついて離さなかった。

地上にいるオペレーターがはしごを操作して建物から遠ざけた。たったいままでサックスがいた事務所があっというまに炎にのみこまれるのが見えた。

「ありがとう！」サックスは大きな声で言った。炎の轟音でかき消され、消防隊員にその声は聞こえなかったらしい。もしかしたら、自分の警告を無視したサックスに腹を立てて、聞こえないふりをしているのかもしれない。返事はなかった。

はしごがするすると縮んでいく。地上まで五メートルほどの高さまで下りたところではしごが大きく揺れ、サックスはついにパソコンを手放した。両手で体重を支えていないと、自分が路面に叩きつけられてしまう。

パソコンは回転しながら落下し、歩道にぶつかって大破した。プラスチックの破片やキーが盛大に飛び散った。


一時間後、リンカーン・ライムとジュリエット・アーチャーは、検査テーブルの前にいた。メル・クーパーもそばに控えている。エヴァーズ・ホイットモアは隅のほうに立ち、携帯電話を二台、交互に耳に当てて話をしていた。

四人は焼け落ちたビルから証拠物件が届くのを待っている。ビルは完全に崩壊した。残ったのは、石と、溶けたプラスチックやガラスや金属でできた、くすぶり続ける小山だけだった。サックスはバックホーで現場を掘り返すよう指示していた。ライムは発火装置が一部でも回収されることを祈った。

ノートパソコンは、五階まで猛然と階段を駆け上ったサックスの努力が報われることを期待して、ロナルド・プラスキーがニューヨーク市警本部サイバー犯罪対策課に届けた。ロドニー・サーネックが調べて、データを吸い出せそうかどうか知らせてくれることになっている。

タウンハウスの玄関が開く気配がして、居間にもう一人加わった。アメリア・サックスだ。顔はすすで汚れ、髪は乱れている。大きな絆創膏《ばんそうこう》が二つ。おそらく割れたガラス片で切った傷だろう。サックスはどうやら、ウィリアムズの事務所に侵入するのに、窓ガラスを三枚も割るという派手なアクションを演じたらしい。

サックスを見て、ライムは、怪我がその程度ですんだことを意外に思った。ライムを無視し、危険を顧《かえり》みず突入していったのは気に入らない。だが、二人のあいだには、もう何年も前に暗黙の了解ができていた。サックスは何かと限界に挑みたがるが、生まれ持った性質なのだからしかたがない。

動いてさえいれば振り切れる……

サックスの父の言葉だ。サックスの座右の銘でもある。

サックスは小さな箱を抱えていた。集めてきた証拠物件が入っている。といっても、その量はわずかだ。現場が炎に包まれると、証拠物件はあらかた破壊されてしまう。

咳の発作。涙が頬を伝い落ちた。

「サックス、大丈夫か」ライムは聞いた。サックスは救急治療室行きを拒んで焼け落ちた現場に残り、消防局が安全を宣言するや否や、焼け跡を掘り返し、グリッド捜索をした。ライムとホイットモアとトムは、一足先にタウンハウスに戻った。

「ちょっと煙を吸っただけ。何でもない」また咳をした。それから軽くにらむような目をメル・クーパーに向けた。「あなたにそっくりな人がニューヨーク市警の鑑識課にいるわ」

クーパーが気まずそうに顔を赤らめた。

サックスは持ってきた箱をクーパーに渡した。クーパーは袋をざっと確かめた。

「これだけ？」

「それだけ」

クーパーはさっそくGC／MSで分析を開始した。サックスは涙を拭いながらジュリエット・アーチャーを見ていた。そうか、この二人は初対面だったか。ライムはそう気づいて、二人を紹介した。

アーチャーが言った。「噂だけはそれはもうたくさん聞いています」

サックスは手を差し出す代わりにうなずいた。「リンカーンから聞いてます。手伝ってくれるっていう見習いの人ですね」

アーチャーが車椅子に乗っていることはたしか話していなかったなとライムは思った。それどころか、アーチャーに関して何一つサックスに話していない。名前も、性別もだ。

サックスは謎めいた視線を一瞬だけライムに向けた。非難しているのかもしれない。

そうではないのかもしれない。それからアーチャーに向き直った。「よろしく」

ホイットモアが通話の一つを終え、まもなくもう一つも終えた。「サックス刑事、本当に大丈夫ですか」

「ええ、本当に大丈夫」

ホイットモアが続けた。「賠償請求訴訟を依頼する電話をもらったとき、まさかこんな展開になるとは考えもしませんでしたよ」

ライムはサックスに言った。「というわけで、きみの事件と私たちの事件は同・一《ワン・アンド・ザ・セイム》だったわけだ。ちなみによく聞く〝ワン・イン・ザ・セイム〟という言いかたは誤りだ」

GC／MSの前に座っていたメル・クーパーが言った。「何がどうなってるのか、いまいちわからないな」

ライムは説明した。未詳40号はトッド・ウィリアムズのブログを読み、データワイズ5000コントローラーを乗っ取って殺人の凶器に使おうと考え、ウィリアムズに情報を求めた。「おそらく、そういった装置やデジタル社会、消費至上主義にひそむ危険を世間に広く訴える手伝いをしたいと持ちかけたんだろう」ライムはいまもディスプレイの一つに表示されたままのブログの記事に顎をしゃくった。「ウィリアムズはシステムに侵入する方法を未詳40号に教え、未詳はウィリアムズを殺した。用済みになったからだ」

アーチャーが付け加える。「ウィリアムズが危険な存在だからでもあります。エスカレーター事故を報じるニュースのなかでコントローラーの話が出ないともかぎらない。ウィリアムズがそれを見たら、単なる事故ではないと察するでしょう」

ライムはうなずいて続けた。「アメリアはブルックリンのショッピングセンターまで未詳を追っていった。未詳はそこでこの機器による最初の被害者を殺害しようとしていた」

アーチャーが言った。「最初の被害者とは断言できないのでは？」

もっともな指摘だ。しかしライムは言った。「ウィリアムズが殺害されたのは二週間ほど前だ。私の記憶にあるかぎり、それ以降、疑わしい製品がからんだ事故は一件も報じられていない。このあと新しい情報が出てくるかもしれないが、いまの時点ではエスカレーター事故が最初であると仮定しておこう。問題は、それ一件で終わりなのか、それとも未詳はこれからも人を殺す予定でいるのか、だ」

「それに動機は？」ホイットモアが言った。「犯人の目的は何でしょうね。コントローラーを使って人を殺す――手間のかかるやりかたです」

ライムは言った。「それにリスクが高い」同時に、アーチャーが言った。「見つかるリスクも高いですよね」ライムは低い笑い声を漏らした。「ともかく、動機はわからない。しかし、動機はわからなくてかまわない。未詳を捕まえたあと、本人に聞けばいいことだ。それはそうと、パソコンの分析はいつまでかかる？」

「ロナルドからは、一時間くらいって聞いてるけど」

「それで思い出したが、ルーキーはどうした?」ライムはつぶやいた。「もう一つ捜査があると言っていたな、それか? グティエレス事件だったか」

「たぶん」

「グティエレスは犯人の名前か、それとも被害者か」

サックスが言った。「犯人。いまごろになって捜査が再燃した理由はわからない」

「まあいい、いまいる顔ぶれで進めるとしよう……」

それを聞いて、サックスが顔を上げてライムを見つめた。

「それ、本気?」

「何がだ?」サックスが何を言いたいのかとっさにわからず、ライムは聞いた。

「〝いまいる顔ぶれで進めるとしよう〟。私たちの捜査を手伝ってくれるってこと? だって、ついさっきからぜんぶまとめて刑事事件になったのよ」

「もちろん手伝うさ」

サックスの顔にかすかな笑みが浮かんだ。

ライムは言った。「それしかないだろう。未詳を捕まえれば、サンディ・フロマーは未詳を被告として損害賠償請求訴訟を提起できる」

ライムはホイットモアから聞いた介在原因に関する説明を頭のなかで復習した。スマートコントローラーは、グレッグ・フロマーの死の直接の原因ではない。フロマーを殺したのは、未詳40号のハッキングだ。誰かが自動車のブレーキのワイヤを切断したためにドライバーが事故を起こして死んだ場合、自動車メーカーに責任がないのに似ている。ライムはホイットモアに尋ねた。「サンディ・フロマーは未詳40号を訴えることができる。そうだね？」

「もちろんです。O・J・シンプソンの事例と同じです。うまくいけば、被告——未詳に資産があるかもしれない」

「引退を撤回するわけではないよ、サックス。きみと私が取る道筋がしばらくのあいだ重なり合うというだけのことだ」

サックスの笑みが消えた。「そうね」

メル・クーパーがサックスの持ち帰った証拠の分析を終えた。「これは火元の？」

「そうよ」

放火事件では、出火のしかたと炎の広がりかたに独特のパターンがある。犯人に結びつく強力な証拠がどこより見つかりやすいのは、火元だ。

クーパーはGC／MSのモニターを見ながら読み上げた。「微量の蠟、レギュラーガソリン——メーカーを特定できるほどの量はない——綿繊維、プラスチック、マッチ」

「蠟燭爆弾か」

「そうだ」

容器に入れたガソリンと導火線代わりの蠟燭があれば、ごく単純な即席爆弾のできあがりだ。

クーパーは、微細証拠の量が少なすぎて、未詳40号の即席爆弾の含有物のいずれについても由来をたどることは不可能だと言った。ライムの予期したとおりだった。

サックスに電話がかかってきて、短い咳のあと応答した。「もしもし?」うなずきながら相手の声にじっと聞き入っていた。「わかった、ありがとう」

朗報ではなさそうだな──サックスの様子を見て、ライムは思った。

サックスは電話を切り、ほかの四人に向き直った。「現場周辺の聞き込みを徹底的にしてもらったんだけど、未詳を目撃した人物は見つからなかった。爆弾を仕掛けた直後に立ち去ったみたい」

ライムは肩をすくめた。もともとそんなことだろうと思っていた。

一瞬置いて、今度は固定電話が鳴った。ディスプレイにロドニー・サーネックの名前が表示されている。

「応答」ライムは音声コマンドを発した。

またもやロック音楽が轟いた。が、ほんの一瞬のことだった。ライムが「音楽を止めてくれ」というまもなく、サーネックが自分でボリュームを下げた。

「リンカーン」

「ロドニー。こちらはスピーカーモードになっている。同席しているのは……大勢だ。メンバー紹介の時間がもったいない。トッド・ウィリアムズのパソコンは復元可能だったか」

一瞬の間があった。おそらく驚いてのことだろう。「あー、はい。あの程度の高さから落ちたくらい、屁でもありませんから。たとえ飛行機から落としても、データは生きてるものです。ほら、ブラックボックスもそうでしょう」

「で、何がわかった？」

「ウィリアムズと未詳40号が知り合ったのはつい最近のようですよ。やりとりしたメールが残ってました。いまから送ります」

まもなく暗号化されたメールがこちらのディスプレイに表示された。ライム一同は、それに添付されていた最初の一通に目を通した。

初めましてトッド。あなたブログを読みました。僕も同じ考えです。いまの社会のありかたは間違っているし、電視やデジタルの世界が世の中をもっと危険な場所に変えていっていると思います。世の中を変える方法は何かあるはずです。おっしゃるとおり、元凶はお金ですよね。このトピックに関する議論を広げるお手伝いができればと思います一度お会いできませんか。——P・G

アーチャーが言った。「イニシャルがわかりましたね」

「ああ、もしかしたらな」ライムは言った。「で、ロドニー？」

サーネックが説明を再開した。「未詳は匿名のメールアカウントから送信してます。ログイン時のＩＰアドレスも追跡不可能です。この二人は、事件当日に会う約束をしてますね」

クーパーがメールの文面に目を走らせながら言った。「あまり頭がいいほうじゃなさそうだな。ミスがいくつもある。綴りの誤りや句読点の抜け、〝your〟と〝you're〟の書き間違い、同音同綴異義語の取り違え」

ライムはクーパーの言い間違いを正した。「正しくは〝同音異義語〟だ。同じ発音だが、スペリングと意味が異なる語。いま君が言ったのは、同じ発音、同じスペリングだが、意味が異なる語を指す」

ディスプレイをじっと見つめたまま、アーチャーが典型的な例を挙げた。「たとえば、barkですね。同じ発音、同じスペリングですが、犬が吠えるという意味と、樹皮という意味があります。それが同音同綴異義語」そう言って続けた。「でも、この未詳は頭が悪いわけではないと思います。お馬鹿さんのふりをしているだけではないかしら。スペリングのミス、同音異義語――とてもわかりやすい間違いですよね。でも、〝おっしゃるとおり〟をきちんと〝as you suggest〟と書いている。〝like you suggest〟と砕けた表現を使う人も多いのに」

ライムはうなずいた。「それから、〝try〟のあとの不定詞だな。よく〝try and ～〟と言うが、正しいのは〝try to ～〟だ。もう一つ、比較級のあとの〝than〟を〝then〟と誤って書いているね。しかしこの間違いは、携帯電話のスペルチェック機能を使っても指摘されるくらい一般的だ。ジュリエットの言うとおりだろう。愚かなふりをしている」

サーネックが割りこんだ。「一つ大きな発見がありました。ひじょうに気がかりな発見ですよ」

ホイットモアが聞く。「どんな発見ですか、ミスター・サーネック？」

「事件発生の数時間前、おそらくトッドと未詳が会っているさなかに、トッドはインターネットに接続しています。オンラインでしたことは二つ。第一に、名簿を購入しました。営利データマイナーから。広告代理店の人間だと偽って——本物の広告代理店のアドレスをハッキングして使っています——市場調査のために使いたいって口実で名簿を購入した。で、何の名簿かっていうと、データワイズ5000スマートコントローラー内蔵製品の購入者リストです」

「何人分？」

「膨大な数ですよ。製品の種類は八百。出荷数で言うと、ニューヨーク市周辺を含むアメリカ北東部に限定しても三百万個近く。コントローラーを乗っ取られたところでさほど害のないものもあります。パソコン、プリンター、照明器具。でも、人命に直接関わる危険がありそうなものもあるんですよ。自動車、電車、エレベーター、AED、電動工具、暖房器具、クレーン——建設現場や港で使う大型クレーンです。ざっと六割が

"危険"の分類でしょうね。それが一つ。二つ目の発見は、トッドがもう一つ購入したものです。いま言った製品を購入した顧客の名簿。機器メーカーも含まれてます。ミッドウェスト・コンヴェイアンス社みたいな。それ以外はスマート家電を購入した一般消費者です。氏名、住所。これも主にニューヨーク周辺と北東部限定」

アーチャーが尋ねた。「そんなものがあるんですか。そんな情報、どうやって集めるの？」

また沈黙があった。今度は困惑してのものだろう。「それがデータマイニングですよ、ミズ……？」

「アーチャーです」

「データ収集業者は一般に想像する以上の個人情報を把握しています。今回の例で言うなら、スマート・ガスコンロを購入した直後から、やはりクラウドを利用する別の製品のダイレクトメールが届き始めるのは、データが収集されているからです。ガスコンロを購入した瞬間、自分は特定の購買層に所属すると宣言したようなものなんですよ」

「とすると、そのリストを見れば、データワイズ5000を内蔵した危険な製品に、たとえばエスカレーターがあるとわかるわけですね。そしてそのエスカレーターのコントローラーを乗っ取って、二階でエスカレーターから下りようとしているのが――多少なりとも良心があるなら――小さな子供や妊娠中の女性ではないことだけを確かめて、ボタンを押せばいい」

サックスが言った。「でも、どうやって乗っ取ったの？　そこまで簡単なこととは思えないけれど」

今回、沈黙はなかった。ただ笑い声が聞こえただけだった。「そっか。そうですよね。まず〝モノのインターネット〟から説明したほうがよさそうだ。その呼びかたはどうも好きになれませんが、一般的にはそれで通ってます。短時間の講義をしてもかまいませんか」

「言葉どおり〝短時間〟で頼むよ、ロドニー」

「いわゆるスマート機器には、家庭用の照明から、いま僕が挙げたような大きな機械まで、すべてワイヤレス通信回路が〝内蔵〟されています」

ウィリアムズのブログにもそう書いてあった。

「通信回路を内蔵した機器は、独自のプロトコルを使います。プロトコルというのは——そうだな、決まり事だと思ってください。コンピューター機器がクラウドや同じネットワーク上の機器と会話する際の事前の取り決めみたいなものです。ＺｉｇＢｅｅやＺ-Ｗａｖｅという規格がその代表例かな。データワイズ5000スマートコントローラーや類似製品は、Ｗｉ-Ｓｗｉｆｔを使っています。プロトコルで暗号化キーが発行されるので、正当なユーザーや機器だけが認識されるはずなんですが、たとえばガスコンロやウェブカムとネットワークが握手《ハンドシエイク》してコネクションを確立するとき、ほんの一瞬、無防備な隙が生まれます。ハッカーはその脆弱な瞬間をとらえてネットワークキーを盗み見るんです。

なおも困ったことに、メーカーというのは――ショックで卒倒しないでくださいよ――なんと、金の亡者なんですね！　ソフトウェアを新規に開発するには時間がかかります。現在のハイテク企業は開発から製品化までの時間をぎりぎりまで削るというプレッシャーにさらされています。製品の発売までが長引けば長引くほど、他社に先を越されるリスクが大きくなりますから。それもあって、スマートコントローラーのメーカーは既存のソフトウェアを使うことが多い。ここで既存というのは、つまり、古いってことです。恐竜なみの古さですよ。初期のウィンドウズやアップルのOS、一部のオープンソースコードから、ソリテア・ゲームやペイントショップを削り落としたようなもの。そういったソフトウェアは、スマートコントローラーを内蔵する特定の製品向けにゼロから開発したソフトウェアに比べると、セキュリティが脆弱で、裏口から侵入しやすいんです」

「裏口から侵入？」ホイットモアが聞いた。「どういう意味ですか」

「ハッキングです。弱点を見つけて、そこからこっそり侵入する。何年か前、冷蔵庫ハック事件があったでしょう。あれは象徴的でした。ある会社が製造したスマート冷蔵庫には、パソコン向けの古いソフトウェアが乗っていた。ハッカーはその弱点を利用して侵入し、冷蔵庫のコントローラーをスパムボットに変身させました。世界中の冷蔵庫が、ペニスを大きくする機器だのビタミン剤だのを宣伝するスパムメールをせっせと書いて、数百万のアドレスに送りつけたんですよ。冷蔵庫の持ち主はまるで気づいていなかった」

「スマートコントローラーのメーカー側でハッカー対策はできないんでしょうか」アーチャーが聞いた。

「対策は講じていますよ。しょっちゅうセキュリティパッチを配っています。パソコンを起動したあと、ウィンドウズのアップデートがかかって、しばらく待たされることがあるでしょう。あれはだいたいパッチを当てているんです。ユーザーが自分でインストールしなくてはならないこともあれば、たとえばグーグルみたいに自動でダウンロードとインストールが行われることもある。パッチを当てればセキュリティの穴はふさげますが……それもハッカーが次の攻撃方法を探し出すまでのことです」

ライムは尋ねた。「未詳がネットワークに接続して製品を乗っ取ろうとしたら、追跡することは可能かね」

「ええ、ひょっとしたら。それはコントローラーのメーカーに相談するしかないと思いますが」

「わかった。連絡してみよう。ありがとう、ロドニー」

ライムは電話を切った。

サックスが言った。「市警本部の誰かに頼んで、コントローラーのメーカーの連絡先を調べてもらうわ」少し離れたところで電話をかけた。話を終えると、戻ってきて報告した。「すぐに折り返しの連絡をもらえる」

次の瞬間、居間のなかで三台の電話が着信音を鳴らした。サックス、ホイットモア、クーパーの携帯電話だ。

「どうやら」サックスは届いたメールを読みながら言った。「動機が判明したみたい」

ディスプレイが放つ光を受けて、サックスの顔はほのかに輝いていた。

「動機は何だ？」ライムは言った。

ホイットモアが言った。「うちのパラリーガルからショートメールが来ました。サックス刑事に届いたものと、おそらく似た内容でしょう。新聞の電子版の論説欄にエスカレーター事件の犯行声明が掲載されたそうです」

「これだな」クーパーが言った。全員がクーパーのディスプレイの前に集まった。


おまえたちの物欲、モノに対する執着は、おまえたち全員に死をもたらすだろう！

おまえたちは真に価値あるものを捨て、変わりに貴重な〝コントロール〟を放棄した。データを賢《ワイズ》く利用しないと、そういうことになる。モノ中毒になったおまえたちは、引き変えに家族や友人の愛を拒んだ。もっと、もっと、もっと所有せずにいられないおまえたちは、やがてまもなくモノに所有されて、冷たい鋼鉄《スティール》のキスと一緒に地獄に送られるだろう。――民衆《ピープル》の守護者《ガーディアン》トッド・ウィリアムズに宛てた未詳のメールの署名は〈P・G〉だったとライムは指摘した。

「ってことは、本物か？」クーパーが言った。

不思議なもので、大きな事件が起きると、自分がやったと言い張る無関係の輩が続出する。

「ああ、未詳本人からのものだとして間違いない」ライムは言った。

「どうして断言でき――」アーチャーはそう言いかけたが、すぐに言い直した。「ああ、〝コントロール〟ですね。クォーテーションマークがついている。それに〝データ〟〝ワイズ〟という語も使っていますね」

「そうだ。データワイズを乗っ取ったらしいことはまだ公表されていない。知っているとすれば、未詳一人のはずだ。それに、メールのときと似た文法の間違いが含まれている。たとえば〝your〟が〝you're〟になっているな。関係代名詞の〝which〟を使うべきところが〝that〟になっていたりもする」

サックスが言った。「これまでにも似た事件を起こしているのかどうか調べたほうがよさそう……」ネットに接続して検索を始めた。数分後、「NCICには何もない」と言った。全米犯罪情報センター（NCIC）のデータベースには、アメリカと海外数カ国の犯罪者について、逮捕状や個人情報が収められている。サックスは新聞記事なども検索し、活動家組織が今回の未詳40号に類似した事件を起こした事例はなさそうだと付け加えた。〈民衆の守護者〉を取り上げた記事もない。

ジュリエット・アーチャーも少し離れたところでパソコンのディスプレイを眺めていた。まもなく大きな声で言った。「見つけました」

「何を？」ライムはそっけなく言った。いまこの瞬間にも未詳は次の被害者を付け狙っているかもしれないというのに、新たな手がかりが何もないことに苛立ちを感じていた。

「コントローラーのメーカーです。ＣＩＲマイクロシステムズ」みなが集まっているところに戻ってきて、検索結果を表示させたディスプレイにうなずいた。「ＣＥＯの直通番号です。ヴィネイ・チョーダリーの」

「よく見つけたわね」サックスが言う。同じ調査を依頼したのに、一介のアマチュアに先を越された市警の専門部隊に対して腹を立てているようだ。

「刑事の真似事をしてみただけです」アーチャーが言った。

「さっそく話をしてみよう」ライムは言った。

サックスがその番号を自分の携帯電話に入力した。やりとりを聞くかぎり、チョーダリーの秘書と話しているらしい。こちらの事情を説明したあと、サックスのボディランゲージがふいに変化した。驚いている。どうやらＣＥＯ本人が電話に出たようだ。警察の人間と話をすることに抵抗はないようだが、いまは手が離せないらしいと、電話を切ったサックスが報告した。四十五分後にかけなおしてくれとのことだ。

おそらく、その四十五分のあいだに顧問弁護士を呼び集めて守りを固めようということとだろう――すぐそこの崖の上に敵が現れたことに気づいた開拓者が、幌《ほろ》馬車で円陣を組んで防御を固めるように。

22

「どんな様子ですか、巡査部長？」その質問はヘッドセットから雑音一つなく聞こえた。DSSの偵察用バン――今日は水道工事を装っている――はバーの真向かいに駐まっている。ニューヨーク市警巡査部長ジョー・ライリーからも店のなかの様子がよく見えた。ライリーは答えた。「二人とも座ってくっちゃべってる。ビール片手にな。のんきなもんだ」太鼓腹を抱え、灰色の髪をした麻薬取締課のライリーは、〝ドラッグ《D》一掃《S》作戦《S》〟が何年も前に開始されて以来ずっとその部隊の指揮官を務めている。始まったころは、ワックスペーパーみたいにやかましい音を立てる無線機が頼りだった。いざ逮捕というとき、あれでよく呼吸を合わせられたものだ。いまは高性能なデジタル機器がそれに取って代わった。いまやりとりをしている若手隊員はブルックリンのこのごみごみした通りのずいぶん先にいるのに、まるで目の前に座っているかのようにはっきりと声が聞こえる。

バンにはライリーのほかにもう一人いる。隣のシートにアフリカ系アメリカ人の若い巡査が取り澄ました様子で座り、監視用のカメラを操作している。この女性巡査は電子の目と耳のエキスパートだが、ライリーの個人的好みからいえば香水をつけすぎだ。

「銃は？」ヘッドセットから次の質問が聞こえた。相手のおとり捜査官は、ベッドフォード＝スタイヴェサントのリッチーのバーから半ブロックほど離れたところにいる。ライリーが頼んでおいたカルツォーネを忘れずに注文していればいいが。ほうれん草なし。ハムとスイスチーズだけのカルツォーネ。それにソーダ。低カロリーのソーダ。

ライリーは、監視対象の二人組がビールを飲んでいる姿を映したモニターに目を凝らした。女性巡査が首を振る。ライリーは答えた。「見えるところには携帯していない」だからといって、監視対象が完全武装していないという保証はない。

「二人だけですか」

三人いるなら三人と言ってるさ。四人なら、四人だ。

「そうだ」ライリーは伸びをした。ただの時間の無駄に終わらなければいいが。ドミニカ共和国の組織の幹部が今日、リッチーの店で地元の若い者と会うという信頼できる情報が入っていた。巨額の取引になるかもしれない。しかしドミニカの男は約束の時刻を過ぎてもいっこうに現れず、痩せて落ち着きのない若造は、身元不詳の白人の男とただ駄弁《だべ》っている。相手の若い男もまた落ち着きがない。

ヘッドセットの向こうでは、隊員がずるずると音を立てて何かを飲んでいる。「で、ビッグ・ボーイはまだ来ないわけですか」

ドミニカの男は、組織の幹部《ビッグ・ボーイ》というだけでなく、体重百五十キロくらいありそうな巨漢《ビッグ・ボーイ》でもあった。

「三十分の遅刻だな」ライリーは腕時計を確かめた。「そろそろ四十分か」

「もう来ないんじゃないですか」ヘッドセットから若手隊員の声が聞こえた。今度は何かを咀嚼《そしやく》中だ。

まだ現れないのは、単に腰が引けたからではないだろう。今日のドミニカ人クラスの大物売人はとにかくいつも忙しい。

「もう一人の身元不詳の男が、当のドミニカ人ってことはないですよね」

ライリーは笑った。「聖歌隊にまぎれこめそうなお坊ちゃんを雇うほどの不景気だっていうんじゃなきゃ、ありえないな。白人だぞ。それにそこまで不景気じゃない」

「誰なんでしょうね、そいつ」

「さあな。特徴を挙げるなら、金髪、百八十センチ、憎らしいほど痩せている」ライリーはその男の顔をまじまじと見た。「挙動不審だな」

「どんな風に？」若手隊員はあいかわらずむしゃむしゃと何か食っている。

ちくしょうめ。俺のカルツォーネはどうした。

「そわそわしてる」

「気づかれたんじゃないですか、巡査部長？」

「ブルックリンの配管用品店が密集した通りに駐まった水道屋のバンだぞ。カメラのレンズなんか、おまえんちの猫のちんぽこ程度のサイズだ」

「猫は飼ってません」

「気づかれてはいない。うちの小僧と関わり合いになりたくない、それだけのことだろう」

「誰だって関わりたくないでしょうよ」

たしかに。アルフォンス・グラヴィータ——アルフォという別名もあるが、多くはアルポと呼ぶ。ワンワン！——は働かざる者の輝ける星だ。これまでのところ運よく摘発を免れている下っ端の売人で、上昇志向が旺盛で、目下、いつも網を張っているオーシャンヒルの食料品店からベッド＝スタイやブラウンズヴィルに進出を図っている。

「ちょい待ち」ライリーはシートの上で背筋を伸ばした。

「ドミニカ人が来ましたか」

「違う。だが、アルポとお友達が……待て、何かありそうだぞ」

「何が？」咀嚼音が止まった。

「取引かな……引け《プルアウト》」後半部分は、隣のシートに座った香水をつけすぎの巡査に対する指示だった。

言葉の選択を誤ったと思った。いや、いいのか？　いずれにせよ、外出し《プル・アウト》とも解釈できなくもない言い回しに、女性巡査は気づかなかったようだ。

巡査がカメラをズームアウトする。アルポと金髪の男が何をしているか、モニターですべて確認できるようになった。アルポは周囲を見回したあと、ポケットに手を入れた。金髪の男もだ。次の瞬間、二つの手が触れ合った。

「よし、交換したぞ」

「何を?」

「わからん。金は相当額ありそうだった。しかしブツのほうは見えなかった。きみはどうだ?」

「見えませんでした」女性巡査が答える。また香水のにおいが漂って、ガーデニアという言葉がふと頭をよぎったが、ライリーはガーデニアの香りを知らない。それを言ったら、花を見たことさえなかった。

隊員の声が無線越しに聞こえた。「どうします、巡査部長?」

ライリーは迷った。たったいま、違法薬物が売買される瞬間を目撃した。いま動けば、二人を手土産に署に帰れる。だが、白人の若造が店を出たところで逮捕し、アルポは泳がせるほうが得策ではないか。ドミニカ人を逮捕しそこねて七三分署にもどることになっても、一人確保できていれば面目は立つ。それに、あの若造からドミニカ人の情報を引き出せるかもしれない。臆病そうな男だ、締め上げればいくらでも吐くだろう。

それとも、今回の取引はまるごと見逃すか。さほど大きな取引ではなさそうだった。金髪の男をあえて逃がし、ビッグ・ボーイが現れることを期待して待つという戦略もありだろう。

無線の声——「その二人はまだ店でぼんやりしてるんですか」

「ああ」

「行きます？」

「いや。アルポとドミニカ人のコネを断ちたくない。白人の男が店を出るのを待って逮捕することになるかもしれないが、それまで様子を見よう」

「ドミニカ人はもう五十分の遅刻ですよ」

ライリーは決断した。

「よし、決めたぞ。だがその前に、一つ答えろ。おまえ、俺のカルツォーネは注文したんだろうな」


リンカーン・ライムは言った。「新たな被害者が出るのは確実だ。市内の全分署と消防署にメモを送ってくれ。何らかの製品がからんだ事故——事故と思われる死傷事件が発生したら、かならず一報してもらいたい。ただちにだ。即座に。速攻で。どんな陳腐な表現を使ってもかまわん、とにかくすぐに知らせてくれと伝えろ」

メル・クーパーがその任務を引き受け、腰のベルトにしぶしぶといった風情でぶら下がっている銃を抜くような動作で携帯電話を抜いた。

そのとき、サックスの携帯電話にメッセージが届いた。サックスはディスプレイを確かめた。「スマートコントローラーの会社から。いまなら電話で話せるって」

「または」アーチャーが言った。「捜査に非協力的なところを面と向かって示す準備ができた、ということですね」

こと事件捜査に関して抜群にのみこみが早いな――ライムはそう考えながら、大きな声でトムを呼び、スカイプ通話の準備を頼んだ。

スカイプの特徴的な呼び出し音が居間に響き始めるなり、ディスプレイが明るくなって、相手先が応答した。

幌馬車の円陣というわけではなかった。CIRマイクロシステムズ社のウェブカメラの前に座っているのはたった二人だ。うち一人は、南アジア人らしい風貌と堂々とした態度から、ヴィネイ・パース・チョーダリーだろうと推測がついた。襟なしのシャツを着て、ファッショナブルなメタルフレームの眼鏡をかけている。

もう一人は血色の悪い顔をしたがっちり形の男性だ。年齢は五十代くらいか。おそらく弁護士だ。スーツを着ているが、ネクタイは締めていなかった。

映っているオフィスは、味気ないほど清潔に見えた。シンプルなテーブルの上にモニターが二台あり、そのあいだに二人が並んで座っている。背後の壁には栗色と青の線が見える。抽象画が飾ってあるのだとライムはとっさに思ったが、よく見ると違う。壁にじかに描かれていた。CIRマイクロシステムズ社のロゴを絵画風に描いたものだ。

「アメリア・サックス、ニューヨーク市警の刑事です。先ほど電話でお話ししました。

こちらはリンカーン・ライム。科学捜査のコンサルタントとして捜査に参加していま
す」ウェブカメラの前に座っているのはこの二人だけだった。CIRマイクロシステム
ズ社は被告候補ではないとはいえ、前回と同じように、大勢が並んでいると相手が身構
えてしまい、協力を得にくいのではないかと考えたからだ。
「私は社長兼CEOのヴィネイ・チョーダリーです。こちらは弊社の主任弁護士、スタ
ンリー・フロストです」穏やかで感じのよい声だった。大きな抑揚はない。不安に思っ
ている様子ではなかった。四億ドルもの資産があれば、誰だってたいがいのことには動
じないだろう。
「お話というのは、我が社の製品が関係する犯罪についてでしょうか」フロストが聞い
た。
「はい。具体的には、データワイズ5000スマートコントローラーについてです。ニ
ューヨーク市内で、ミッドウェスト・コンヴェイアンス社製のエスカレーターに内蔵さ
れたスマートコントローラーに意図的にコマンドが送られるという事件が発生しました。
エスカレーターの最上部にある乗降板を開くコマンドです。開いた乗降板から男性が転
落して死亡しました」
チョーダリーが言った。「ああ、その事故ならニュースで見ましたよ。でも、意図的
に起こされたものだとは知りませんでした。ひどい話だ。しかし、ミッドウェスト・コ
ンヴェイアンス社に対しては、診断情報やメンテナンスデータの送信と緊急停止以外の

目的ではデータワイズ5000を使わないようにと伝えてあります。外部からのアクセスを許可しないようにと」

「その旨を明記した文書もお見せできます」弁護士のフロストが横から言った。

チョーダリーが続けた。「それに、ミッドウェスト・コンヴェイアンスのエスカレーターにコントローラーを設置したのは何年も前です。その時点からいままでに、四十回から四十五回くらいセキュリティパッチを送っています。ソフトをきちんとアップデートしていれば、ハッカーに侵入されることはないはずです。即座にアップデートしていなかったとすれば、うちの社としてできることはありません」

ライムは言った。「おたくの製造物責任を問うつもりはない。私たちが追っているのはハッカーです」

「お名前をもう一度うかがっていいですか」チョーダリーが聞いた。

「リンカーン・ライム」

「聞き覚えがあります。新聞で読んだか、テレビで見たか」

「ありうる話です。ところで、今回の容疑者は、スマートコントローラーについてブログに書いていた人物からハッキングの方法を手に入れた」

チョーダリーはうなずいた。「そのブログというのはおそらく、〈ソーシャル・エンジニアリング・セカンドリー〉でしょう」

「そう、それです」

「あのブロガーはわざわざ初期のモデルを使ったうえに、あえてセキュリティパッチを当てずに実験しています。もしパッチを当てていれば、データワイズに誤作動を起こさせるのは不可能だったはずですよ。もちろん、そのことはブログのなかでは触れていない。十三歳の子供でも簡単にハッキングできるとほのめかすほうがセンセーショナルですからね。プライバシーの侵害とか、誤作動といったキーワードを入れるとページビューを稼げる。データワイズは現在流通している九割方の類似システムより堅牢性ではるかに優っているのに」

フロストが言葉を添えた。「我が社はホワイトハッカーのコンサルティング会社と契約しています――〝倫理的なハッカー〟ですね。このフレーズはご存じですか」

「ええ、意味は想像できます」サックスは答えた。

「彼らは、我が社の顧客が使っているデータワイズのサーバーに対して朝から晩まで攻撃を仕掛けています。どんな小さなものであれ、脆弱性が見つかると、対策のためのパッチを配布します。問題のブロガーがセキュリティパッチをインストールしていれば、乗っ取ることはできなかったはずです。それについて、ブロガー本人はどう話していますか」

サックスは言った。「ハッキングする方法を聞き出したあと、容疑者はブロガーを殺してしまったんです」

「本当ですか！」チョーダリーが息を呑む気配が伝わってきた。

「ええ、事実です」

「気の毒に。本当にひどい話だ」

ライムは続けた。「我々が追っている容疑者は、おたくのコントローラーを内蔵している製品と、その製品を購入した消費者や企業のリストを持っている。ひじょうに長いリストです」

「おかげさまでここ数年、売り上げは右肩上がりですから」

フロストがチョーダリーのほうに顔を向けた。何も言わずにいるがおそらく、ライムたちには製造物責任を問うつもりがないとしても、会社の純資産額をほのめかすのは得策ではないと遠回しに警告しているのだろう。

チョーダリーが弁護士に小声で言った。「いいんだ。捜査に協力したい」

ライムは言った。「容疑者は似た事件をまた起こすだろうと信じるべき理由がある。また人を殺すだろうということです」

チョーダリーが眉をひそめた。「故意に？　いったいどうして？」

サックスが言った。「国内テロと言えばいいでしょうか。大量消費主義に敵意を抱いているようです。もしかしたら、もっと広く、資本主義に対してかもしれません。複数の報道機関に犯行声明のようなメールを送りつけました。検索すればすぐに見つかると思います。〝民衆の守護者〟を自称しています」

チョーダリーが言った。「でも……そいつは精神を病んでいるのかな」

「そのあたりのことはまだわからない」ライムは焦れったい気持ちを押し隠しながら言った。「ここからが本題です。いくつか教えていただきたいことがある。まず、製品のコントローラーを乗っ取ったとき、容疑者がどこにいたか、物理的に追跡することは可能かどうか。容疑者はおそらく現場のすぐ近くにいる。現場を見ながら、いつコントローラーにコマンドを送ればいいか判断するわけです。もう一つ知りたいのは、この容疑者の身元を突き止める手段はあるかどうか」

チョーダリーが答えた。「技術的には追跡は可能です。ただ、それもやはり製品のメーカーの範疇《はんちゅう》になりますね。ウェブカムのメーカー、ガスコンロのメーカー、自動車会社。うちの施設からは不可能です。システムのハードウェアを製造して、スクリプト──コントローラーに搭載されているソフトウェアを作っているだけですから。その犯人はおそらく、うちの顧客向けクラウドサーバーを介してコントローラーを乗っ取っているんでしょう。

とすると、どの家電やデバイスが乗っ取られるか事前にわかれば──製品の種類ではなく、どの個体が狙われているかわかれば、その製品のメーカーなら犯人の居場所を突き止められるはずです。ただ、犯人がクラウドにログインするのにプロキシサーバーを経由しているとなると、ちょっと問題ですね。どのプロキシサーバーなのか割り出さなくてはならない。もう一つ、犯人がハッキングしたあと、ログアウトしてスマートフォンなり何なりの電源を落とすまで、おそらく数秒しかありません。身元については、それだけ利口な犯人なら、間違いなくプリペイド携帯や未承認のタブレット端末やパソコンを使い、プロキシサーバーか仮想プライベートネットワークを経由してアクセスするでしょうね。ハッカーが最初に学ぶことはそれです」

予想以上に困難な道のりのようだ。ライムは言った。「わかりました。もう一つだけ。容疑者のアクセスを防ぐために、おたくの会社で可能なセキュリティ対策は何かありますか」

「もちろんあります。さっきお話ししたとおりのことですよ。スマート製品——ガスコンロや空調システム、医療機器、エスカレーターのメーカーに、うちが配布するセキュリティパッチをインストールしてもらうだけです。例のブロガー——名前は？」

「トッド・ウィリアムズ」

「彼がどうやって侵入したかはわかっています。ええ、認めますよ、セキュリティホールがあったことは事実です。しかしあの記事の存在を把握したその日のうちにパッチを配布しました。一月《ひとつき》ほど前、いや、もう少し前でしたか」

「ミッドウェスト・コンヴェイアンスはなぜインストールしなかったんでしょうね」

「メーカーの怠慢もあるでしょうが、ビジネスの側面も影響しているでしょう。システムをアップデートするには再起動が必要ですし、場合によってはプログラムに手を加えなくてはならないこともあります。つまり、自社のクラウド全体を一定の時間、オフラインにしなくてはならない。サービスが中断されれば顧客から苦情が来るでしょう。人は便利さに慣れてしまうと、それなしでは過ごせなくなるものです。うっかり電灯を消すのを忘れて旅行に出てしまっても、遠隔操作で消すことができる。ベビーシッターの様子をリアルタイムで監視できる。十年前ならそんなことは考えられませんでしたし、それができないから不便だとも思わなかったでしょう。しかしいまは違います。スマート製品を使っている誰もが、使えなくなると困ると感じています。使えないことがあるとわかれば、別の製品に買い換えるでしょう」

「アップデートは短時間ですむというお話だった」

チョーダリーは微笑んだ。「消費者心理の研究はなかなか興味深いトピックですよ。失望の経験はよく記憶される。忠誠心は千分の一秒単位で変化する。さて、ミスター・ライムと、えっと……」

「サックス」

「そろそろ会議に出なくてはなりません。しかしその前に、セキュリティパッチのダウンロード先を書いたメールを全顧客にもう一度送っておきます。かならずインストールしてくださいと注意喚起する文書をつけて。人命に関わることだと書いておきます」

「お願いします」サックスが言った。

「では、事件の解決を祈っています。もしまたお手伝いできることがあれば、遠慮なく連絡してください」

ウェブカムを停止した。ライムとサックスは捜査チームのほかの面々のところに戻り、チョーダリーから聞いた話を伝えた。

その内容は、未詳40号の今後の犯行をもしかしたら防止する役に立つかもしれないが、身元を突き止めるという点ではほとんど参考にならない。

ライムは、アーチャーやホイットモアと作ったミッドウェスト・コンヴェイアンス訴訟向けの証拠物件一覧表を見やった。「一覧表二つを統合したいな、サックス。二つ合わせてどんな証拠がそろっているか確かめたい」

未詳40号事件のホワイトボードそのものをワン・ポリス・プラザの捜査本部から運ばせる代わり、サックスは重大犯罪捜査課のアシスタントに連絡し、携帯電話で写真を撮ってメールしてくれるよう頼んだ。まもなく写真が届いた。

サックスは未詳40号事件の現場で見つかった証拠物件をホワイトボードに書き写し、ウィリアムズのノートパソコンの解析から判明した事実もそこに加えた。捜査チームの全員が一覧表に目を通した。

ライムは一覧表を見つめているサックスを観察した。右手の人差し指と親指は、青い石のついた指輪を延々と回している。やがてサックスは首を振った。「おがくずとニス、紙ナプキンのDNAと指紋の分析結果はどうしたのかしらね。クイーンズの鑑識本部からまだ連絡がない」ライムに冷ややかな視線をちらりと向けた。遅れているのはライムのせいだと言わんばかりだ。まあたしかに、クーパー誘拐事件の影響がまったくないとは言い切れない。

「おがくずの顕微鏡写真を見せてくれ」ライムは言った。

サックスはネット経由で鑑識本部のセキュアデータベースにアクセスし、事件番号を入力して写真をダウンロードした。

ライムは写真を眺めた。「マホガニーだな。メル、どうだ?」

写真をさっと見ただけで、クーパーはうなずいた。「九十九パーセントの確率でマホガニーだ」

「サックス。きみの言うとおりだった。メルをきみから盗んだ私が悪かったよ」ライムとしては冗談のつもりだったが、サックスは何も言わなかった。ライムは続けた。「やすりをかけて出たくずだろうというきみの読みは当たっている。鋸で切って出たおがくずではない。つまり、仕上げにやすりをかけるような木細工で出たものだろう」サックスが一覧表に書き加える。ライムはさらに続けた。「ニスについては見当もつかない。データベースがないからな。分析結果を待つしかないだろう。紙ナプキンというのは?」

サックスはホワイト・キャッスルの手がかりを説明した。「DNAと指紋の照合にどうしてこんなに時間がかかるのかしら」サックスは携帯電話を取ってクイーンズの鑑識本部にかけ、短いやりとりを交わしたあと、電話を切った。

苦い顔をしている。「時間がかかってるのは、紛失したせい」

「紛失した?」クーパーが聞き返す。

「証拠管理室が紙ナプキンを紛失したそうなの。別事件のタグを間違ってつけたみたいね。いま探してくれてるそうだけど」

探すのはことだろう。証拠管理室といっても部屋は一つではない。いくつもの部屋に何十万件という数の証拠物件が保管されている。干し草の山のなかから針一本どころか、針の山から針一本を探すようなもの——そんなたとえをライムも聞いたことがあった。

「そんなヘマをする人間は首だ」ライムは切り捨てるように言った。

新しい項目に注意しながら、もう一度、一覧表に目を通した。未詳40号は、強運の持ち主か、用心深い人間かのどちらかのようだ。一覧表に並んでいる微細証拠の一部は、未来の被害者について情報を収集しているあいだに付着したものなのだろうが、未詳の住まいや勤務先、次に事件を起こそうとしている現場を割り出そうにも、そこにはとっかかり一つ見つからない。

現場：マンハッタンの工事現場
クリントン・プレース151番地
40ディグリーズ・ノース（ナイトクラブ）そば

・容疑：殺人、傷害

・被害者：トッド・ウィリアムズ（29）、ライター、ブロガー、時事問題
・死因：鈍器損傷、凶器はおそらく丸頭ハンマー（メーカーは調査中）
・動機：金品強奪
　・クレジットカード／デビットカードの不正使用はこれまでのところなし
・証拠物件
　・指紋未検出
　・草の葉
　・微細証拠
　　・フェノール
　　・モーターオイル
・容疑者のプロファイル（未詳40号）
　・格子柄のジャケット（緑）、ブレーブスのロゴ入り野球帽
　・白人男性
　・長身（185から190センチ）
　・痩せ形（65キロから70キロくらい）
　・細長い足、長い指
　・人相は不明

現場：ブルックリン　ハイツ・ヴュー・モール

・容疑：殺人、公務執行妨害
・被害者：グレッグ・フロマー（44）、ショッピングセンター内のプリティ・レディ靴店販売員
　・販売員。前職はパターソン・システムズ社マーケティング部長。近い将来、前職と同様の、あるいは現職より高給の仕事に戻る意思があったことを示す必要
・死因：失血、臓器損傷
・殺害方法：
　・未詳40号はC－Rマイクロシステムズ社製データワイズ5000スマートコントローラーにハッキングし、エスカレーターの乗降板を遠隔操作で開いた
・C－Rマイクロシステムズ社からの聞き取り
　・シグナルの追跡：各製品のメーカーのみが可能。困難。
　・未詳の身元特定はおそらく不可能
　・メーカーがセキュリティパッチをインストールすることにより、ハッキングの危険を最小限に抑えることが可能。C－Rマイクロシステムズからアップデートを促すメールを送信

・証拠物件
・DNA、CODISに一致データなし
・照合に足るサイズの指紋検出できず
・靴跡、おそらく未詳のもの、リーボックのデイリークッション2・0、サイズ13
・土壌サンプル、おそらく未詳由来、結晶性アルミノケイ酸塩を含む粘土：モンモリロナイト、イライト、バーミキュライト、カオリナイト。加えて有機コロイド。おそらく腐植。ブルックリンのショッピングセンター周辺のものではない
・ジニトロアニリン（染料、殺虫剤、爆薬に使われる）
・硝酸アンモニウム（化学肥料、爆薬）
・クリントン・プレースの現場で検出されたモーターオイルも合わせ、爆薬を製造中？
・ここでもフェノール（フェノール。ポリカーボネート、合成樹脂、ナイロンなどプラスチックの前駆物質。アスピリン、エンバーミング用防腐液、化粧品、巻き爪治療。未詳は足が大きい――爪にトラブル？）
・タルク、鉱物油（paraffinum liquidum/huile minérale）、ステアリン酸亜鉛、アクリル酸、ラノリン（lanoline）、セチルアルコール、トリエタノールアミン、ラウリン酸PEG-12、ミネラルスピリット、メチルパラベン、プロピルパラベン、

二酸化チタン
・メーク用品？　ブランドを調査中、分析結果待ち
・金属の削りかす、微少、鋼、おそらく刃物を研いで出たもの
・おがくず。木の種類を調査中。おそらくやすりをかけて出たもの
・有機塩素と安息香酸。毒性。（殺虫剤、毒物兵器？）
・アセトン、エーテル、シクロヘキサン、天然ゴム、セルロース（おそらくニス）
・メーカーを調査中
・ホワイト・キャッスルの紙ナプキン——鑑識本部が紛失
・請求の原因：不法行為による死亡／人的損害
・製造物厳格責任
・過失
・黙示保証不履行
・損害賠償：身体的・精神的苦痛に対して。懲罰的賠償金も視野に。詳細未定
・被告：未詳40号
・事故に関連する事実
・乗降板が開き、被害者が下の歯車の上に転落。開いた隙間はおよそ40センチ
・乗降板の重量はおよそ19キロ。手前側の鋭い歯が死亡／傷害の原因の一つに
・乗降板は留め金で固定。スプリングつき。未知の原因で跳ね上がった

・乗降板が開いた理由？
・介在原因——未詳40号がデータワイズ5000コントローラーを乗っ取り
・現時点でニューヨーク市捜査局および消防局の報告書や記録は入手できず
・現時点で事故を起こしたエスカレーター現物を調べることはできず（捜査局が保管中）

現場：ホワイト・キャッスル・ハンバーガー店
クイーンズ　アストリア　アストリア・ブールヴァード

・事件との関係：未詳が定期的に食事に訪れる
・容疑者のプロファイル
・一度に10個から15個のハンバーガー
・この店で食事をした際、近隣で買い物をしたことが少なくとも一度。白いレジ袋、重量物。金属の物品？
・北の方角に進んで大通りを渡る（バスや電車に乗った？）。自動車はおそらく所有／運転しない
・目撃証人は顔をよく見ていないが、おそらく髭は生やしていない
・白人、血色の悪い肌、頭髪が薄くなりかけているか、クルーカット

・アストリア・ブールヴァードの白タク営業所を利用、ウィリアムズ殺害事件当日またはその前後
・白タク営業所経営者の情報待ち
・目的地について営業所から連絡あり

現場：マンハッタン、リッジ・ストリート348番地

・容疑：放火
・被害者：なし
・事件との関係：未詳40号はグレッグ・フロマーを死亡させたのと同一人物。ブルックリン・ハイツ・ヴュー・モールのミッドウェスト・コンヴェイアンス社製エスカレーターの乗降板を故意に開いた。トッド・ウィリアムズと会い、データワイズ5000スマートコントローラーのハッキングのしかたを聞く。エスカレーター事故の原因はそれ
・ウィリアムズ殺害事件当夜、未詳40号は以下のリストをウィリアムズから入手
・コントローラーを内蔵している全製品
・その製品の一部を購入した顧客

・容疑者のプロファイルに追加する項目
・〝民衆の守護者〟を名乗って犯行声明を投稿。国内テロ、行きすぎた消費主義を攻撃
・投稿元は追跡できず
・故意に文法を誤る。おそらく知的な人物
・証拠物件：
・即席爆弾
・蠟、レギュラーガソリン、綿繊維、プラスチック、マッチ。蠟燭爆弾。いずれもメーカーや販売経路の追跡不可能

そんなわけで。これが自宅か。

レッドの自宅。

アメリア・サックス。ショッパー。

トッド・ウィリアムズの事務所があったビルで焼け死んでくれなかった、我の強いショッパー。

僕は偶然にもブルックリンのレッドのタウンハウスの向かいに来ている。作業員風の服装、その名のとおり全部を覆い隠すカバーオールを着こんでいる。これなら注意を引

かずにすむ。朝からずっと働きっぱなしで疲労困憊《こんぱい》している作業員（基本的には芝居だが、疲れているのは事実だ）。片手にコーヒー、もう一方には携帯電話。届いたメールを読んでいるふりをしているが、実際に読んでいるのは新聞各社のサイトに投稿した大量消費主義に対する宣戦布告だ。すごいぞ、〝いいね〟がいくつかついている！

レッドのタウンハウスを丹念に観察する。ショッパー。そうさ、ショッパーだ。レッドはその罰を受けることになるが、僕の怒りは少し薄らいで（冷凍食品コーナーで見つけたホワイト・キャッスルのバーガーがかなりいい線を行っているとわかった）、レッドはサディスティックなタイプじゃないようだと思い始めた。デリカシーあるショッパーだ。たとえばデートに誘ったとしても、〝ひょろひょろのっぽ〟とか〝がりがり野郎〟とか言って僕の鼻先で笑ったりはしないだろう。それより、ちょっと頰を赤らめ、かわいい顔にかわいらしい笑みを浮かべて、「ごめんなさい、ほかに予定があるの」と断るような女だ。

デリカシーあるショッパー……

だから、いざレッドの人生を破滅させることになったら、僕の胸はきっとちくりと痛むだろう。しかしそんな感傷に浸ったのはほんの一瞬で、僕はまた目の前の仕事に注意を戻す。

なかなかいいところに住んでいる。古き良きブルックリン。昔ながらの街並み。アメリア・サックス。ドイツ系の名字だな。顔立ちはドイツ系に見えないが、それを言ったらドイツ系の顔立ちがどんな風かよくわからない。金色の髪を三つ編みにしてはいないし、アーリア人っぽい青い目でもない。

レッドをどうするか、ずっと迷っている。レッドはデータワイズ５００を内蔵した製品を一つも持っていない。少なくとも僕が調べたかぎりでは何も持っていなかった。骨が砕け始める前にトッドが親切にも手に入れてくれた、僕の魔法のリストのどこにもレッドの名前は載っていない。もちろん、いったん大衆の手に渡った製品は、海を漂うみたいに流れ流れて別の誰かのキッチンやガレージやリビングルームに打ち上げられたりするものだ。でも、トッドに教わったやりかたでレッドの家から発せられている電波をスキャンしたが、見つかったのは、孤独なワイヤレスデバイスが仲間を求めて発しているビーコンだけで、レッドを粉砕された骨の塊や焼けただれた肉の塊に変身させる手伝いをしてくれそうなものは何一つなかった。

コーヒーをするふりをし、スマートフォンをチェックするふりをする……みんな芝居だ。僕は風景の一部になっている――一日の仕事を終えて、帰りの車が迎えにくるのをいらいらしながら待っている作業員。

ただし、僕はいらいらなんかしていない。

僕は石のように辛抱強い。

そして辛抱は報われた。三十分後、興味深いものが視界に映ったからだ。

レッド問題を解決するパズルの最後の一ピースが見つかった。

任務完了。僕はコーヒーを飲み干し、紙コップをつぶしてポケットに入れた（教訓から学んだ成果だ！）。よし、帰ろう。さっそく仕事にかからなくては。

23

ロナルド・プラスキーはリッチーの店を出た。達成感にあふれていた。頭がくらくらする。

南に向きを変え、うつむいたまま早足で歩き続ける。

左の前ポケットに入っているものは、ちっぽけなのに、重量五キロの金塊のように思える。さりげなくポケットに手を入れて感触を確かめた。ありがとう――そう天に感謝した。

ありがとうな――たった一分前まで一緒にビールを飲んでいた男に向けてもそう念じた。アルフォ（プラスキーはドッグフードと同じ〝アルポ〟という名では呼ばなかった。たとえ情報屋にでも最低限の敬意は払うべきだ）。アルフォはプラスキーが求めているとおりのものを調達してくれた。そう、望みどおりのものを。

この調子なら……

「すみません。そこで止まって。その手をポケットから出して」

プラスキーは立ち止まった。頬がかっと熱くなり、心臓が早鐘を打ち始めた。強盗ではないだろう。声をかけてきたのが誰か、見当がつく。あの声の調子、言葉遣い。振り返ると、大柄な男が二人立っていた。ジーンズにジャケット。私服だが、誰なのか即座にぴんときた。名前はわからないが、職業はわかる。麻薬取締課。おとり捜査官。二人の身分証にちらりと目をやった。銀のチェーンの先にぶら下がった金色のバッジ。

くそ……

ゆっくりとポケットから手を出した。両手を開いたままにして、攻撃するつもりがないことを示す。手順はわかっていた。この二人の役回りで何百回となく経験してきたからだ。

プラスキーは言った。「ニューヨーク市警の者です。重大犯罪捜査課の。アンクルホルスターに銃が一丁あります。バッジはジャケットの内ポケットに」落ち着き払った口調で話したつもりだ。しかし声は震えていた。心臓の音がやかましい。

二人は眉根を寄せている。「なるほど」髪が薄くなった大柄なほうが言い、一歩前に出た。パートナーは銃のそばに手を置いたまま見守っている。髪の薄いほう——〝禿げ頭〟——が続けた。「怪我人は出したくない。わかるな。さて、むこうを向いて、そこの壁に両手を当てて」

「わかりました」抗議しても無駄だ。吐き気がこみ上げた。プラスキーは大きく息を吸いこんだ。よし、ゆっくりと呼吸を繰り返そう。そう自分に言い聞かせ、どうにかそのとおりにした。

二人は――いかにも特捜部のにおいがする――プラスキーの銃とバッジを確かめた。そのまま返さずにいる。財布もだ。それについては抗議したくなったが、言葉をのみこんだ。

「よし、こっちを向け」今度はもう一人が言った。短めの金髪を頭頂部だけつんつんと立たせている。プラスキーの財布を検《あらた》めていた。それから財布と銃とバッジをまとめて左手に持った。

二人は通りの様子を確かめたあと、近くのビルの入口、通行人から見えない場所にプラスキーを連れていった。リッチーの店を――おそらくアルフォンスを――監視して、取引相手が現れるのを待っていたのだろう。いまこの様子を見られたら、そのメインの作戦が吹き飛ぶ。

髪の薄いほうがマイクに口を近づけた。「巡査部長、捕まえました。ただ、こいつ、市警の人間なんですよ。重大犯罪捜査課の……ええ……確認します」首を軽くかしげる。

「プラスキー、だったな？　おとり捜査で来たのか？　何かやるとき、重大犯罪捜査課はかならず俺たちと――ＤＳＳと連携する。どういうことか説明してもらいたいな」

「おとり捜査ではありません」

「さっき何を買った？」髪の薄いこの男は、話をする役割を好むらしい。プラスキーの鼻先に相手の顔がある。吐く息はピザの匂いをさせている。ガーリックにオレガノ。何を買ったかと聞きながら、プラスキーのポケットのほうに視線を動かした。

「何も」

「なあ、いいか、ビデオがあるんだよ。一部始終が映ってるんだよ」

あれか。通りの反対側に駐まっていた水道工事のバン。さすがと言うほかない。この通り沿いには配管用品を売る店が十以上並んでいる。木材を積んだトラック、タコス店のトラック、空調設備トラック……そういう車両は目立つ。しかし水道工事の車なら誰も怪しまない。

「いえ、違うんです」

「いいや、違わないね、プラスキー。事実は変えられない。ビデオっていう証拠があるんだよ。なかったことにはできない」金髪のほうが言った。違法薬物を購入した容疑で同僚警察官を逮捕することに抵抗を感じているようだ。しかし抵抗を感じても、見逃すことはできない。それは二人とも同じだ。髪の薄いのに比べて、金髪のほうはこの逮捕劇にあまり気が進まないだろうというだけの話だ。

「後戻りはできないんだよ、プラスキー。さっき買ったものを出せ。軽犯罪レベルの量なら、そう悪いことにはならない。検事や市警の互助組合にでもよく相談するんだな」

これが別の種類のおとり捜査なのかもしれないという考えもこの二人の頭にはあるだろう。プラスキーは監視されていることを承知でドラッグの取引をし、同僚だからという理由で見逃すかどうかを試しているのではないか。見逃せば、内部監察部が来て、自分たちが――〝禿げ頭〟と〝金髪頭〟のほうが逮捕される。だから、警察官ではないふつうの買い手と同じように厳しく扱うしかない。

「ドラッグは買っていません」

沈黙があった。

「所持品の検査をしてもらえばわかります」

二人は目を見交わした。金髪のほうが所持品を調べた。徹底的に。慣れたものだ。

禿げ頭が無線のマイクに向かって言った。「巡査部長、何も持ってません……了解」

通信を切ると、大きな声で言った。「どういうことか説明してもらおうじゃないか、プラスキー」

「それを」プラスキーは金髪頭の手に顎をしゃくった。金髪頭がプラスキーのポケットを探って見つけた紙片を返してよこす。プラスキーは紙片を広げて金髪頭に差し出した。

「何だ？」

「先月、金が入り用になって。二千ドルくらい。知り合いからアルフォを紹介されたんです。アルフォは金貸しとのあいだに入ってくれました。で、今日、利息込みで全額返済して、引き換えにその借用書を返してもらったんです」

禿げ頭と金髪頭が借用書をまじまじと見る。

法外な利息で金を借りること自体は、現金のロンダリングが目的でないかぎり違法ではない。ただし借りたのが警察官となると、何らかの規則に違反している可能性はある。

禿げ頭が無線のマイクに向けて言った。「薬物じゃありません、巡査部長。借金です。返済して、借用書を取り返した……はい……了解」

「おまえな、馬鹿なことするなよ、巡査」

「馬鹿なこと？　友達のために金を借りるのが馬鹿なことですか？　癌で脚を切断することになるかもしれないのに、保険に入ってなかったからって、友達を見捨てろって？」声が上ずっているのは、怒りのせいではなく、不安からだ。しかし、どうせ嘘をつくなら大げさな嘘にしたほうがかえってばれにくいだろうとプラスキーは思った。

二人の腰がやや引けたのがわかった。しかし禿げ頭はすぐに立ち直った。「いいか、おまえのせいで大事な作戦が頓挫するところだったんだぞ。おまえが会ってたやつ、アルポはな、ドミニカ系の組織の幹部をあの店で待ってたんだ。幹部が来て、おまえの正体に気づいたら、何が起きてたかわからない。銃を持ったボディガードを連れてきてたかもしれないんだ」

プラスキーは肩をすくめた。

「ドミニカ人の話は出たか」

「いいえ。スポーツとか、二十パーセントの利息で金を借りるなんてどうかしてるなとか、そんな話をしただけです。銃とバッジを返してください。財布も」

プラスキーは三つを受け取ると、ゆっくりしゃがんで銃をホルスターに戻した。ストラップを留めて立ち上がる。「ほかに何か？」禿げ頭は黙っている。プラスキーはほんの一瞬禿げ頭を見つめたあと、無言で向きを変えて立ち去った。

ついさっきまで早鐘を打っていた心臓は、さらに加速してマシンガンのように暴れている。

危ないところだった……運がよかったな——プラスキーは胸のなかでつぶやいた。とはいえ、運のおかげだけではない。前もって手を打っておいた。今日、アルフォから電話が来て、オーデンの情報が入ったと伝えられた。新型のオキシコンチンを売っているという男の件だ。「〝キャッチ〟だっけ？　あんたが話してたクスリ」リッチーの店で待ち合わせ、情報料として二千ドルを持参することになった。

しかし、ダウンタウンの放火現場で預かったノートパソコンを市警本部に届けたあと、約束の場所に向かおうとして、ふいに不安に取り憑かれた。アルフォと話しているところを友人に見られたら。警察官に目撃されたら。何か言い訳を用意しておいたほうがいい。この前はアルフォから本当にドラッグを買ったが、今回は買わないほうがいい。

そのときどういうわけか頭に浮かんだのが、借用書のアイデアだった。悪くない。さっそく偽の借用書を作った。そしてアルフォからオーデンの情報を受け取ると、借用書を入れておいたポケットに押しこんだ。鑑識課で調べられたら疑われるだろう。借用書から検出される指紋はプラスキーのものだけだ。筆跡鑑定でもされたら一発でばれる。

だが、さっきのＤＳＳの二人組は、プラスキーに対する興味をあっさり失った。食べかけのピザとドミニカ系組織幹部の見張りが気になってしかたがないのだろう。

プラスキーはアルフォからもらった紙片を取り出して広げ、そこに記された番地などの情報を記憶に刻みつけた。目を閉じ、十回ほど頭のなかで繰り返す。それから紙片を下水に投げこんで捨てた。

もうこんな時間だ。ライムやサックスは、プラスキーはどこで何をしているのかと思い始めているだろう。プラスキーのほうも、トッド・ウィリアムズのノートパソコンから未詳40号に結びつく手がかりが見つかったかどうか、知りたかった。携帯電話を確かめたが、しかし、ライムからもサックスからも不在着信はない。サックスに宛てて、今日はこのまま帰宅するとメッセージを送った。グティエレス事件の捜査に思ったより時間を取られてしまった、何か急ぎの用件があれば連絡してほしい。

怒っているだろうか。おそらく。しかしプラスキーにはどうすることもできない。

タクシーを使いたいところだが、ついさっきアルフォに多額のポケットマネーを渡してしまったことを思い出し、地下鉄で帰ることにした。ブロードウェイ・ジャンクション駅まで戻り、妻子の待つ家までの複雑な旅路をスタートした。自分が汚れたような気がした。家族の優しい笑顔に迎えられても、そのいやな感覚が薄らぐことはないだろう。

アメリア・サックスはフォード・トリノを縁石際に駐めてエンジンを切った。運転席に座ったまま、携帯電話のメッセージに目を通した。それから携帯をしまったが、すぐには車から降りずにいた。ライムのタウンハウスを辞去したあと、二つ用事を済ませた。まず地元有力紙の記者と会い、〝民衆の守護者〟の記事に追加情報を渡した。続報に、スマートコントローラー内蔵の製品のリストを載せてもらえることになった――といっても、オンライン版限定だ。製品リストは、紙版に掲載するには長すぎる。チョーダリーから聞いた話も記者に伝えた。ビジネスの理由から、あるいは怠慢で、セキュリティ改善のためのパッチをインストールせずにいるメーカーが多いという話だ。インストールを促すメールを再度送信しておくとチョーダリーは言っていたが、メーカーが危険な製品を放置しているという記事が出れば、各社の広報部からセキュリティアップデートをインストールしてくれという声が上がるだろう。

記者はリーク情報に礼を述べ、サックスの名は記事に出さないと約束した。市警上層部の了解を得て記者と接触したわけではないからだ。記者は裏取りと記事執筆のために会社に戻っていった。

サックスは市警本部に立ち寄ったあと、二つ目のミッションに取りかかり、いまこうしてリトル・イタリーに来ている。北から新しもの好きのヒップスターの勢力に、南からは中国系の料理店や土産物屋の勢力に押されて、名前のとおり、実際に小さく《リトル》なっている。サックスはようやく車から降りると、ブリーフケースを提げて南に歩き出した。やがて速度をゆるめ、立ち止まると、目の前のコーヒーハウスの窓越しに見えている男性のシルエットを見やった。

一九四〇年代の映画から抜け出してきたような、古典的なエスプレッソとペストリーの老舗だ。店名は〝アントニオズ（Antonios）〟（複数形だが、アントニオという名のオーナーが複数いるわけではない。アポストロフィーを入れてアントニオの店（Antonio's）と正せばいいのに、家族も看板を書いた職人も、なぜかそのままにしている）。グリニッチヴィレッジには、大手コーヒーチェーンの攻勢に堪《た》えて営業を続けている昔ながらのビストロがほかにも三つ四つあるが、サックスはこのアントニオズを一番気に入っていた。

店に入ると、ドアに取り付けられた鈴が明るい音を鳴らした。コーヒーとシナモン、ナツメグ、イーストの豊かな香りが鼻腔に押し寄せてくる。

サックスの目はまだ、ｉＰａｄの画面をスクロールしているニック・カレッリに注がれていた。

一瞬ためらったあと、ニックのテーブルに近づいて声をかけた。「こんばんは」

「やあ」ニックは立ち上がり、サックスの目をのぞきこむようにじっと見つめた。抱擁はしない。

サックスはテーブルにつき、ブリーフケースを膝に置いた。身を守る楯のようなもの、取調室の容疑者が腕組みをするようなものだ。

「何がいい？」ニックが聞いた。

ニックの前にはブラックコーヒーのカップがある。ある寒い日曜の朝の記憶がサックスの脳裏に蘇った。二人とも非番の日だった。サックスはパジャマの上を着ていて、ニックは同じパジャマの下を穿いていた。サックスは二人分のコーヒーを淹《い》れた。沸騰した湯を円錐《えんすい》形のフィルターに注ぐ音は、セロファンがくしゃくしゃになる音を思わせた。サックスは熱いままを飲み、ニックは自分のカップをしばらく冷蔵庫に入れておく。熱い飲み物が苦手で、いつもぬるくなったところで飲む。

「何もいらない。時間がないから」

ニックの顔を失望がよぎったように見えた。

「流行に追いついたよ」ニックはにやりとしてiPadを指さした。

「いろいろ変わったわよね」

「完全に出遅れたって気がするよ。十三歳くらいから始めなくちゃ、とてもマスターできそうにない」

「十三歳でも遅いくらいよ」サックスは言った。ニックを見て、元気そうだとまた思わずにはいられなかった。前回よりもさらに顔色がよくなっている。肌に張りが出て、丸まっていた姿勢も伸びていた。髪も切ったようだ。ちょっと痩せすぎていた若いころより、かえって魅力的に見えた。短く切った黒い髪に灰色のものが交じっているのもいい。年齢――と服役――を重ねても、少年のようにきらきらした目は輝きを失っていなかった。どこか〝悪ガキ〟っぽい印象はあいかわらずだ。一連の強奪事件についても、冷静に計画して実行したわけではなく、よくない人々と交わるうちに何か大きなことをやってやろうという気になって、後先考えずにやってしまったというほうが当たっているような気がしたものだ。

「さっそくだけど、これ」サックスはブリーフケースを開き、分厚いファイルを三冊差し出した。合計で八百枚ほどの書類が収まっている。ニックが関与したとされる事件と関連事件の捜査資料一式だ。サックスは何年も前にひととおり目を通していた。知りたかったからというより、そうせずにはいられなかったからだ。資料を読んで、当時ニューヨーク市内で複数の強奪グループが活動していたことを知った。三カ月間で七人が逮捕された。ニックもその一人だった。ほかの六人もみな警察官だった。ニック一人だけだったら――しかも司法取引に応じて有罪を認めたのだったら――ファイルはもっと薄かったに違いない。ニックはファイルの一つをざっとあらためたあと、サックスの腕にそっと手を置いた。

手ではなく、腕に。手を握るとしたら、親密にすぎる。だから腕に触れただけだ。それでも、ウールやコットンの層があいだにあるのに、彼の手から、何年も前と同じ電流のような感覚が走った。それは歓迎したくない種類の感覚だった。自分に嫌悪さえ感じた。

サックスが身を強《こわ》ばらせたことにニックも気づいたのだろう。少なくとも、サックスが目をそらしたことには気づいて、すぐに手を引っこめた。

サックスは言った。「慎重にね、ニック。あなたは前科のある人物との交際は禁じられている。そのことは保護観察官から言われてるわよね」

「力を貸してもらえそうな人物が見つかったとして、少しでもリスクがあれば――犯罪に関わっている可能性がわずかでもあれば、友達か誰かにあいだに入ってもらうようにするよ。約束する」

「その約束をかならず守ってね」

サックスは立ち上がった。

「軽い晩飯くらい、食べる時間はあるだろう？」

「母が待っているから帰らないと」

「お母さんの具合はどう？」

「手術は予定どおり受けられる」

「どんなに感謝してもし足りないよ、アメリア」

「自分の無実を証明して」サックスは言った。「それで充分だから」

24

事件捜査とは、主に、書類仕事だ。ニック・カレッリは経験からそのことを知っていた。

犯罪者を逮捕したいが、逮捕せずにすませたくなる。そのあとに作成しなくてはならない三枚綴り《トリプリケート》、四枚綴り《クワドルプリケート》、何ケートなのか知らないが五枚綴りの報告書や申請書類が多すぎるからだ。

しかし今回はそれが幸いした。内部監察部や捜査課の刑事が勤勉に仕事をこなしてくれたおかげで、手がかりを探してめくる書類が山ほどある。ここまで多いのはおそらく、警官の悪事だからだろう。悪徳警官は犯罪者のなかで最上級の部類だ。汚れた警官を一人挙げれば、世界は思いのままになる。マスコミの注目、昇進。世間からはスター扱いされる。

ニックは自宅アパートに戻っていた。引越当日以来、折りたたんだ紙を脚の下にはさんでがたつかないようにしようと思いながら、ずっと忘れたままのテーブルについて、アメリア・サックスから受け取った山のような捜査資料を一枚一枚めくっている。この山のどこかに、救いの鍵が埋もれているかもしれない。

コーヒーを飲む。砂糖もミルクも入っていない、ぬるいコーヒーだ。熱くてもいけない。アイスでもいけない。ぬるいのがいい。なぜかはわからないが、昔からコーヒーを飲むときはいつもこうだった。一緒に暮らしていたころ、アメリアはいつも、円錐型のフィルターに湯を注ぐ古風なやりかたでコーヒーを淹れた。あのころはまだキューリグのコーヒーメーカーはいまほど普及していなかった。ニックが大切にしている思い出の一つは、凍るように寒い朝、地球上でもっとも醜いベージュのストライプ柄のパジャマを半々に着て過ごしたことだ。アメリアは爪に青いマニキュアを塗っていた。ニックの爪は寒さのせいで青ざめていた。

エイム——じゃない、アメリアが持ってきてくれた資料をめくり始めてから、フォルジャーズのコーヒーを数杯は飲んだ。もう何時間こうやっている？　考えたくもない。

そのとき、懐かしい香りが鼻先をかすめて、ふいに何年も前に引き戻された気がした。ニックは首をかしげ、息を大きく吸った。間違いない。この香りはどこから——？　ファイルの一つを持ち上げてみた。アメリアが手を触れたはずの部分を鼻に近づける。彼女は香水はつけないが、いつも同じローションやシャンプーを使う。それぞれ独特の香りがついている。いま漂っているのはその香りだった。ハンドクリーム。たしかゲランのもの。ブランド名まで覚えていたことに軽い驚きを感じた。

一緒に蘇ってきた記憶をやっとのことで頭から追い払うと、書類を読む作業に戻った。

一枚。また一枚。

一時間が這うように過ぎた。また一時間。頭がぼんやりしてきた。深夜のランニングに出かけるとするか。だが、その前にあと五分だけ。

必死に探していたものは、たった二分後に見つかった。

これだ。やった、これだ！

警察官が関与した一連の強奪事件の全体像について行われた捜査の過程で作成された書類だった。ニックが刑務所に収容されてから一年近く経過してからのものだ。刑事の手書きのメモのコピーが何枚か添付されている。ところどころかすれていて判読できない。書いた人物は鉛筆を使ったようだ。

2／23。アルバート・コンスタントの事情聴取　件番号44-3452――浄化作戦の対象者の強奪事件への関与は否定されたものの、ドラッグ　容疑をで撤回、被包含罪として　対象者はフラナガンのバーで　故買のキーパーソンの　を聞いたとされる。このキーパーソンは何層ものベールに守られて正体を隠し　BKの〝すべて〟を知っている。白人、男性、五十代、〝J〟から始まるファーストネーム、妻　ナンシ　、この〝J〟が鍵を握っているとコンスタントは証言している。

俺も同意見だよ、この男が鍵だな――ニック・カレッリは考えた。少なくとも、彼の目的を達成するための鍵を握っている。フラナガンのバーは、犯罪組織が秘密の会合を開く場所として有名な店の一つだ。ＢＫ――ブルックリンを拠点とし、犯罪組織とつながりがあって、ナンシーという妻がいる謎の人物〝Ｊ〟は、当時連続して発生した輸送トラック強奪事件に関与していた人物をひととおり把握しているに違いない。Ｊ自身がニックに協力できなくても、代わりの誰かをおそらく知っているだろう。残りの書類をめくり、このメモを清書したものがないか探した。現物のコピーより読みやすいはずだ。しかし清書はなく、このメモの補足情報もなかった。Ｊや妻のナンシーの身元も特定できずに終わっている。

その理由はまもなくわかった。

〝浄化作戦〟の終結を宣言する市警の文書がある。市警本部長はまず、強奪事件の発生と悪徳警官の関与を劇的に減らしたこの作戦を賞賛し、強奪犯や市警内の協力者の多くはすでに獄中にあり、起訴に至らなかった者も警察組織から追放されたとしていた。ほかにも数通の文書があって、そこから浄化作戦終結の真の理由がうかがわれた――対テロ特別捜査班、麻薬取締特別班の創設が宣言されている。ニューヨーク市警の人的資源にはもとより限りがある。テレビの盗難を撲滅するよりも、シナゴーグやタイムズスクウェアを標的にするウェストチェスターのアルカーイダ予備軍の活動を阻止するほうが優先度ははるかに高い。

ニックにとっては好都合だ。作戦が中止されたなら、Jとナンシーはおそらくその後も自由の身でいて、彼に協力することができるだろう。

とっさに携帯電話を取ってアメリアに連絡しようとした。彼女の行為――彼の無罪に賭けたこと――は報われたと伝えようとした。だが、思い直した。少し前に電話したときは応答がなかった。いまかけてもやはり出ないだろう。それにどうせ話すなら、もっと具体的なことがわかってからのほうがいい。このJという人物を探し出して協力を取りつけるのが先だ。ニックにはストリートでの信用はないも同然だった。元警察官である上に元服役囚でもあるのだから。いずれの世界にも、進んでニックに手を貸そうという者はいないだろう。

それにアメリアと話をしたら、それをきっかけにまたもや感情を抑えられなくなってしまいそうだ。そうなるとあまりいいことはないだろう。

いや、本当にそうだろうか。

アメリアの姿を脳裏に描く。真っ赤な長い髪、あの顔、ふっくらとした唇。彼が塀のなかにいたあいだ、まったく年を取っていないかのように見える。彼女の傍《かたわ》らで目を覚ました朝の記憶が蘇った。アラームつきのラジオから流れるアナウンサーの声――「10-10WINS……二十二分で世界のニュースをまるごとお届けします」

思い出に浸るのはあとだ。ニックは強い調子で自分を叱りつけた。ぐずぐずしないで仕事にかかれ。やらなくちゃいけないことは山ほどあるんだぞ。

25

初めて本格的に衝突した。

ごく些細な事項をめぐって。だが、科学捜査の本質はそれだ。殺人者が新たな事件を起こすか、二度と誰も殺せない場所に送りこまれるか、たった一つの小さな何かがその二つを分けることがある。

「あなたのデータベースですよね」ジュリエット・アーチャーはライムに言った。「あなたが作ったデータベース」これはある意味で譲歩と言えるだろう。しかしすぐにまたアーチャーは付け加えた。「作ったのは、もちろん、何年も前でしょう?」

二人は居間にいる。ほかにいるのはメル・クーパー一人だ。プラスキーは家に帰った。サックスも帰宅して母親に付き添っている。

クーパーはホワイトボード用のマーカーを手に、どこまでも忍耐強い顔をライムとアーチャーに交互に向けながら、働きバチが雄しべを見つけて止まるように、議論がどこかに落ち着くのを待っている。だがこれまでのところ、ハチは飛び回るばかりだった。

ライムは応じた。「私の経験から言えば、地質学的な変化は時間をかけて起きるものだ。それこそ百万年以上かけて」穏やかだが毒の効いた口調でアーチャーの見解を攻撃した。

問題はごく単純だった。サックスがショッピングセンターの現場で見つけた腐植――腐敗の進んだ土――の出所についてだ。組成物から、由来はクイーンズだとライムは考えている。また肥料と除草剤が大量に含まれている事実を根拠に（ライムは爆弾や毒物の可能性はおおよそ否定していた）、みごとな芝生が不可欠な場所、たとえばカントリークラブやリゾート施設、大邸宅、ゴルフコースから来たものではないかと推測した。

対するアーチャーの主張はこうだ。たしかに、ライムの土壌データベース――そのとおり、何年も前、まだニューヨーク市警にいたころに作成したものだ――を参照するかぎり、サックスが採取した微量の腐植は、ナッソー郡と境界を接するクイーンズ区の東部が由来のものと思われるが、それにしてもクイーンズ区と断定するのは地域を限定しすぎではないか。

アーチャーがその根拠を述べた。「もとをたどればクイーンズ区だというのはおっしゃるとおりでしょう。でも、クイーンズ区にどれくらいの量の園芸会社、造園会社があると思います？」

「〝量〟？」不適切な言葉遣いを指摘するライムの声に顔があるなら、にやりとしていた。

「〝数〟」アーチャーが言い直した。「ウェストチェスターのリゾート施設に納品された園芸用の土かもしれません。除草剤や肥料はそこで混ざったのかも。あとは、スタテン島のゴルフコースに納められたものとか。土のトラップか何かに――」

ライムはさえぎった。「ゴルフコースにあるのは砂が入ったバンカーではないかね」

「ともかく、ゴルフコースは、クイーンズの園芸会社から用品や土を仕入れて、ニュージャージー州やコネティカット州、ブロンクス区に納めさせたのかもしれない」アーチャーが言った。「未詳は、たとえばニュージャージー州バーゲン郡に住んでいるか通勤しているかで、そこで体についた土が現場に運ばれたとも考えられます。バーゲン郡の富裕層向けのカントリークラブで木材加工の仕事をしたとか」

「ありえない話ではないね。しかし、確率の問題を考えてみろ」ライムは自分の考えを説明した。「未詳はクイーンズにいて、同じクイーンズで腐植が靴か何かに付着した可能性のほうが高いだろう」

アーチャーは引き下がらなかった。「リンカーン、疫学で医学的調査をするとき、たとえば伝染病の感染元をたどるとき、何よりやってはいけないことは、早まった結論を出すことです。その好例となる近視の研究があるんですが、ご存じですか」

近眼がどう関係するというのだ？「寡聞《かぶん》にして知らない」ライムはシングルモルト・ウィスキーのボトルを見つめていた。目の焦点は問題なく合っているが、遠すぎて手は届かない。

アーチャーが続けた。「数年前、明かりをつけたまま眠る子供に近視が多いことに気づいた医師たちが、子供の睡眠習慣を改善するためのプログラムを立ち上げました。寝室の照明を交換したり、暗い部屋に不安を訴える子供がいれば、カウンセリングを手配したり。近視の子供を減らすためのキャンペーンに多額の資金が費やされたんです」

「で？」

「医師たちの頭のなかでは、因果関係は明らかでした。明かりをつけたまま寝ると、近視になる」

ライムは苛立ちながらも話に引きつけられていた。「だが、それは間違っていたのか」

「ええ。近視は遺伝なんです。強度の近視の親が、自分が見にくいからという理由で、子供の寝室の明かりをつけっぱなしにしていたんです。その割合は、近視ではない親と比較して有意に高かった。つまり、電灯をつけっぱなしで寝るから近視になるのではなくて、その逆なんです。因果関係を取り違えたせいで、数年分の研究が無駄になりました。この話で何が言いたいかというと、未詳はクイーンズに関わりがあるはずだと決めつけると、ほかの可能性に目が行きづらくなるのではないかということ。いったん頭のなかに居座ってしまった考えを追い出すのは、とても難しいものです。あなたもご存じのはず」

「パッヘルベルのカノンのようにか？　あの曲は心底嫌いだ」

「私はきれいな曲だと思いますよ」

ライムは挑むような調子で言った。「未詳とクイーンズに何らかの結びつきがあることは事実だ。ホワイト・キャッスルのバーガー、白タク。クイーンズで買い物もするようだ。レジ袋。覚えているだろう？」

「どれもクイーンズの西部の話です。クイーンズのイースト川寄りの地域でしょう。腐植と肥料の出所は東部——何キロも離れています。何もクイーンズをまるごと無視しようというわけじゃありません。優先度を勾配的《こうばい》に低くしてはどうかという話です」

〝勾配的〟。そんな言葉は初めて聞いた。

アーチャーが重ねて言った。「クイーンズから園芸用品が出荷されているニューヨーク市周辺のほかの地域にも目を向けるべきです。それだけのこと。未詳が腐植を拾ったのは、ブロンクスかもしれないし、ニューアークやニュージャージーかもしれない」

「いっそモンタナ州とかな」ライムは自分でも偏愛している冷笑的な口調で言った。「パトロールの者を十名ほどモンタナ州へレナに派遣して、クイーンズ東部の園芸会社で庭に置く地の精《ノーム》の飾り物を買った人物を探してもらうか」

ついに忍耐が底を突いたか、メル・クーパーがマーカーをホワイトボードの前に持ち上げて言った。「で、ボードには何て書く？」

ライムは言った。「腐植はクイーンズ由来だが、未詳はモンタナ州で拾ってきた可能性ありとでも書いておけ。いや、アルファベット順に行くか。アラバマ、アラスカ、アリゾナ、アーカンソー……」

「リンカーン。もう夜遅いんだ、頼むよ」クーパーが言った。

ライムはアーチャーに尋ねた。「クイーンズにクエスチョンマーク。どうだ?」

「クエスチョンマークは二つで」アーチャーが応じた。

やれやれ。この女は降参するということを知らないのか? 「いいだろう。クエスチョンマークは二つ」

クーパーがボードに書く。

ライムは言った。「〝手入れの行き届いた芝生〟を忘れるな」アーチャーの表情をうかがう。異論はないようだ。

表向きはどうあれ、内心ではライムは楽しんでいた。議論は科学捜査の心髄だ。意見を戦わせてこそ何かが生まれる。ライムとサックスも以前はしじゅう議論をした。

トムが戸口に現れた。「リンカーン」

「おっと出たな、その口調は知っているぞ。ジュリエット、きみもいまのうちに慣れておいたほうがいい。この介護士にさからうと鉄拳が飛んでくるぞ。寝る前に歯を磨いてトイレに行くのを忘れるな」

「今日は起きている時間が長すぎですよ」トムが言った。「それに、このところ血圧が高めでしょう」

「きみが血圧計を持って追い回すから血圧が高くなるんだよ」

「理由はどうあれ」トムは不愉快なほど朗らかな声で言った。「高血圧は危険です。わかりますね?」

　ライムにもよくわかっている。四肢麻痺患者は健康状態につねに気を配っていないと、命の危険さえある症状を招きかねない。床《とこ》ずれからの敗血症、呼吸器系のトラブル、血栓。そして最悪の敵――自律神経過反射。たとえば膀胱《ぼうこう》が満杯になるといったほんのちょっとした刺激であっても、そのシグナルは脳に届かないため、体を制御しているシステムの一部が過剰に反応してしまう。よく見られるのは、心拍数の低下と、それを補うための血圧の上昇だ。それが脳卒中を引き起こして死に至る場合もある。

「わかったよ」ライムはあっさり降参して言った。ふだんならもう少し抵抗するのだが、アーチャーの前ではよきロールモデルであらねばならないことを思い出したからだ。アーチャーもやがて自律神経過反射のリスクを背負うことになる。その危険を軽くとらえるようなことがあってはならない。

「どのみちそろそろ兄が迎えに来ますから」アーチャーは言った。「では、また明日」車椅子を操って玄関に向かった。

「ああ、また明日」ライムは上の空で応じた。目は証拠物件一覧表を見つめて考えていた。ここに並んだ手がかりは何を教えてくれている？　おまえは次にどこで事件を起こすつもりだ、未詳40号？　おまえの家はいったいどこにある？

　モンタナか。アラバマ、ウェストチェスター……ブロンクスか？

　それとも、クイーンズか？

「ある男がバーに入った《ウォーク・イントゥ・ア・バー》。そして叫んだ。〝うわ、いてえな〟」（「ウォーク・イントゥ・ア・バー」は「棒にぶつかった」という意味にも解釈できる）

ニックはバーカウンターについた男の背後に忍び寄って言った。

フレディ・カラザーズは振り返らなかった。上等な酒が並んだ棚の上のテレビに目を向けたままでいる。ここはブルックリンのパークスロープにある、どちらかと言えば高級なパブだ。「おっと。その声なら知ってるぞ。マジかよ。ニックか？」

「よう」

ようやく振り向いたフレディは、ニックを上から下まで見回したあと、いきなり立ち上がってハグをした。

フレディ・カラザーズはヒキガエルにそっくりだ。

ただし、人なつこくて陽気なヒキガエルだ。顔に大きな笑みが浮かんでいる。

「いやいやいや、驚いたな。まあ、出所したってのは聞いてたよ」両手でニックの肩をつかんだまま、一歩下がってまじまじと眺める。「いやほんと、驚いたな」

フレディとのつきあいは長い。公立高校の同級生だった（サンディフックに私立高はない。少なくとも、二人が通えるような私立高はなかった）。ニックはハンサムでスポーツが得意な男子だった。フレディは——身長はいまも百六十センチに満たない——バットは振れず、パスはキャッチできず、ダンクシュートもできなかった。彼の得意分野はほかにあった。学期末レポートが書けなくて困っていれば、代筆してくれる。しかも無料で。マイラ・ハンドルマンが学年末のダンスパーティの約束を誰かとしているかどうか知りたければ、フレディが誰なのか調べたうえで、その相手を振って自分と行くと言わせるにはどう口説《くど》けばいいかアドバイスもくれる。テスト勉強が間に合いそうになければ、フレディに聞けばいい。どんな問題が出そうか知っている（生徒はみな、フレディが深夜、職員室に忍びこんでいるのだろうと噂した。忍者の格好をして、と言う者もいた。しかしニックの推理は違っていた。フレディは教師と同じように思考できる、それだけのことだ）。

ニックは驚異的な打率と学級委員としての活躍で――そして、そう、ルックスで――信用を得た。

フレディは別のやりかたで信用を築いた。アメリアがキャブレターのニードルバルブを調整するようなやりかたで。噂によれば、フレディは同じ高校の誰より大勢の異性と寝た。ニックはその噂は眉唾《まゆつば》だと思ったが、二年生の学年末ダンスパーティにフレディがエスコートしたのは、彼より三十センチも背が高い『コスモポリタン』のモデルなみの美人、リンダ・ローリンズだったことはいまもはっきり覚えている。ニックはパーティ当夜、家のテレビでメッツの試合中継を見ていた。

「最近は何してるんだ、フレディ？」ニックはスツールに腰を下ろした。バーテンダーに合図して、ジンジャーエールを頼んだ。

フレディはビールを飲んでいる。低カロリーのビールだ。

「コンサルタントさ」フレディはそう答えて笑った。「なんだそりゃって肩書きだろ？

笑っちまうよな。ヒットマンか何かみたいに聞こえる。けど、やってることは『シャーク・タンク』だ」

ニックは首を振った。話についていけない。

「テレビ番組の題名だよ。起業家が事業をプレゼンして投資を募る番組。俺は起業家と投資家を引き合わせる仕事をしてる。アルメニア語を勉強してな――」

「え、何だって？」

「アルメニア語。言葉だよ」

「それはわかる。どうして？」

「アルメニア系の住人が増えてるから」

「どこに？」

「ニューヨーク。アルメニア系の起業家と投資家を引き合わせるわけだよ。いや、アルメニア系に限定してるわけじゃない。中国系もたくさんいる」

「ひょっとして中国語も――」

「ニーハオ！」

「おお、金持ちっぽい響きだな」二人はハイタッチをした。

フレディは顔をしかめた。「標準中国語は難しい。で、おつとめは終わったわけだな。出所した。安心したよ。そうだ、弟が亡くなったって話は聞いた。お悔やみを言わせてくれ」

ニックは店のなかを見回し、深呼吸をした。それから、低い声でフレディに話して聞かせた。弟のこと、自分は無実であること。

　カエルの目が細くなった。「そいつはまた……重たい話じゃないか」

「ドニーは自分がどんなやばい世界に入りこもうとしてるか、わかってなかった。あいつは昔からそうだったろ。子供みたいなやつだった」

「まあな、ちょっとあれだってのはみんな知ってたよ。誰も気にしちゃいなかったがな。ただ、ふつうと違ってた。こう言っちゃ何だがな」

「いや、気にするな」ニックは運ばれてきたジンジャーエールを飲んだ。

「デルガードにはめられたのか。意外じゃないな。あいつはクソだ。クソ中のクソだよ。殺されて当然だ」

　ニックは言った。「おまえはあいつをかわいがってくれたよな――ドニーを」

「ドニーはムショじゃ生き延びられなかったろう」フレディはビールのボトルをもてあそびながら濡れたラベルを剝がした。「おまえは正しいことをした。俺ならそこまでできたかな」フレディは笑った。「だって、ほら、うちの弟はいやな野郎だからな。あんなやつ、どうなろうと知ったことじゃない」

　ニックは大笑いした。「いまからでも人生を取り戻したいんだ。何年か無駄にしちまったしな。商売を始めようと思う」

「嫁さんを探せよ、ニック。男には女が必要だ」

「それについては鋭意努力中だ」

「ならいい。いまからでも子供は持てるしな」

「おまえのところは双子だったな」

「その下にもう二人。双子はどっちも男だ。その下に四歳と五歳の娘。女房はこれで打ち止めって言ってる。しかし、神様が人間を作ったのは、そのためだろう？　そうか、商売を始めるとなると、金が要るな。少しなら貸せるぞ。たくさんは無理だ。一万とか一万二千くらいなら」

「いやいや、金の心配は要らない。遺産があるからね」

「遺産か。うらやましいな」

「その代わりと言っちゃ何だが、別に頼みたいことがある」

「何だ？」

「ドニーがやった強奪事件のことを知ってるかもしれない人間がいる。故買屋かもしれないし、ただの運び屋かもしれない。元手を調達したのかもしれない。そいつが俺は無関係だったってことを知ってるんじゃないかって期待してる。その男を捜したい」

「誰だ？」

「それが問題でね。ほとんど情報がない。自分で聞いて回ってもいいんだが――」

「だな、おまえの話なんか誰も信じないよな。警察のイヌだろうと警戒されるに決まってる」

「そうだ。それもある。だが何より、その男が本当に組織とつながってるとしたら、そいつと話してるところを見られるとまずい」

「ああ、なるほどな、仮釈放の条件だな」

「そうだ」

「で、俺に聞いて回れってか」

ニックは両手を持ち上げた。「いやなら断ってくれ」

「ニック、いいか。ここらじゃな、おまえはやってないって思ったやつも大勢いるんだよ。おまえが誘われても断ったから、ほかの警察官から罪を押しつけられたんじゃないかって思ったやつが大勢いるんだ。おまえは誰からも好かれてた。おまえは人気者だった。いいよ、引き受けるよ」

ニックはフレディの腕をぴしゃりと叩いた。目の奥が涙でじんとした。「一生恩に着るよ、フレディ」

「で、どんな商売を始めるつもりだ？」

「レストラン」

「飲食店か。厳しい世界だぞ。だが、うまくやれば儲かるのも確かだ。アルメニア料理レストランの開店を何度か手伝った。アルメニア料理、食ったことがあるか？」

「いや、一度もない」

「うまいぞ。中東風の料理だ。俺が手がけたのは靴とか衣料品とか、プリペイド携帯とか、そういう商売が多いが、レストランもいくつかやった」

「いま弁護士によさそうな店を探してもらってる」

「で、その男の話だが」フレディはビールを豪快に飲み干すと、お代わりを頼んだ。「さっき話した男のことか？　フラナガンの店の常連らしい。または常連だった」

「となると、組織につながってる可能性が高いな」

「だろ。ファーストネームは〝J〟から始まる。妻の名前はナンシー」

「それだけ？　わかってるのはそれだけってことか？」

「ああ」

「ま、とっかかりにはなるな。やれるだけやってみるよ、ニック」

「結果はどうあれ、借りはかならず返す」

「いいんだよ」フレディは笑った。「あのころは楽しかったよな。高校のころはさ。シェイ・スタジアムにヤンキー・スタジアム。あの感覚、覚えてるか？　シーズンが始まったばかりのスタジアム。ほら――」

「ああ、あの感覚だろう。わかるよ。試合開始前、スタジアムの入口の階段を上って、スタンドに通じるトンネルを抜けると、スタジアム全体が目の前にぱっと開けるんだ。聖ペテロが門を開いたみたいに」

「いろんな匂いが一気に押し寄せてくる。濡れたコンクリート、ポップコーン、ビール、芝」

「肥料の匂いもな」

「それは気づかなかったな。まあいいや、肥料の匂いも。なあ、ニック。その男、意外に簡単に見つかりそうな気がしてきたよ。Jのつく名前の男。その女房……名前、何だっけ?」

「ナンシー。綴りはN-A-N-C-I」

「ナンシーか。おまえがムショにいたあいだにな、データマイニングってものができたんだよ」

「何だそれ?」

「簡単に言えば、椅子に座ってるだけで何でも調べられるってことだ」

「グーグルなら使ったことがあるが」

「手始めはそこだ。だが、それだけじゃない。専門の会社まであるんだよ。金さえ払えば何だって調べられる。本当さ。うまくいけば、そいつの名前、住所、学歴、飼い犬の種類、ナンシーのおっぱいの大きさ、そいつのムスコの長さまでわかる」

「本当か」

フレディは眉間に皺を寄せた。「そうだな。おっぱいとムスコのサイズはわからないかもな。しかし、絶対に不可能ってわけじゃない。世界は変わったんだよ、ニック。世界は変わったんだ」


(下巻へつづく)

文春文庫

スティール・キス　上

定価はカバーに
表示してあります

2020年11月10日　第1刷

著　者　ジェフリー・ディーヴァー
訳　者　池《いけ》田《だ》真《ま》紀《き》子《こ》
発行者　花田朋子
発行所　株式会社　文藝春秋

東京都千代田区紀尾井町3-23　〒102-8008
TEL　03・3265・1211㈹
文藝春秋ホームページ　http://www.bunshun.co.jp

落丁、乱丁本は、お手数ですが小社製作部宛お送り下さい。送料小社負担でお取替致します。

印刷製本・凸版印刷

Printed in Japan
ISBN978-4-16-791601-5